os homens dos pés redondos

antônio torres

os homens dos pés redondos

2ª edição

EDITORA RECORD
RIO DE JANEIRO • SÃO PAULO
2025

CIP-BRASIL. CATALOGAÇÃO NA PUBLICAÇÃO
SINDICATO NACIONAL DOS EDITORES DE LIVROS, RJ

T643h Torres, Antônio, 1940 -
2. ed. Os homens dos pés redondos / Antônio Torres. - 2. ed. - Rio de Janeiro : Record, 2025.

ISBN 978-85-01-92435-3

1. Romance brasileiro. I. Título.

25-98566.0 CDD: B869.3
CDU: 82-31(81)

Carla Rosa Martins Gonçalves - Bibliotecária - CRB-7/4782

Texto revisado segundo o Acordo Ortográfico da Língua Portuguesa de 1990.

Direitos exclusivos desta edição reservados pela
EDITORA RECORD LTDA.
Rua Argentina, 171 – Rio de Janeiro, RJ – 20921-380 – Tel.: (21) 2585-2000.

Impresso no Brasil

ISBN 978-85-01-92435-3

Para Vania Pinheiro Chaves e
Carlos da Veiga Ferreira, em Lisboa,
Rodrigo Lacerda, em São Paulo,
e Vanúsia Amorim, em Maceió.

Seus três anéis irreversíveis são
a desgraça, a tristeza, a solidão.
Fernando Pessoa

E cada um por seu caminho
havemos todos de chegar
quase todos
a ratos

Sim,
a ratos
Alexandre O'Neill

LIVRO I

Meus pés estão doendo. Eu estou vivo

A julgar por ele, todos aqui são homens sem mulheres, porque as mães de seus filhos não contam.

Noite após noite é sempre isso: um homem completamente encharcado de vinho transpõe o batente e entra no mesmo lugar (que no fundo desconfia não ser propriamente o seu lugar), vai sentar-se à mesma mesa de sempre, pede café e bagaço, depois tira do bolso o maço de SG Filtro, que começa a queimar um atrás do outro, com furor, determinação e muitos pensamentos.

É uma cena de rotina no velho e decrépito Old King, um café que parece anterior à fundação do mundo (apesar do emblema com as armas da república na fachada), dividido em dois salões, "um para os pobres, outro para os ricos", como os garçons costumam ironizar, o que não está muito longe da verdade. O que eles nunca conseguiram compreender, exatamente por ser essa ironia mais sutil, é por que Manuel Soares de Jesus, cujo nome também desconhecem, prefere sempre o lado dos ricos, aonde chega sem cumprimentar ninguém e de onde sai sem ser cumprimentado.

Quando ele aponta na porta, os garçons se entreolham, como a dizer: "Lá vem o fantasma." E, como sempre, bastante empenado e pouco seguro nas pernas, mas fazendo força para firmar-se com dignidade dentro do surrado casacão de todas as noites.

Como o gado tem a marca do dono ferrada na perna, precisamente para não parecer gado sem dono, De Jesus traz na cara a marca do seu patrão: um galo na testa e um talho cicatrizado na maçã esquerda do rosto, que, queira ou não, está obrigado a exibir como provas acabadas de um passado violento. Mas não é só por isto que ele tem aqueles olhos que parecem vomitar fogo o tempo todo.

Os outros homens que frequentam o Old King são de outra espécie.

São homens gordos, muito limpos em suas roupas enxadrezadas e que por nada neste mundo perderiam um minuto precioso de suas vidas com um zangão qualquer, um teso qualquer, nenhum reles pobre-diabo que não tenha onde cair morto e que, mesmo por acaso, se intrometa no seleto mundo deles.

Eles se reúnem em volta de uma mesa, geralmente em número de quatro parceiros, à espera da sonhada aventura que lhes dê mais alento e mais razão para estarem vivos, qualquer coisa de emocionante para matar o tempo, algo como um rápido "olá" de homens importantes em trânsito pelo bolorento salão, como os senhores bancários, que durante o dia dão duro atrás das máquinas no luzidio edifício de cinco andares da esquina, o prédio envidraçado que é um dos pilares do dinheiro da nação. Ou uma graça maior e ainda mais estimulante: depois do teatro, a mesa se encher de saias estrangeiras, afinal há um cantor francês no Sá da Bandeira, que provavelmente é veado mas está cercado de *go-go girls* por todos os lados, e, mais tarde, no cu da madrugada, cada um partir para um hotel de segunda classe com sua boceta loura — e depois retornarem às suas repelentes bocetas gordas, mas certos de que cumpriram o patriótico dever de mandar, através de vaginas estropiadas, um recado decisivo ao Grande Charles: que não foi por acaso que a Ibéria produziu um homem chamado Dom Afonso, o pai da pátria. Aquele que com uma única mão sustentava uma espada de oitenta quilos. Aquele que esculhambou os mouros a pedradas e azeite quente. (Mesmo porque o azeite era barato, e os americanos ainda não fabricavam armas.)

Claro que De Jesus não conta com a estima e a aceitação desses homens.

Aliás, essa tácita rejeição diz muito a ele sobre o seu próprio país e muito mais sobre ele mesmo e sua sorte no mundo e tudo o que pode esperar deste mundo.

Olhando pela vidraça, não a rua, nem as pessoas paradas na porta do café, nem as que sobem e descem, quietas, pesadas, cabeças baixas, olhando onde pisam, rondando horas e horas pelo mesmo quarteirão, sem se dizerem nada, nem "boa noite", nem "como vai"; não as paredes em frente, pedra e cimento cobertos de lodo, frias e impessoais como os homens; paredes marrons, silenciosas e sós como os homens; não, não é para nada disso que ele olha. Para além de tudo talvez exista um outro mundo, um mundo sem histórias, sem mentiras, sem mitos nem heróis vivos ou mortos, sem deuses. E esse mundo é o seu sonho de bêbado, que dura enquanto ele percorre as tascas sujas da rua Bonjardim, bebendo vinho verde branco em jarra, que é mais barato, e enquanto faz ponto no Old King, até as portas se cerrarem e ele pegar o bonde para o bairro do Miragaia, onde irá se juntar à mulher e aos cinco filhos, numa mesma cama, como porcos numa mesma ninhada.

— Dormem quatro na cabeceira e três nos pés da cama. Assim — ele entrelaçou os dedos das mãos, para demonstrar melhor como se ajeitavam para dormir. — Eu amanheço sempre com o dedão do pé de um menino enfiado numa das ventas, e outro dedo de outro menino metido no meu ouvido, e um corpo de outro menino aninhado entre as minhas pernas, feito uma cobra. — Ao dizer isso, levou um susto. Estava falando sozinho. Pior: estava repetindo, para uma plateia passiva e muda, que nem sequer notara que ele também podia abrir a boca e falar, tudo o que havia confessado a um estranho sujeito chamado Emílio. Fora no fim da tarde, na tasca. Agora se perguntava se o fato de alguém lhe dar atenção, em troca de um copo de vinho, era o bastante para se abrir em confidências. Provavelmente tinha errado. Um homem não pode deixar outro homem penetrar em seus segredos mais íntimos. Mas a coisa se passara com o Emílio, e Emílio não contava. Tratava-se de um marginal, que vivia depenando os otários no taco da sinuca, para ter o que comer, e de outros pequenos expedientes ainda mais escusos. Era do que De Jesus suspeitava.

Antes de derramar mais um gole na garganta, para tirar as dúvidas e apaziguar o ânimo, meteu a mão no bolso e conferiu: a tesoura estava lá. Metálica, gelada, indiferente e decisiva. Amanhã...

Bem, amanhã ia ser o seu dia de glória, porque ia matar um homem. Era tudo. Por causa disso, começou a se concentrar.

Primeiro se lembrou do cinema, onde havia entrado para ver se se distraía um pouco. Não estava acostumado com esse negócio de cinema, não gostava de ficar parado tanto tempo em frente a uma tela que só lhe mostrava fantasia e espuma e ainda por cima lhe roubava a capacidade de pensar. Também não gostava do ar de alívio e contentamento que as pessoas exibiam ao deixar o cinema, no final de um filme. Mas o cartaz com o homem de revólver em punho o atraíra — e ele acabara por vencer todas as suas resistências. Para que fora cair nessa armadilha? Para ter de deixar a sala, meia hora depois, gritando: "Cães, cães!" Isso, na hora em que, na tela, um homem dizia para outro homem: "Já que Deus não existe, tudo é permitido." De Jesus deu um salto da cadeira e, agitando o punho cerrado, ameaçou um discurso, ali mesmo no escuro. "O que é que é permitido? E para quem? Cães, cães, vocês todos estão fodidos. E é o que bem merecem." Ele disse "Cães, cães" com tanta convicção que o público pensou que fosse "fogo, fogo", e os jornais do dia seguinte iriam tratar o assunto como um acidente do qual resultaram muitos feridos, quando os espectadores, em pânico, correram, todos ao mesmo tempo, à procura da saída, atropelando-se uns aos outros sobre as cadeiras. A polícia viria, mais tarde, a vasculhar todo o cinema, na esperança de encontrar alguma bomba. Ninguém contava com precisão o que havia acontecido, ficando na cabeça de todo mundo uma vaga e inútil ameaça.

Mas o agente da confusão saiu-se ileso e se encaminhou ao lugar de sempre. No caminho, foi interpelado por um desconhecido, de maneira nada usual:

— Ei, homem triste. Você quer uma viagem?

Ele não queria coisa alguma além da sua mesa no café e de tempo para ficar pensando nos últimos retoques do plano a ser executado dentro de poucas horas. Ainda assim, diminuiu a marcha. Não estava seguro se devia ou não saber direito que diabo de viagem era essa e para onde. Ia precisar cair fora do país assim que desse o caso por liquidado, mas tal providência só podia ser tomada junto a alguém de confiança. Estava pensando em Emílio, que, por um bom dinheiro, cuidaria eficientemente desse trâmite, com toda certeza. Percebendo que, pelo menos, havia criado um caso de indecisão, o desconhecido insistiu:

— Vai querer ou não vai querer?

E se esse cara for um policial disfarçado em vagabundo? Quem sabe, tudo é permitido. Será esse o sentido exato da coisa? Será que eles já aprenderam a desvendar até os nossos pensamentos, mesmo numa rua escura?

— Para que lugar? — De Jesus ouviu a sua própria voz, que acabava de o trair. Tentou um golpe de misericórdia, como se assim ainda pudesse se salvar: — Eu não quero ir para lugar nenhum.

O homem se aproximou, certo de que estava com a presa entre as mãos. Tirou do bolso um pequeno pote de vidro contendo uma estranha espécie de líquido. Riscou o fósforo para o outro ver melhor.

— Preço de ocasião. Só porque estou muito duro.

— Pensei que você ia me mostrar uma passagem, e você me vem com um remédio. Pensa que eu estou doente?

— É um ótimo remédio. Experimente e verá.

De Jesus aprumou o passo e seguiu o seu destino, sem olhar para trás. Pensou: "Mais um a me fazer de parvo, mais um." Ao entrar no café, empurrou com violência a porta de vidro, avançou alguns metros até o centro do salão e parou. Os homens que estavam lá eram os mesmos de todas as noites, entediados como sempre, e até o que tinha o hábito de ficar uma noite inteira bocejando, com uma das mãos mexendo e remexendo na colherzinha do açucareiro, enquanto a outra mão descansava sobre o chapéu, continuava fazendo isso, como se fosse a única coisa no mundo que ainda lhe restasse para fazer. Orgulhoso, lembrando um ator dramático que de repente investe contra o seu público dorminhoco, De Jesus ergueu os braços e disse:

— O que é pior: a letargia ou o câncer? Vamos, respondam. O que é pior: o silêncio ou a gonorreia? Vamos, respondam. O que é pior: esta vida ou a morte? Respondam, cães, CÃES!

Ninguém respondeu coisa alguma, a não ser que se conte com o comentário abafado que se perdeu atrás do balcão:

— Muito doido, bicho.

Feito o desabafo, ele começava a se sentir em plena ebulição. Precisava desse clima interior — raiva e bravura — para que sua mão não tremesse quando o grande momento chegasse. Nessa noite estava decidido a não voltar para casa. O choro de uma criança podia amolecer-lhe o coração. "Nós nos veremos depois, meus filhos, numa terra melhor. Não abandonarei vocês, nem a mãe de vocês, pela simples razão de ser a mulher que pariu vocês." Foi então que ele se lembrou novamente de Emílio e da necessidade de procurá-lo, tão logo esvaziasse o copo à sua frente.

Mamãe dizia: As pessoas que não se casam na igreja não têm as bênçãos de Deus. Estão nas garras de Satanás, e seus filhos também, porque são inocentes que já nasceram no pecado, embora sem culpa disso. Assim como os que não são batizados, os que não se confessam e comungam pelo menos uma vez por ano. Viver em pecado significa uma vida eterna nas profundas do inferno. "E um homem que mata outro homem, mãe?" "É um assassino, um condenado." Mamãe dizia que era para eu ser padre quando crescesse, e eu perguntava: "Por quê, mãe?" "Para servir a Deus e aos homens." Mamãe vivia na igreja e eu vivia perguntando: "Mamãe, quem foi o meu pai?" "Um homem muito bom." "Quando ele morreu eu era muito pequeno?" "Você ainda nem tinha nascido." Só depois, muito tempo mais tarde, foi que eu descobri: papai era o homem de batina que me obrigava a engolir aquelas hóstias e ainda queria me ver sempre no catecismo. Acho que é por isso que eu tenho esse cocuruto na cabeça, essa coroa que mais parece cabeça de padre. O estigma do engodo.

Há trinta e oito anos estou ouvindo as mesmas histórias. Porque somos um povo de heróis, porque tudo depende da minha vontade, porque a missão ibérica sobre o mundo continua em marcha, porque temos que civilizar a Terra Negra, com nossos cajados e estandartes redentores — e ferro. Tome ferro em quem disser não a isso tudo. Respira? Paga. Come? Paga. Trepa? Paga. Tem um filho? Manda para a Terra Negra. Para quê? Para quê? Para morrer. Em nome do nosso heroísmo e da nossa glória. Estou cagando para tudo. Quero minha parte em dinheiro. Grana viva, límpida, estelar. Para quê? Para ir embora, ir embora.

Um dos garçons entendeu que De Jesus estava pedindo a conta (as últimas palavras ele as pronunciara em voz alta), mas ele disse que não. Queria mais um bagaço. Tomou consciência do lugar onde se encontrava, se recompôs na cadeira, recuperando a velha dignidade. Voltou a meter a mão no bolso, para sentir a tesoura ainda uma vez mais. Ao acariciá-la, teve a sensação de estar deslizando os dedos entre as tripas do velho Alves. Com um homem a mais ou um homem a menos, o mundo certamente iria prosseguir nessa corrida louca até a sua explosão final e fatal, quaisquer que fossem as marcas das máquinas que viessem tirar o carro do atoleiro, mas, com ele vivo, jamais o velho Alves iria em frente.

Porque esse Alves era a voz do patrão, que, por sua vez, era a voz do Governo. O Alves precisava acabar. Isso De Jesus escrevia e assinava. Se havia uma coisa no mundo que ele verdadeiramente aprendera, essa coisa era a palavra desconfiar. DESCONFIAR. Desconfie, irmão, o homem que está sentado ao seu lado é um ladrão.

E essa nova espécie de ódio lhe surgira bem recentemente, gerando o projeto que estava muito próximo de passar a uma ação concreta, realizada. Na parte da manhã, um representante da firma Fernandes & Fernandes, Negócios Bancários, grupo que controlava um poderoso ramo de empresas, apresentara-lhe um senhor magro, de olhar distante e sorriso fácil, mas um tanto ou quanto desenxabido. Ele julgara aquela apresentação insincera, formal e traiçoeira.

— Este é o Dr. Alves. Já ouviu falar nele?

— Não, senhor.

— Nunca leu um livro dele? O Dr. Alves é um dos nossos maiores intelectuais. Seus livros estão traduzidos em muitos países.

— Sou um homem muito ocupado, senhor. Tenho pouco tempo para os livros.

— Não faz mal, amanhã trago alguns para você. A agência agora vai ter uma biblioteca, e eu vou doar toda a coleção da minha obra para ela. Quer dizer, para vocês, que, a partir de hoje, são meus companheiros de trabalho.

— O Dr. Alves vai chefiar o nosso departamento de produção. Ele quer combinar uma reunião entre os dois, para um melhor entrosamento.

— Às suas ordens.

— Quer combinar logo a reunião, doutor, ou prefere deixar para depois?

— Bem, acho que a gente podia fazer um acordo. Na hora do almoço, o Sr. Jesus passa lá na sede, levando a produção da manhã. Eu dou uma olhada, e depois ele toca o trabalho em frente. No fim da tarde ele volta lá, e o que for decidido fica para ser despachado na manhã seguinte. Não acham um bom esquema? Além disso, poderemos marcar uma reunião aqui, amanhã, por volta das dez.

— Alguma objeção, Sr. Jesus?

— Não, senhores. Querem assim, assim será.

— Vejo que já começamos a nos entender. — Alves sorriu daquele jeito que De Jesus achou insincero. — Foi um prazer conhecê-lo. E até logo mais.

Seja um bom menino, sim? Não fique na sala quando os mais velhos estiverem conversando. Menino ruim, por que você está se metendo na conversa? Vá para a rua, vá brincar com os seus primos. Ei, pera aí. Calce os sapatos! Esse menino é o meu tormento. Já tomou a bênção ao titio? "Não, mãe, não me bata não. Eu não fiz nada não. Juro, mãe, eu juro. Não faço isso outra vez não."

Os homens se foram, e De Jesus voltou à sua prancheta — aos seus pensamentos. Pegou o cartaz com as ofertas do dia dos Supermercados Fernandes, decidido a dar uma última passada. Agora tinha um chefe. Nove anos de casa, para isso. Um velho caindo aos pedaços ia dizer se o que ele fazia prestava ou não. Até esse dia trabalhara praticamente sozinho, num casarão abandonado, porque na sede da agência de reclames dos banqueiros não havia lugar nem para ele se sentar. Pela manhã, um rapaz trazia as encomendas e levava as que já estavam prontas de volta. Fora o contínuo, ninguém mais parecia se ocupar dele. Na sede ficavam os bacanas — desenhistas, ilustradores, fotógrafos, redatores — que trabalhavam para as contas chamadas industriais, enquanto ele se encarregava dos cartazetes e bandeirolas para a freguesia dos comes e bebes. Pelo tipo de tratamento que recebia, aos poucos foi compreendendo que o seu trabalho era um trabalho marginal, sem importância. Seus desenhos deviam estar muito longe de possuir algum valor. Essa mágoa ele carregava pelas peregrinações noturnas e ia crescendo à medida que os anos passavam e as oportunidades lhe pareciam ainda mais reduzidas a um completo zero. Não, não iria submeter o seu trabalho à opinião daquele homem que nunca vira antes. Nem que a porca torcesse o rabo. Essa decisão iria formar a base para uma outra, muito mais séria, mas o contínuo chegou e ele parou de pensar.

— Então, gostou do homem?

— Que homem?

— O novo chefe.

— Muito magro.

— O cara é forte. É gente famosa.

— E daí?

— E daí? Que tal o meu distintivo novo? Chefe novo, nova vida.

— Você sempre usou isso.

— Mas este é novinho. Está reluzente. Olha só como brilha. Parece uma medalha, não parece?

— Deixa de ser imbecil. Isso vai mudar a tua vida?

— Você não sabe como um distintivo do banco faz sucesso na minha rua. A turma toda lá sabe que eu conheço o Jr. desde pequenininho. Tu lá, tu cá.

— Que Júnior?

— O patrão mais novo. É um cara legal.

— Deixa de ser besta.

— Tou falando sério. O filho do patrão é um bacana. Não sai de uma gafieira.

— Por isso você precisa lamber o rabo dele?

— Você está é com inveja.

— Vê se me respeita.

— Soube da maior? Teve um cara lá na sede que, quando soube que vinha esse doutor aí, ficou se mijando de medo. Aí foi falar com o Dr. Fernandes. Chegou no banco, se ajoelhou diante da mesa do patrão e disse: "Pelo amor de Deus, doutor, não me mande embora." Eu conheço bem esse pinta. Ele tem um retrato do patrão na casa dele. Um retratão e tanto. É uma figura muito manjada. Toda segunda-feira ele manda um bilhetinho para o patrão: "Fui na missa ontem. Rezei muito pelo senhor e pela sua família."

— Imbecil.

— Sabe o que estão falando? Que esse novo chefe vai cortar a cabeça de um bocado de caras. Você precisa ver como tem nego apavorado.

— Calculo.

Não quero fuxico aqui em casa. Quem se mete com a vida dos outros é gente sem-vergonha. Pessoas de família não vivem com essas patifarias. Ande direito, meu filho, sim? Por favor, seja bonzinho. Dá gosto ver um menino educado. Não responda à sua mãezinha, está bem? Segunda-feira você entra no colégio. Promete que vai se comportar direitinho lá no colégio, promete?

Trinta anos depois, De Jesus prometeu a si mesmo que nunca mais ia se comportar bem. Na hora do almoço, em vez de cumprir com a palavra empenhada, preferiu entrar num botequim. Foi aí que lhe veio a ideia da tesoura e do crime. Até então, havia cometido os seus pequenos e inofensivos pecados. Agora, estava diante de uma questão de consciência e não de sacristia.

— Fui treinado para ser um parvo. Mas chega. Chega!

— O que foi que o senhor disse? — quis saber o garçom.

— Mais um bagaço, por favor.

Viu os carros da polícia rondando lá fora e decidiu mudar de assunto. Enquanto pensava, o que significava um espaço de uma hora, uns doze carros da polícia passaram diante dos seus olhos, e, para ele, era praticamente impossível ignorá-los. Passavam com as sirenas abertas. Realmente, ninguém podia ignorá-los.

De Jesus vivia tão consciente da existência da polícia quanto de que não havia perdido os documentos pela via-sacra de botecos e puteiros. Toda vez que ouvia uma sirena e avistava um carro preto ("São mais sinistros que os carros mortuários"), levava logo as mãos aos bolsos, cercado de apreensão, pânico e medo.

Estivesse com ou sem documento, bêbado ou sóbrio, ao cruzar com um desses carros tremia nas bases, como se esperasse sempre pelo pior.

Esse era outro de seus horrores particulares, que o acompanhava desde uma noite de São João, quando, com mais dois vizinhos, deu a maior sova da história do bairro do Miragaia em três policiais. Dois deles fugiram, e o que resistira fora posto dentro de um galinheiro e obrigado a cantar de galo sob a ameaça de um chicote e das gargalhadas vingativas da população.

Foi uma noite memorável, pensava De Jesus. E seus olhos brilhavam. Herói por um dia, no fim das contas.

Ali, era ele quem comandava o ataque, para mostrar a um homem da lei que todo mundo era contra a lei que castigava pobres coitados que assaltavam quintais alheios apenas para matar a fome.

"Canta de novo", ordenava ele, sacudindo o chicote.

"Cocorocó!", repetia o soldado.

"Está bom assim, pessoal? Vocês querem mais?"

"Não ouvi direito", gritava alguém no meio da multidão.

"Mais forte, vamos", De Jesus sacudia o chicote.

"Você me paga", disse o policial.

"Vamos, está demorando muito." Agora ele apontava o revólver, dedo no gatilho.

"Cocorocó!"

"Está desafinado", disse uma voz na multidão, e todo mundo caiu na gargalhada.

"Uma caneca de vinho aí, gente, pra temperar o gogó do galo", ordenou o comandante, e o povaréu voltou a gargalhar.

"Pronto, seu galo, sirva-se a seu gosto", disse uma mulher, enfiando uma jarra dentro do galinheiro, enquanto De Jesus firmava a mão no gatilho.

"Depois da bebida, a função, seu galo. O povo está esperando."

E assim foi até o sol raiar. Homens, mulheres e crianças voltaram felizes para suas casas, porque aquele brinquedo os fizera esquecer a maldição das águas do rio de Onor sobre o bairro do Miragaia, no tempo das cheias, águas barrentas e condenadas, que, quando não matavam de afogamento, matavam de tifo. Mas se o rio ia continuar o seu curso de sempre, transportando vinho e despejando podridão sobre o bairro, eles sabiam que aquele incidente não ia ficar assim.

Agora, ao se olhar no espelho, ou quando passa a mão no rosto, De Jesus, acabrunhado, conforme o costume, percebe o verdadeiro resultado da sua bravata. Não se arrepende. Todos os dias se lembra dos outros dois companheiros de farra, os seus amigos do bairro que preferiram atravessar a fronteira a pé, clandestinamente, a ter de enfrentar as torturas que ele enfrentou. Não lamenta o destino deles. Pelo contrário. Se ainda não fez a mesma coisa foi porque não soube. Melhor dizendo, não teve coragem.

— Isso não vai ficar assim — disse a si mesmo, e se levantou para mijar.

Antes, porém, meteu a mão no bolso. Lá estava ela, fria e importante: a tesoura.

Daí a pouco ele estava na toca de Emílio — e era espantoso ver como um homem podia chamar a atenção de tantos homens apenas porque sabia manejar incrivelmente bem a arte de encaçapar uma bola. Refletiu sobre isso com indignação e amargura, como quem de um momento para o outro descobre que todas as suas noções de valores estão indo por água abaixo, mas já era tarde demais para fazer alguma coisa. A roda em volta da mesa dava a entender que se tratava de uma jogada decisiva. Alguns segundos depois, De Jesus acabaria percebendo que algo de anormal estava acontecendo.

— Vamos, trapaceia de novo. Mostra que é homem.

Emílio levou o taco até perto do nariz de um rapaz franzino, que jogava de colete e mangas arregaçadas. Não a parte mais fina, mas aquela parte que o jogador firma bem na mão direita e que, usada contra outra pessoa, tem o valor de um porrete. Dava pena olhar para o rosto daquele sujeito mirrado — seus olhos eram olhos de quem estava a ponto de pedir socorro —, e, pensando bem, Emílio não precisava de arma alguma para enfrentar um pirralho tão inofensivo. Bastava reparar nos punhos dele. Eram os punhos perfeitos de um campeão.

— Eu chamo a polícia. Vou chamar a polícia. Polícia!

— Parceiro de merda. Enterra o jogo e ainda me vem com presepada. Vai pra casa dormir, criança. Vai pros braços da mamãe. Rápido, rápido. Desaparece, vamos.

— Pensa que eu estou brincando? Vou descer e chamar a polícia.

Um homem de verdadeiro valor, cuja coragem pode matar de inveja, mesmo a quilômetros de distância, imensas legiões de homens para os quais a natureza foi pouco generosa, também é capaz de recuar — e de várias maneiras. A principal delas é quando ele se encontra diante de um inimigo infinitamente mais fraco. É num instante assim que o mais forte pode recorrer ao velhaco trunfo da piedade. De Jesus estava pensando nisso quando Emílio chamou o garoto que tomava conta das bolas e perguntou quanto devia.

— Por hoje, chega. Alguém aí quer o taco?

Eu ia brincar pelos terrenos baldios, porque não gostava de ficar em casa. Aquela velha só abria a boca para dizer besteira. Eu vivia de saco cheio. E ela vivia me dizendo: "Escolha bem os seus amigos, viu?" "Por onde você andou até estas horas?" "Olha só como está sujo! Porco. Você parece um negro." "Estava de novo com esses moleques e esses pretos, não é? Peste." "Esse menino não conhece o seu lugar." "Você vai ser a minha perdição."

— Preciso falar contigo. O negócio é sério — disse De Jesus. — Mas acho melhor a gente ir pra outro lugar. Aquele maluco pode chamar a polícia mesmo, e eu não quero nada com essa gente.

— Chama nada.

— Tem certeza disso?

— Completa. Ora, rapaz. Eu sei onde ele mora, sei onde ele trabalha e sei por onde ele anda todas as noites. E ele sabe que eu já tenho encrenca demais, e se me meto em outra por causa dele... não quero nem pensar. Paga uma? Tou de goela seca.

A tasca não tinha nome, nem precisava disso.

Mais cedo ou mais tarde, todo pobre-diabo com uns parcos trocados no bolso e muita vontade de beber daria com os costados nela.

Em geral, o movimento começava no fim da tarde, quando os bêbados iam chegando, se penduravam no pequeno balcão e ficavam horas a fio com os olhos pregados naquelas pipas gordas a uns poucos palmos do nariz, como se estivessem na obrigação de secar uma a uma em cada noite.

Essa estranha espécie de desafio não deixava de conter a sua estranha espécie de moral: esses homens pareciam querer provar ao mundo que ainda prestavam para alguma coisa. Não era simplesmente o prazer da bebida o que procuravam. Nem queriam apenas se encharcar no álcool, como única alternativa para uma vida inteiramente sem sentido. Não. Antes de tudo, precisavam provar que ainda restava um lance no jogo sujo do mundo que eles podiam dominar — e se o dominassem, o resto já não teria a menor importância. Se conseguiram tal proeza um dia, foi coisa da qual ninguém ficou sabendo. A História jamais se interessou por esse gênero de assunto. O certo mesmo é que muitos deles ainda continuam se arrastando para lá até hoje, guiados por muitos motivos, certamente os mesmos que fizeram De Jesus se converter num inveterado consumidor de bebidas alcoólicas — a mesma crença, não de todo absurda, de que na tasca não existia aquela separação estúpida entre pobres e ricos, ricos e pobres, como acontecia em vários outros salões da cidade.

Na tasca, pelo menos, tinha com quem conversar, e quando chegava a hora em que seus pés começavam a doer e ele resolvia ir para casa, não faltava uma voz, por mais impessoal que fosse, para responder-lhe um "até amanhã".

— Quer o documento ou não quer?

— Claro, porra. Te procurei pra isso.

— Então me dá o retrato.

— Acho que você pensa que eu sou maluco.

— Não te entendo, juro.

— Que merda. Preciso de um favor teu, e você parece que está tirando o corpo fora.

— Vai te foder. Já te disse que parei de mexer com isso, já te disse que os caras tão aí, dando em cima do negócio, já te disse que tem muito sujeito em cana por causa disso, já te disse que é perigoso, mas, como o caso é teu, vou me arriscar. Que diabo você quer mais? Me dá o retrato. Já viu documento sem retrato? Essa é boa. — Emílio estava provando que não havia se esquecido dos pratos de comida que De Jesus pagava para ele, vez por outra, no Rei dos Fritos. — Sem retrato, nada feito.

— Depois eu prego ele.

— Porra, você não vê que tem que ter um carimbo em cima do retrato?

— A gente não pode arranjar um?

— De que jeito?

— Ainda não sei. A gente tem que dar um jeito.

— Que cara teimoso. A coisa é assim: tem uns gajos aí que têm todo o esquema montado. Já sabem tudo. Como é que faz, como é que carimba o documento, como é que inventa o nome do portador. O teu novo nome. É só soltar uma grana pra eles. Você me dá a grana e o retrato, e eu cuido do resto.

— E se os tiras põem a mão no meu retrato? Aí é que eu fico fodido.

— O mesmo risco que você vai correr, eu também vou. Será que não deu pra você entender isso?

— Está bem. Amanhã eu cuido do retrato. Vou tirar logo meia dúzia.

— Até que enfim.

Bom, a primeira etapa das providências a serem tomadas já estava entrando nos eixos. Faltavam muitas outras em que pensar, de modo que De Jesus deixou escapar o nome de um país:

— Canadá.

— O que é que tem o Canadá?

— É um bom país, não é?

— Eu nunca estive lá.

— E São Paulo, hein? O que é que você acha de São Paulo?

— Não acho nada. Você é quem deve saber para onde quer ir. Mas dizem que a árvore das patacas secou há muito tempo.

— Parece que a França vale a pena. Paris.

— Me falaram que São Paulo é uma bagunça filha da puta.

— Eu já estava em Paris.

— Lá, você vai viver que nem bicho, nas favelas, junto com os gregos, os italianos e os portugueses.

— Não é bem assim. Eu sei.

Ele estava se lembrando de uma história antiga. Foi quando apareceu um sujeito no bairro do Miragaia e começou a falar de Paris. Tirou uma maçã do bolso e perguntou: "Vocês aqui comem maçãs boas assim, todos os dias?" Deu a maçã para um garoto que o ouvia de olhos esbugalhados e, em seguida, fez uma nova pergunta: "Vocês aqui podem usar roupas iguais a esta minha?" Abriu a boca e mostrou os dentes. "Quando os dentes de vocês se estragam, vocês podem ir a um dentista? Pois eu posso. E o meu dentista é de graça. Quando vocês ficam doentes, podem ir a um médico? Já ouviram falar em sindicatos? Eu tenho um sindicato, que defende os meus direitos." E ficou por aí mesmo, porque os homens chegaram e o levaram, e nunca mais se ouviu falar nele. "Vocês não estão vendo que esse homem está louco?", perguntou um deles. De Jesus respondeu, delicadamente. "Ele estava apenas contando como é o lugar em que vive." E o policial: "Esse lunático fica inventando fantasias para iludir vocês." À noite, De Jesus sonhou com uma maçã que brigava no sindicato para ir ao dentista, mas este não pôde comê-la porque não tinha dentes. Também viu uma porção de crianças correndo atrás de um cesto de maçãs. Não conseguia se lembrar do desfecho. Parece que as maçãs conseguiram escapulir do cesto e mergulharam no rio.

Emílio ouviu tudo como se estivesse muito interessado, mas estava pensando nas máquinas. Amanhã ia acordar cedo, fossem quais fossem os rumos dessa noite. Isso era sagrado. Assim que desse o pulo da cama estreita (onde dormia de roupa e tudo, nas noites de inverno) e alcançasse, com um rápido mas certeiro esticar de braço, o interruptor da luz, e abrisse a torneira (a pia era o único luxo do seu quartinho subalugado), e tocasse com a ponta dos dedos na água fria, para esfregar a remela dos olhos, e seguisse por um corredor escuro, à procura da latrina, e descesse três andares de escada, aí, sim, é que começava o seu agônico ritual de todas as manhãs: tentar pôr em funcionamento o motor de uma geringonça que em outros tempos se parecera com um automóvel (e que não lhe pertencia), carregada com aquela mercadoria inútil, as máquinas enferrujadas de fazer café, que ele, mais uma vez, ia lutar para vender na periferia — os subúrbios e arrabaldes das redondezas —, aonde chegava com aquele ar esperto e bem-falante que se supõe ser a característica fundamental de todo sujeito que vive no centro dos acontecimentos. Ninguém podia negar-lhe talento para isso, mas o diabo é que Emílio nunca conseguia encontrar compradores para as suas incríveis máquinas de segunda e terceira mão. Se tivesse um produto melhor, certamente não precisaria viver mordendo os outros, nem teria que engolir os desaforos que engolia todo fim de mês do dono das máquinas, que ameaçava tirar-lhe o carro e as máquinas, da dona do quarto, que ameaçava uma ordem de despejo, do dono da tasca, que ameaçava cortar-lhe o crédito.

— Que droga.

— O que foi que você disse?

— Eu disse "merda".

— Está com medo?

— De quê?

— O negócio do passaporte falso e tudo.

— Não, não é isso. Estou me lembrando da chinesa.

Uma banheira com água quente, sabonete cheiroso e muita espuma, uma dose de aguardente e os dedos macios da mulher amada esfregando-lhe os músculos doloridos e cansados. Sim, senhores. Eu já tive o meu próprio paraíso. Ficava numa ilhota adormecida pelo excesso de consumo de ópio, bem no calcanhar de Mao Tsé-tung. Eu, o cabo Emílio.

Nós estávamos lá para proteger a colônia, o regime, o Ocidente e o contrabando, naquele entreposto suprarreal, onde mandávamos tanto quanto um prisioneiro pode influir no cardápio da cadeia. Nosso trabalho não era grande coisa, a não ser as monótonas e irritantes ordens-unidas, as rondas noturnas e o plantão na ponte, ali na boca de entrada da China, quando o soldado do lado de cá ficava vigiando o soldado do lado de lá, atrás de uma cancela de ferro tão pesada quanto as leis que nos separavam. Por estupidez, inadvertência, simples engano ou lá o que tenha sido, um dos nossos soldados, certa vez, viu o inimigo — era assim que nós os chamávamos — riscar um fósforo e pensou que ele tivesse detonado uma arma. Que desgraça. A bala que ele mandou para o chinês foi tão alvoroçante quanto uma cutucada numa casa de marimbondos. Não tardou muito e já tínhamos todo um contingente trocando tiros na então chamada porta do inferno. O resultado da carnificina foi que o Exército ibérico acabou servindo mais alguns de seus homens ao pasto dos urubus. Emílio ficou sabendo disso um pouco mais tarde. Naquela noite ele repousava nos braços da chinesa.

— Era uma mulher maravilhosa.

— Você já me falou dela umas cem vezes — disse De Jesus. — Mas conta de novo. É uma história muito agradável.

Contaria ainda uma vez mais, com toda certeza. Que mais lhe restava senão essa esplêndida recordação — a lânguida e dengosa voz, os olhos amendoados, o corpo quente e generoso e as mãos?

— Mãos que afrouxavam os meus nervos retesados. É verdade, também havia o sorriso. O largo sorriso que me estremecia todo. E havia ainda a lonjura do mar, e chineses que transformavam pequenas embarcações em moradias, porque na ilha não sobrava espaço para todos, e as drogas, que circulavam livremente, e os ricos comerciantes que viviam dela e os que viviam do seu tráfico para o mundo ocidental e outros mundos, e as bandeiras do Partido Comunista, tremeluzindo ao sol e à sombra das proibições. E o soldo no fim de cada mês. Eu gastava tudo em presentes para ela.

— Vocês viviam juntos, que nem marido e mulher?

— Eu morava no quartel, mas nossa vida era igual à de marido e mulher. Igual porra nenhuma. Tomara todo marido e mulher tivessem a vida que a gente tinha.

— Mesmo não morando juntos? Você entende o que eu quero dizer.

— Nós sempre tínhamos quem nos alugasse uma cama numa daquelas embarcações, mas se não estivesse fazendo frio, nem isso era preciso. Quantas vezes a gente não fez a coisa no meio de uma ruazinha deserta, quando todo mundo estava dormindo? Quantas vezes na vida você teve a sorte de ouvir uma mulher dizer para você: "Eu te amo. Mais, mais. Eu te amo. Você tem um corpo maravilhoso. Eu te amo. Você tem um pau maravilhoso. Eu te amo." Você ouve isso todos os dias? Que mulher.

De Jesus não perguntou mais nada daí por diante. Emílio devia estar sonhando — ou ficando louco.

— Meu azar todo foi aquele tenente. Já te falei dele?

— Claro, claro — disse De Jesus, sem o menor entusiasmo. Começava a se cansar de tanta esnobação. Até esse escroque tinha vivido melhor do que ele.

O tenente era a espinha, a facada fatal na sua fabulosa miragem. Emílio bebia tranquilamente com a garota chinesa num barzinho gostoso, onde se esquecia do mundo e do tempo, contando e recontando para ela velhas histórias acontecidas no continente. Mostrava-lhe postais recém-chegados.

— Você vai gostar de viver lá. Só faltam dois anos. É capaz que eles me promovam a sargento, e aí dá para a gente se casar e ficar junto por todo o sempre.

— Mas antes a gente vai a Hong Kong?

— Vamos a Hong Kong.

— Do que é que você gosta mais lá na sua terra?

— Do vinho.

— Vamos passear muito?

— Sim, vamos. Vamos passear muito.

— Os lugares são mais bonitos ainda do que nos postais?

— Sem dúvida.

Quando não estava falando nestes assuntos, Emílio relembrava a sua infância.

— Quando mamãe teve o seu oitavo filho, fiz um bilhete para ela, dizendo: "Pelo amor de Deus, mãe, para que a senhora vai pôr mais um filho nesta bosta deste mundo?" Ela sempre se chateia comigo por causa dessas coisas. Diz que tem filho porque Deus quer, e que Deus é quem vai criar todos. Até hoje Ele não fez nada por mim. E desconfio muito que não fará porra nenhuma pelos outros.

— Eu vou conhecer a sua mãe?

— Claro que vai.

— E os seus irmãos?

— Também.

— Eles são parecidos com você?

— Acho que sim. Pelo menos os mais velhos.

— Você vai me amar sempre? Não vai me trocar por outra da sua terra?

— Minha deliciosa criança. Quero você para sempre.

— Aqui é muito triste, não é? Tudo tão pobre, tão difícil. E a gente não conhece mais nada além do mar e daquele portão.

— É verdade. Você gostaria de conhecer do outro lado do portão?

— Sim, dizem que do lado de lá é muito bom. Parece que Pequim é muito bonita.

— O que é que você quer ver primeiro quando a gente chegar no continente?

— O que você quiser me mostrar.

— Os toureiros?

— Sim, se você quiser.

— Os jogadores de futebol?

— Sim, se você quiser.

— Então, você não se importa de ir para lá?

— Não, se você quiser.

— Está feliz?

— Sim, estou. Eu gosto muito de você.

Tudo seria tão bom… se não tivesse aparecido o maldito daquele tenente. Primeiro, Emílio sentiu uma mão batendo em seu ombro. Olhou para trás e, logo a seguir, percebeu que não se tratava de um insulto apenas e sim de uma ordem.

— Levanta a bunda da cadeira, ô cabo. Essa mulher vai ficar comigo.

— Com que direito o senhor diz isso?

— Essa mulher é para um tenente e não para um cabo. Cai fora.

— Ela é minha namorada.

— Levanta daí, rapaz, antes que eu mande te pôr em cana.

Ele se levantou. Não para obedecer à voz do seu comandante, mas para jogá-lo no chão com um soco firme e decidido.

Foi um ato de heroísmo, que mereceu a sua justa comemoração. Minutos depois, Emílio estava preso e condenado a cinco anos de reclusão, pena que cumpriu no continente, pois haveria de ser remetido de volta — e algemado — no porão de um navio lento e vagabundo, que levou mais de dois meses para chegar a seu destino.

Kerdoval tinha quinze anos, era bom de vôlei e dava uma sorte danada com as garotas. Sentávamos um ao lado do outro. Me perguntou: "De Jesus, você vai à festa na casa do prefeito?" Disse-lhe que não. Meu nome não estava na relação de convidados que o diretor havia pregado no quadro de avisos. Um monte de outros alunos também estava fora da lista, mas que se danassem. Eu estava chateado era comigo mesmo, pelo fato de ter sido esnobado e tudo. Só podia ser por causa da minha roupa. Ainda não tinha podido comprar o uniforme de gala. No dia seguinte, um bocado aporrinhado, voltei ao colégio, decidido a não tocar no assunto. Tanto que ouvi em silêncio, sem revelar a menor curiosidade, o relato que Kerdoval me fez sobre a festa, sobre o menino que recitara um poema, e o outro que tocara piano, e os doces que o prefeito distribuíra para todos, enquanto ele tocava nos seios de uma garota. "Vou ao cinema com ela esta noite. Naquele escurinho é que vai ser bom." Eu também tinha quinze anos, e, em vez de ir ao cinema com uma garota, ia era para o banheiro com uma artista de cinema (mamãe sempre deixava umas revistas na mesinha de centro, para distrair as visitas).

Emílio estava contando novamente a história da chinesa.

Agora, apresentava uma versão inteiramente nova, na qual salpicava lances surpreendentes — só o final coincidia com o da história anterior: o tenente, o murro, a viagem de navio e os cinco anos de cadeia —, e era fácil compreender que a sua vida estava dividida em duas etapas perfeitamente definidas: antes e depois disso. Ofendido, quieto e displicente, De Jesus esforçava-se por não se mostrar invejoso perante o amigo, tanto quanto queria esconder o que verdadeiramente o incomodava: o lampejo de paixão e vida que Emílio trazia estampado na cara. Para suportar esse novo ultraje, passou a pensar nas mulheres e na sua vontade de ir passar o resto da noite com elas. Não disse nada sobre isso. Afinal, era um homem de trinta e oito anos, pai de cinco filhos, e estava às vésperas de deixar o país. Calma e discretamente, tornou a enfiar a mão no bolso, para sentir, ainda uma vez mais, a tesoura. Não, não havia perdido de vista a sua fiel companheira. Estava tudo certo. E então, como quem emerge da névoa para o mundo desempoeirado dos vivos, disse:

— Meus pés já começaram a doer. Vou zarpar.

O outro continuou falando da chinesa e do tenente e dos cinco anos de cadeia e do seu sono muitas vezes interrompido no meio da noite por um grito: "Chien. Chien. Chien."

— Bom, te dou o retrato na hora do almoço. Vou andando.

Desceu a rua em direção ao rio, viu Emílio desaparecer na esquina e foi seguindo a pé, sem rumo, pela cidade deserta. "Ei, filhinha, topa ir comigo, topa?" A mulher não respondeu e entrou no primeiro carro que parou a seu lado, como se não tivesse ouvido ninguém chamar por ela. De Jesus pensou, apertando a tesoura pelo lado de fora do bolso: o que é que essa puta sabe fazer na vida além de abrir as pernas em troca de algum dinheiro? O pior de tudo é que estava disposto a pagar, mesmo correndo o risco de ser carimbado com uma gonorreia. Conhecia uma casa onde certamente encontraria uma mulher disponível. Ia para lá. Mas essa falta de jeito…

Agnus dei, qui tollis peccata mundi, miserere nobis

Pronto, eis o dia seguinte. Na cidade ainda mal acordada, mulheres de preto, com enormes cestos sobre as cabeças, a caminho do mercado, cruzam com outras mulheres de preto (pernas cabeludas pudicamente resguardadas dentro de meias pretas) a caminho das igrejas, que cruzam com outras que, ajoelhadas rente ao meio-fio da calçada, dão brilho nas rodas importadas de seus patrões, enquanto muitas outras mulheres começam a dobrar a espinha para esfregar as entradas dos edifícios. O ritual de sempre, todas as manhãs. As mesmas idas e vindas de homens soturnos que desembocam de estreitas ruas ziguezagueantes e se encaminham para os cafés (estação obrigatória enquanto esperam a hora do serviço), num dos quais Manuel de Jesus já deu por iniciado o seu dia a dia de sonâmbulo.

São nove horas.

Isso significa que ele dispõe de trinta minutos completamente seus. (Terá ainda mais meia hora, assim que chegar ao trabalho, para arrumar a prancheta, os blocos dos desenhos, uma coisa e outra, até baterem à porta e a aldraba anunciar a chegada do velho Alves para a reunião das dez, de acordo com o combinado.) Põe em cima da mesa a moeda correspondente ao cafezinho, sem gorjeta. Diz não, com um gesto, ao engraxate que se oferece para um lustro no velho pisante. Cospe rudemente no chão, desobedecendo à plaquinha bem na sua frente. Faz tudo isso, mas não consegue decidir se toma ou não a primeira dose do dia. (Nesse momento, mete a mão no bolso: ELA está lá.)

Passa a língua nas gengivas. (Nova cusparada.) Dá um sopro na mão e cheira. Tripa podre, boca podre, alma podre. "Todos estes dentes vão cair. Portanto, preciso ir ao dentista. Dentista quer dizer Caixa de Previdência, que quer dizer fila, fila e mais fila, que quer dizer dias e dias de espera. Que porra."

— Um bagaço, por favor.

Faltam 25 minutos.

Pânico: sua mão direita está tremendo. A traição suprema. Para que foi beber tanto? Para que ficou a noite toda batendo perna pela cidade, se agora ia precisar de muita energia — energia desperdiçada em dissipações?

— Mais um bagaço, por favor.

O impasse está formado. Uma nova dúvida, uma nova tortura. Se a mão tremesse e ele errasse o golpe? Tudo perdido. Não podia ser, era impossível que isso acontecesse. "Bendita mão, eu imploro a você que não falhe." (Aperta o bolso com toda a força. Depois, pega a tesoura e faz o teste da tremedeira. Seu desespero cresce. A mão está tremendo mais ainda. Segura a mão direita com a esquerda, para ver se assim consegue um pouco de firmeza. Inútil. A outra mão também treme. Desiste do ensaio e passa aguardente nas costas das mãos. Deixa a tesoura por um momento ao lado do copo e levanta as mãos no ar, espalmadas. Elas continuam tremendo. Abaixa-as, enfia a esquerda no bolso, em seguida pega a tesoura com a direita, fica alguns instantes acariciando-a, como se estivesse conversando com ela. Um diálogo intenso e duro, que não precisa de palavras. Volta a pedir uma nova dose. Para beber.)

Faltam vinte minutos.

O homem vai chegar às dez. Foi ele mesmo quem quis a tal reunião. Vai bater na porta, uma vez, talvez duas, talvez três. E eu vou ouvir cada pancada daquela aldraba (um pedaço de ferro que fica acima da fechadura — e que ficava melhor nos pés dos cavalos —, cuja única utilidade é me tirar do sossego, mesmo quando estou no banheiro), vou ouvir cada pancada como quem ouve o dobrar de um sino avisando que alguém morreu. Descerei a escada, abrirei a porta e deixarei que o Dr. Alves ponha, pelo menos, o pé direito além do batente. Ele vai chegar com o seu sorriso lépido e fagueiro, e me desejará um bom dia. Serão as suas últimas palavras aqui na Terra. (Prende os dentes, com fúria.) Ah, meu caro Dr. Alves, vou descosturar as suas tripas ali em cima do batente. Uma tesourada só. Espere para crer.

Faltam quinze minutos.

— Mais um bagaço, por favor.

Senhor juiz, senhor promotor, senhores do júri, dispensem-me dos sermões, por gentileza. Obrigado. Eu, Manuel Soares de Jesus, confesso. É só isso. Obrigado. Por que o matei? Porque era um homem mau. Se reconheço esta arma? (Sorri.) Claro, era com ela que eu ganhava a vida. O que foi que o senhor perguntou? Ah, sim. Bom, não gosto de ser mandado, e já estava sendo mandado havia tempo demais. Por ele? Um dia. (Risos.) Repito o que disse: ele era um homem mau. Como? Não, não. Sou amigado, tenho cinco filhos, dormimos todos na mesma cama. Fiz todos eles porque estava de pau duro, ora. Agora, vivo bebendo todas as noites para abaixar o pau. Não quero mais saber de filhos. Me desculpem dizer, mas se bebo demais também, é porque aquela mulher não me dá mais vontade. Doutores, vós tendes mulheres à hora em que bem desejais. Eu, não. Para mim, todas elas, antes de abrirem as pernas, mostram primeiro o caça-níqueis atrás das calcinhas.

— Vai para a forca? Vai para o trono?

Um jurado:

— Minha nota é 10.

Segundo jurado:

— O Sr. Jesus, apesar de nervoso, foi de uma coerência assombrosa. Minha nota é 5.

Terceiro jurado:

— Trata-se de um depoimento muito humano, que muito engrandece este programa. Dou 10.

Outro jurado:

— Para mim, é zero. Sua história é apenas razoável, e, ainda por cima, ele se mostrou muito inseguro.

Outros jurados o acompanharam, numa sucessão de zeros.

O juiz:

— Estou aqui com vários recados telefônicos. É o público que pede, e o público é soberano. Querem este homem no trono, mas o nosso júri está em desacordo, apesar de algumas boas notas que o senhor mereceu, Sr. Jesus. Por favor, para atender aos nossos amigos de casa, por favor, volte no próximo domingo.

Faltam dez minutos.

Este ser beligerante. Manuel Soares de Jesus. Não, não. Apenas De Jesus. Trinta e oito anos, 1,70 metro de altura, parrudo, um corpo compacto. Mãos duras, congeladas e, mesmo assim, sempre gesticulando.

Nasci guerreiro, nasci valente, nasci herói.

Branco vivendo como negro em terra de branco.

Deem-me uma espada e o meu cavalo. A ralé nacional precisa de um vingador.

Faltam cinco minutos.

Ainda há tempo para uma carta.

Papa Paulo VI
Vaticano — Itália.

Santidade:

(Aqui, parou para pensar no que devia dizer. Teria ele um assunto definido? A rigor, era muita coisa junta a ser contada — e o melhor mesmo seria escrever uma série de cartas. Mas não tinha tempo. Ia pôr tudo o que lhe desse na telha em uma ou duas laudas. O problema era o começo. A primeira frase. Depois, bastava pôr Santidade e pronto? Será que era assim que se devia abrir uma carta para um Papa? Não podia estar perdendo muito tempo nessas indecisões. E deixou assim mesmo: "Santidade: Quem assina estas linhas é o filho mais velho do Padre Ângelo — acaso o conheceis? —, da freguesia de Xira, Bispado de Borregã, embora por ele batizado sem o devido reconhecimento da sua paternidade." Releu a frase e gostou. Desse jeito está bom. Parece até um negócio erudito. Foi em frente, falando da visita que o Papa havia programado para a Ibéria por esses dias, durante o cinquentenário de aparição da Virgem na Cova Piedade. Estava tentando escrever do modo mais educado possível, mas se traiu num trecho: "Este país não merece a visita de Vossa Santidade." Explicou: "Estamos vivendo uma época negra da nossa história, com o medo, o terror e a submissão estampados na cara de todos nós. Os responsáveis por isso são os mesmos que estarão na Cova Piedade beijando os vossos pés." Por fim, chegou ao que queria. Falou nas perseguições que alguns membros da Igreja vinham sofrendo, falou da guerra na Terra Negra, dos salários e da carestia, acrescentando: "Neste país, metade do povo pede esmola. A outra metade joga no Totobola." Finalizou propondo um acordo: que o Papa impusesse condições para esta visita: "Vossa Santidade tem poderes para isso." Fez a lista do que devia ser exigido pelo Papa. Essa relação tomou todo o espaço da segunda página da carta e continha dez itens, como nos mandamentos da Igreja. "Respeitosamente, despeço-me, na esperança de ser merecedor de vossas atenções.")

Assinou a carta, que em seguida colocou no bolso de dentro do casaco, onde carregava os documentos. Pediu mais um bagaço, esquecido do tempo, da hora de entrar no emprego, que já havia passado, como se já não tivesse mais emprego e agora fosse um homem livre porque havia descarregado em duas páginas boa parte do seu ódio, um ódio dirigido contra todas as coisas e que, por uma dessas incríveis casualidades, viria a desabar sobre uma única e só pessoa — o velho, de quem voltou a se lembrar, e então (ainda esquecido do tempo) ficou novamente com aqueles olhos que pareciam vomitar fogo o tempo todo.

O Papa, a carta e mais esse novo desfile de queixas manuscritas fizeram-no voltar-se para a noite passada — uma associação de ideias tão absurda quanto tudo o que vivera nessa noite. Ao deixar Emílio, na tasca, partira em busca das mulheres. Antes de subir os degraus do velho pardieiro arruinado, onde elas ficavam cantando bolero junto com o disco na vitrola até que tivessem um homem com quem se ocupar, parara no boteco embaixo, atraído por uma espécie de desabafo que uma moça negra estava fazendo, no qual parecia estar pondo abaixo a própria raça negra. O rapaz que discutia com ela, também negro, mostrava-se bastante constrangido, embora, para De Jesus, ele estivesse era bêbado demais. Sem se dar conta disso, toda a sua atenção se concentrava sobre o aspecto físico de cada litigante. O rapaz possuía boa estatura e músculos rijos, e, sóbrio, talvez até fosse bom de briga. Tinha um rosto comprido e expressivo. Um cara bonito, sem dúvida. Uma senhora branca diria ser o tipo de negro de traços finos, herdeiro da beleza dos brancos. Vestia-se com simplicidade e tinha metade da camisa para fora das calças.

O balcão servia-lhe de apoio. Quanto à moça, esta revelava um melhor trato pessoal, desde a escolha das cores de sua roupa — uma blusa amarela, muito viva, sobre a pele escura, calças azuis — à maneira como havia espichado o cabelo. Trazia ainda uma bolsa cara, de couro, pendurada no ombro. Falava balançando excessivamente o corpo, numa forma de gingado mal controlado e que denunciava seu nervosismo — e o movimento de seus seios pródigos. De Jesus a encarou de outro ângulo e viu-lhe o rosto de lua cheia. Escolheu uma nova perspectiva, pelas costas, e achou que ela tinha tudo o que podia fazer dele um homem feliz para o resto da vida. Mas a moça, nesse momento, só se preocupava em dizer o que pensava dos homens negros.

— Para ser meu amigo, sim, filho. Para ser meu, não.

— Por que não?

— Você já viu preto dar condição a alguém?

— Não entendi.

— Para ser meu amigo, sim. Está certo. Gosto que você seja meu amigo. Mas não será meu.

— Você gosta é mesmo desses brancos nojentos.

— Eu não gosto é de preto. Essa é que é a verdade. Eu não gosto de preto. Preto, quando tem dinheiro, vai logo procurar uma branca. É ou não é?

— Você está sendo estúpida.

— Estou? Então, o que fez o nosso grande campeão de futebol quando quis se casar? Foi correr atrás de uma branca. E essa branca vai com ele por causa do dinheiro que ele tem. Aqui, ó, pro amor.

— Tá falando besteira. Tudo besteira.

— Então me aponte um só crioulo que, ao ficar rico, foi procurar uma crioula. Me aponte. Qual o preto que deu condição a uma preta?

— Meu pai.

— Certamente ele não tinha dinheiro. Se tivesse...

O rapaz ficou calado. A mulher apertou a mão dele de repente.

— Passar bem. Talvez você encontre uma preta pra você. Eu, não.

Trôpego, desmoralizado publicamente, o negro deixou o botequim, sem dizer mais nada. Atravessou a rua e, ao alcançar a calçada do outro lado, virou-se para trás, ameaçando voltar. No entanto, a moça já havia desaparecido. Estava subindo as escadas do pardieiro (os quartos ficavam em cima do bar) na companhia de um branco.

— Esses crioulos são uns lamurientos e duros — disse a mulher. — Hoje eu estou a fim de uma nota.

De Jesus foi com ela por ir. Qualquer uma servia. E se não tivesse que dar muitas voltas, tanto melhor. Por via das dúvidas, colocou a maior parte do dinheiro no bolso de trás. Estava com medo de ser depenado. Pagou à mulher logo que entraram no quarto, antes de tirar a roupa, não apenas para mostrar que era um homem honesto, capaz de cumprir um acordo, mas também por precaução: era melhor desembolsar o preço justo do que ser roubado se pegasse no sono. Mais tarde iria descobrir que seus cuidados não tinham dado certo.

O azar dela foi ter despertado aquele fardo grosso, pesado e inumano que dormia e lançava aterradores ganidos pelas ventas — o que a fez lembrar-se de um velho cão doente. Ao pôr as mãos sobre as calças para remexer nos bolsos à procura do dinheiro, a mulher bateu com a fivela do cinto na cadeira. O homem, que dormia a sono solto, levou um susto e pulou da cama. Ela viu-lhe a mão rápida enfronhar-se embaixo do travesseiro e voltar com uma espécie de lâmina reluzente na semiescuridão do quarto. Pensou tratar-se de uma navalha, até tomar consciência de que estava sendo ameaçada por uma tesoura.

— Vou contar até dez — disse ele. — Negra escrota. — Ela se manteve firme, de pé, encarando-o de modo desafiador. Ficou esperando. Ia dizer que não havia roubado nada, que nem sequer houvera tempo para isso, que o diabo daquela fivela estragara tudo, mas não disse. De Jesus, controlando a sua raiva, começou a fingir que aparava as unhas. A mulher tentou se mexer e ele voltou a enfrentá-la, com a tesoura aberta e bem firme na mão. — Devolve tudo, já. — E então ela compreendeu toda a verdade. A coisa não era de brincadeira. Tinha mesmo de confessar que o dinheiro estava intacto, dentro do bolso. — Meta a mão e confira — disse ela, jogando as calças sobre a cama. — Está tudo aí.

Passados aqueles instantes de expectativa e tensão, De Jesus sentiu-se calmo e sozinho, já que a mulher havia ido embora. Por uma questão de segurança, passou a mão no trinco, para ver se realmente havia trancado a porta. Depois, guardou a tesoura novamente debaixo do travesseiro, caiu na cama e dormiu. Sonhou com a Vaca-Leiteira.

Os meninos me perguntaram se eu queria ir na casa da Vaca-Leiteira. "Quem é a Vaca-Leiteira?" "A dos peitos grandes. Não conhece?" Eram dois garotos espertos, e eu achava que eram muito mais vivos, mais sabidos e mais inteligentes do que eu. Aí eu disse: "Vamos." Um deles perguntou: "Tem dez pratas aí?" "Tenho." "Então está resolvido." Entramos por uma rua escura e abandonada, atrás da Vaca-Leiteira. Batemos numa porta e de lá de dentro saiu um homem zangado, perguntando o que a gente queria. Envergonhado, a voz quase não saindo, falei na Vaca-Leiteira. Ele coçou a cabeça — tive medo de que fosse nos bater — e apontou em frente: "É por ali." Seguimos na direção indicada e eu bati na porta. Veio outro homem zangado, que também perguntou o que procurávamos. "A Joana está?", perguntou um dos meninos, que sabia o nome verdadeiro da Vaca-Leiteira. "Quem?" "A Joana." O homem balançou a cabeça, para dizer que não. Perguntei: "Então onde fica a casa da Vaca-Leiteira?" "Aqui mesmo", disse o homem. "Podem entrar." Lá dentro é que a coisa foi mais gozada, embora naquele instante eu não estivesse achando graça alguma. O homem entrou no quarto, falou para a mulher sobre nós e depois saiu, dizendo: "Um de cada vez. Passa pra cá a grana." Ele dormia com ela até que aparecesse algum cliente. Quando aparecia, deixava a cama e ficava do lado de fora, esperando. Frente a frente com essa tão sonhada e devaneada nebulosa — a mulher —, eu não sabia por onde começar. Também, para falar a verdade, a Vaca-Leiteira não era propriamente uma boa musa inspiradora. Seu corpo era volumoso em excesso para os meus frágeis catorze anos. E o monumento que lhe dera nome e fama era capaz de esmagar um físico masculino pouco privilegiado. Pedi para apagar as luzes, me despi no meio de uma incrível atrapalhação e fui para a cama, ansioso por perguntar: "E agora? Como é que se faz?" Ela passou a se esfregar em mim, mexia comigo como se eu fosse um brinquedo em suas mãos, mas minha reação era coisa nenhuma. Só sei que poucos instantes depois a Vaca-Leiteira pegou o que tinha que pegar, pôs onde tinha que pôr e logo a seguir reclamava: "Foi rápido demais. Assim não dá gosto. Você foi muito rápido. Muito rápido." Levantou-se para se lavar, reclamando disso, e eu, de minha vez, não havia sentido nada. Perguntou se eu também queria me lavar. Disse-lhe que não e saí. Mas ao transpor a porta, ajeitando a roupa, havia me transformado em outra pessoa. Agora eu era um homem, pensava, e até o meu andar estava diferente. Encarei os outros dois meninos com ar superior: "Vocês não vão?" Não iam. Estavam sem dinheiro. "Como é que foi?" "Depois eu conto. Vamos andando." Uma nova e estranha sensação acabava de me invadir por dentro. Meu corpo estava leve, por pouco não flutuava. Só então percebi que os dois garotos não eram tão espertos como eu pensava. Eles me contavam muitas coisas — mas era tudo mentira. Mais tarde nos sentamos num banco de jardim e eu contei como a experiência tinha ocorrido. A meu modo, claro. Inventei à vontade. À medida que ia falando, ia me sentindo verdadeiramente apto para enfrentar até mesmo uma Vaca--Leiteira. O que não havia funcionado antes agora dava o seu sinal de existência — de modo que, quando cheguei em casa, fui correndo para o banheiro. No domingo fui me confessar.

— Eu pequei.

— Pecado com a carne?

— Sim, senhor.

— Sozinho ou acompanhado?

— Acompanhado e sozinho.

— Com homem ou com mulher?

— Com mulher.

Naquele tempo eu tinha o hábito de só fazer aquelas coisas sozinho, aos sábados. Porque achava que, quando fazia aquilo, no dia seguinte me acontecia uma desgraça. Já que isso era inevitável, que acontecesse nos domingos, porque domingo é um dia morto, sem muita importância. Os dias da semana eram terríveis para essas coisas. Eu podia tirar um zero numa prova, podia ser atropelado, podia ficar sem o dinheiro da merenda, sei lá. Me lembro de uma vez que mamãe pediu para eu ajudar na mudança de um móvel da sala. Além de mostrar muita lentidão, ainda escorreguei e caí. Ela disse: "Anda fazendo coisa feia, não é? Conheço nos olhos quem faz isso." Fez um discurso a respeito do assunto, falou dos castigos de Deus e eu me enchi de medo. Daí por diante, sempre que ia para o banheiro e estava naquela situação (como mamãe dizia: fazendo coisa feia), passava a me olhar no espelho, para ver se meus olhos estavam acusando alguma mudança. Tudo isso é para lembrar que a história da Vaca-Leiteira foi numa sexta-feira, e eu achava que o pecado devia ser maior ainda. Por quê, não sei. Talvez por causa daquelas ladainhas que mamãe vivia fazendo para mim. Tanto que, quando contei ao padre, insisti no pormenor: "Mas foi sexta-feira." Ele ordenou uma penitência, e eu não me mostrava satisfeito: "Foi numa sexta-feira."

No sonho, porém, as coisas aconteceram de maneira diferente.

Tudo começou com a voz da mãe dele, na porta do banheiro:

— Você morreu aí dentro? Sabe que horas são? Ande rápido com isso, palerma, senão você chega atrasado ao colégio. Passe o rodo no chão. Não vá me deixar tudo alagado.

Ele estava sentindo uma terrível dor de barriga e não tinha vontade de ir para lugar algum, muito menos para o ginásio. Seguiu para a zona.

— Ei, menino, vamos fazer um neném?

Apanhado de surpresa, ele foi seguindo sem dizer nada, apenas seguia a mão que o puxava. A mulher tirou a roupa e se jogou na cama. Disse:

— Sabe o que é um homem honesto? É aquele que tem uma mão capaz de cobrir a minha teta.

— Então eu não sou um homem honesto.

— Você ainda é um menino.

Ele também se despiu e ficou de pé, contemplando o corpo nu à sua frente.

— Vamos logo, rapaz. Vem cá. Aqui juntinho. Assim. Você tem corpo de sereia. Parece uma moça. Quer se amigar comigo? (Deu-lhe uma mordida no pescoço.) Tão novinho!

A mulher ficou de quatro — e os bicos de seus seios tocavam no colchão.

— Se soltassem você num pasto de capim-gordura, certamente você daria uns cem litros de leite por dia — disse ele. — Que úberes. Tão diferente dessas vaquinhas pé-duro que andam por aí.

— Cala essa boca e vem logo. Vem por trás. É mais gostoso.

— Para de balançar esse rabo. Fica quietinha. Isso. (Deslizou uma mão pelas costas, sentindo que ela reagia a seus afagos. Seus pelos estavam cada vez mais arrepiados. Foi apalpando com a outra mão, por baixo, até encontrar as tetas. Apertou uma, e o leite escorreu. A mulher não gostou: "Muuuu!") Ele insistiu: — Fica quietinha, que eu te dou uma lata de talco. Fica quietinha, que eu te dou um frasco de cheiro. Fica quietinha, que eu te dou um sapato novo. Fica quietinha, que eu te levo na missa.

— Muuuuuu!

— Para de balançar essas orelhas e esses chifres. Os mosquitos estão te incomodando? Para de me bater com esse rabo. Se você me der um coice, eu te estrangulo. Fica quietinha. Concentração, moça. Olha o que está fazendo. Daqui a pouco tudo isso acaba e você volta a andar pelo pasto. Me diz uma coisa: quem é melhor, eu ou esse zebu imbecil, teu marido? Ele sabe que está sendo corneado? Geme um pouco, geme. Louca. Fica quietinha, que eu te levo na missa...

Selvagem. Escrota. Intolerante.

Não esperava por aquilo. Logo com ele, que sempre a tratara tão bem! O golpe, inesperado, abrupto, estúpido, fora quase mortal: atingido na barriga pelas duas patas traseiras, acabou sendo açoitado para uma espécie de vácuo. Uma traição sem aviso prévio, que o apanhara com as calças nas mãos. O local onde antes havia um quarto e uma cama agora se transformara num barranco. Ele ia bater com as costelas lá e se arrebentar todo. Puta. Acordou ao ser apanhado na queda pelos chifres da Vaca Leiteira. Os sinos da igreja chamavam para a missa. Mas o som que repicava em seus ouvidos era outro:

— Muuuuuuuuuuu!

Dez horas e trinta minutos.

Ele que me espere. Preciso dormir, pelo menos, uns cinco minutos. Para enfrentá-lo de espírito limpo. Todo homem com sono é um incapaz.

Debruçou a cabeça sobre os braços, que já estavam preparados, em forma de ninho, na mesa do café. Adormeceu no mesmo instante.

O sapo chegou de supetão.

Foi entrando como quem não queria nada, distraído e compenetrado. Disse:

— Como vão as coisas?

— Vai-se andando...

— Algum problema?

Era um sapo imenso, em tudo semelhante a qualquer outro sapo, possuindo, porém, certas peculiaridades que o faziam parecer diferente. Seus cabelos eram louros e lisos, e muito bem cuidados (De Jesus quase perguntou que marca de xampu ele usava), e, ao contrário dos anfíbios da sua espécie, andava vestido. Logo de início percebia-se que sua maior dificuldade era caminhar sem pisar na gravata — uma longa gravata estampada, de cores berrantes. De Jesus, que tinha nojo de sapo desde menino, estava achando esse encontro estranho demais, e mais estranho ainda era ver que ele estava sentado à sua frente, com uma das pernas ostensivamente estirada sobre a mesa — talvez para mostrar a etiqueta da bota, 5th Avenue, New York. Ele pediu café com adoçante artificial, queixando-se do médico, que lhe tomava dinheiro, mas não conseguia diminuir-lhe a ofegante papada de sapo.

— Sou o novo homem da intendência.

— Pensei que fosse do departamento de pessoal.

— Também, quer dizer, de certa forma.

— Compreendo.

— Mesmo? Isso é ótimo. Facilita as coisas.

— Em que sentido?

— Como diretor-intendente, tenho vários departamentos nas minhas mãos. Inclusive o de relações públicas e o de relações com os empregados.

— Foi o que eu pensei.

— Então não preciso falar muito sobre as minhas atribuições.

— Certamente.

O sapo derramou um pouco de café na gravata, evidentemente por descuido.

— Logo hoje! Como é que pode!

— Passe água quente. Limpa num instante.

— Daqui a pouco tenho uma reunião com o banqueiro. Pega mal chegar lá com esta gravata melada.

— A respeito de que é essa reunião? Posso saber?

— Vou discutir o programa anual para a minha pasta.

— Estou incluído nesse programa?

— Ainda não pensei nisso.

De Jesus estava achando o sapo um sujeito simpático. Trocaram um sorriso aberto, como se fossem velhos amigos. Começava a se acostumar com a ideia de que era possível um bicho se transformar em homem, podendo inclusive seguir os seus padrões de conduta sem que isso pudesse ser considerado anormal. Já ouvira falar em tantos fenômenos, por que não admitir mais esse? Provavelmente existiam muitos outros sapos circulando entre os homens, nesse mesmo estágio, meio sapo, meio homem, e outros cuja transformação, com uma mãozinha da ciência e dos milagres da natureza, já havia sido feita em definitivo. Ele é que era um tonto e avoado, e nunca parara para observar o avanço do mundo — e suas incomensuráveis alterações. No fundo, no fundo, era como essa história de disco voador. Nunca acreditara neles. Mas podia ser que existissem. E aquela coisa de dizerem que o homem veio do macaco? Vai ver, é tudo verdade. Com tanta questão transcendental engarrafando mais ainda uma cabeça nada sobrecarregada de confusão, só lhe restava analisar pormenorizadamente o espécime com quem agora privava na intimidade. Quem sabe, talvez até pudesse ganhar uma boa nota com esse assunto, na televisão.

— Está tudo bem contigo? O que é que se passa?

— De repente fiquei completamente cego — disse De Jesus. — Não vejo nada.

— Não será ilusão sua?

— Estou falando sério. Não vejo nada.

— Quer que eu ligue para o departamento médico?

— Acho que não adianta nada.

Passam sessenta minutos.

Um homem vai andando entre os mausoléus de um cemitério, à procura da cova da sua mãe. Não leva flores, nem velas. Tem na mão uma cartolina enrolada, na qual está escrito: "Agora és uma sombra a menos. Agora és o que sempre foste: pó."

Não estava pensando a respeito disso, nem no fato de não ter ido ao enterro, muito menos na carta que só recebeu uma semana depois, avisando: "Sua mãe morreu." Morreu? Morreu. Ponto-final.

O que ainda o inquietava, como o zumbido de um besouro dentro do ouvido, era a voz do encarregado dos Supermercados Fernandes, que nessa manhã havia-lhe torrado o saco. "Por que é que você não põe o brasão do Vaticano neste cartazete?" Ora, porra, o que é que tinha a ver o brasão do Vaticano com a oferta de um ovo de Páscoa? "Não ponho porque é de mau gosto."

Mãe.

Qualquer coisinha, e a chibata comia firme no lombo.

Não vou fazer de você uma vítima, não, velha.

Detestava a morte, os enterros, o chororô e toda essa lenga-lenga dos apiedados do mundo.

Mas ainda leva um susto quando se lembra da noite em que tia Senhorazinha morreu. Não sabia se ela se chamava mesmo Senhorazinha ou se tinha outro nome. Só se lembrava da mortalha, do odor das flores e do caixão. Ah, sim, também havia o rosto. O rosto da morta.

Vieram avisar de noite, quando ele já estava dormindo. "Morreu de parto." Era o 10°, o 11°, o 12°? Não se lembrava. Tanto filho... Foi lá no dia seguinte e viu os homens preparando o caixão. Todos choravam, menos ele. Disseram: "Menino sem coração." Passou uma porção de noites sem dormir direito. A mortalha. O caixão preto. As rezas. Tudo tão de meter medo... Tia Senhorazinha era da família de Jó, o fodido. Sua filharada cresceu como o diabo foi servido. Estão ainda pelo mundo, dando murro em pedra.

Quer um discurso, mãe? Quer uma lágrima, uma ave-maria?

Sossegue, querida: quem morre, apaga.

E o padre, hein? Vocês já se cruzaram por aí, debaixo do chão? Por favor: diz pra ele que aquela história que ele tentou meter na sua cabeça é tudo besteira. Lembra? Aquele negócio de viver dizendo que eu era comunista. Pura bobagem.

Estou apenas tentando defender o meu pão. Honestamente. Compreende agora?

Cordiais saudações.

Onze horas e trinta minutos.

— Já sentiu isso antes?

— Não, nunca — mentiu De Jesus. Uma vez experimentara a cegueira, ou o que ele pensava que era um estado de cegueira. Fora durante uma viagem. Ele ia na boleia de um caminhão, de noite, e, para quebrar a monotonia, reclinara a cabeça bem para trás do assento e fechara os olhos. Ficara assim durante muito tempo, entretido com as luzes que conseguia ver de olhos fechados. Luzes amareladas, que iam ficando azuis, depois viravam bolinhas de sabão e sumiam, dando lugar a outras luzes, de outras cores, igualmente maravilhosas. Ele acreditava que estava enxergando as luzes da sua própria mente. Quanto mais apertava os olhos, mais podia distingui-las, como num divertido jogo caleidoscópico. Por fim, vira um fundo verde-escuro, sobre o qual corria uma linha vermelha, que, aos poucos, descobrira tratar-se de uma cobra-coral. Outros riscos foram aparecendo, formando um cercado de traços pretos em que a cobra ia se enrolando, ao passar da ponta de um traço para outro. Ao fundo, fora surgindo uma linha em zigue-zague, grossa e marrom, que tomara o lugar da cobra, transformando-se em seguida numa corda cheia de nós. Depois ficara tudo escuro e ele não vira mais nada. Abrira os olhos e não conseguira enxergar coisa alguma, nem sequer o motorista ao seu lado. Isso durara, talvez, uns cinco ou dez segundos. Mas parecia um tempo sem fim.

— E como foi que aconteceu? — perguntou o sapo, acendendo um charuto. A fumaça e o cheiro forte tomaram conta da sala.

— Fiquei olhando fixamente para você, e de você saiu um relâmpago que me cegou na mesma hora.

Agora De Jesus não pensava mais na origem das espécies, nem em que escala animal o homem estava enquadrado, nem na viabilidade de bichos e insetos poderem se incorporar ao reino dos homens. Queria apenas abrir os olhos e poder avistar, límpida e incolor, a sua dose de aguardente em cima da mesa.

— Gozado, suas mãos e seus braços estão cheios de estrelas. Um bocado de estrelinha parecida com uma água-viva. Dá para sentir isso?

— Por favor, jogue um pouco de água nos meus braços. Eles estão ardendo.

— Minha secretária já saiu para o almoço. Espere até as duas.

— Chame o contínuo, o rapaz da limpeza, a menina do café. Pagarei pelo favor.

— Saíram todos.

— Então ligue para o departamento médico, conforme você mesmo sugeriu.

— Também não adianta. Estamos na hora do almoço.

— Que diabo eu vou fazer agora, sem enxergar nada e com essas queimaduras nos braços?

— O jeito é esperar. Francamente, meu caro Jesus, não vejo outra solução.

Passam uma hora e cinquenta minutos.

O sapo não era tudo. Também havia essa coisa incorpórea, sem começo nem fim — sem a qual a vida certamente seria muito mais suportável —, esse imenso rolo de invisíveis fitas gravadas e indiscretas que não podia controlar: a sua lata de lixo. A memória. Outra vez, derrapando pelos seus subterrâneos, estava diante da mulher e dos filhos. Isto é, acabava de retornar a um instante de vida na companhia deles. "Mamãe desmaiou no banheiro, pai." O pai foi até a geladeira, pegou uma garrafa de cerveja, que abriu com cuidado, para não machucar o dedo num dos bicos da tampinha, despejou a bebida no copo, fazendo muita espuma, e sorveu todo o líquido, de uma golada só. Disse: "Ela está precisando é de umas porradas." O garoto não disse mais nada. Ficou olhando para o chão, porque estava com vergonha de olhar para a cara do pai. A mulher se levantou da cama, queixando-se das dores que dizia sentir: "Quero dinheiro para ir a um médico." "Médico? Estamos luxando agora, hein? Toma um chá de cidreira." Sabia o que ela ia responder: "Acho que você está querendo que eu morra." Então ele usou um argumento lógico. Estava sem dinheiro. "Mas tinha para encher a cara, não tinha?", perguntou ela. E foi aí que, olhando para aquele monte de carnes flácidas sacolejando dentro da camisola, ele fez o que sempre tivera vontade de fazer, mas sempre evitara. Seu desejo mesmo era o de esfaqueá-la em pedacinhos, mas o barulho provocado pelo alvoroço dos meninos atraiu a vizinhança — e isso acabou desmanchando a sua festa.

Doze horas e trinta minutos.

Muito tempo decorrido, muito tempo revivido.

Continuava, no entanto, com o problema do sapo e da cegueira. Até quando? Indefinidamente? Bem, agora ia ter que arranjar uma bengala e um guia. Haverá algum disponível? O pessoal está preferindo vender balinhas, bugigangas e canetas nos sinais de trânsito. Outros preferem engraxar sapatos. Ou, pelo visto, matar e roubar. Pura e simplesmente.

O erro: não ter dado um pontapé no sapo logo que ele apontara na porta. Fizera muito isso, quando menino. Não com o pé, porque tinha medo. Pegava uma vassoura e os escorraçava, toda vez que eles ameaçavam invadir a casa. O que era a ignorância: já um homem maduro e experiente, iria ceder aos encantos de um sapo bem-falante. Pura armadilha da sua curiosidade em relação aos fatos desconhecidos. "Me fodi."

— Preciso sair, e você também — disse a voz cujo dono ele não via, mas sabia quem era. — Antes, quero fazer-lhe umas perguntas. Você já esteve na guerra?

— Não. Quem está lá é o meu irmão. — Agônico, impaciente, De Jesus se contorcia. Lamentou-se: — Se eu ao menos pudesse me coçar...

— Estranho. É realmente muito estranho.

— O quê? — Sabia que estava sendo estudado em todos os seus movimentos. Mas, porra, o que podia fazer?

— Falo dessas suas cicatrizes no rosto e do que você disse a seu irmão no dia em que ele embarcou para a guerra.

— Dei alguns conselhos pra ele. O que é que tem isso de mais?

— Você falou que ele era um louco. Disse que na Força Aérea só tinha loucos e que jogar napalm sobre os pretos era um crime maior do que matar a mãe. Como é que você pode dizer uma coisa dessas, sem nunca ter ido lá?

— Eu não disse nada não, moço. Apenas que ele tivesse cuidado.

De Jesus ouviu o barulho do gravador desligando. A fita devia ter chegado ao fim. Ficou esperando a próxima pergunta, que levou algum tempo para ser feita. Aproveitou a pausa para se queixar novamente das queimaduras nos braços. Voltou a pedir água: — Não estou aguentando esta formicação na pele. Parece que os meus braços e as minhas mãos estão em carne viva.

As coisas que cegavam: leite de pinhão, reflexo do sol no espelho, ler demais com pouca luz e juramento falso. "Quero ficar cego se eu fiz isso, mãe. Por essa luz que me alumia, eu não fiz isso, mãe." É verdade, espirro de sapo também cegava. Se a gente batesse num sapo com um pedaço de pau e ele espirrasse aquele líquido branco, que parecia leite, e o líquido caísse nos olhos, ficaríamos cegos, com toda certeza.

Uma voz no gravador:

Para cobrir a região de Napala, você vai dispor de dois helicópteros. Essa região equivale a um terço do continente europeu, e você vai voar debaixo da fuzilaria dos negros. Você é um louco. Ou um suicida...

— Essa voz não é a minha — interrompeu De Jesus, como se estivesse a ponto de destruir o gravador com um murro. Se pudesse, bem que o faria.

Todos os gajos que estão indo pra lá ou morrem ou voltam mutilados, ou com o fígado em frangalhos, ou com a cabeça destroçada por dentro. Por que você não foge, seu filho da puta? Você sabe por que os negros um dia resolveram pegar os seus facões e invadiram uma aldeia, cortando as cabeças de todos os brancos que iam encontrando pela frente, dando por iniciada toda essa estúpida carnificina? Sabe? Por nossa culpa. Nós mandamos para lá, para a terra deles, tudo quanto a gente não queria aqui. Os prisioneiros, os ladrões de cavalos, todos os piratas e aventureiros escroques, e eles chegaram e impuseram a lei da chibata e destruíram tudo o que o negro tinha de bom e que era dele. Os culpados somos nós, será que você não percebe? Olhe aqui esta carta. Sabe de quem é? Do seu primo. O nosso querido herói da família. Veja o que ele diz: "Na semana passada os guerrilheiros pegaram alguns dos nossos. Foi uma desgraça. Amarraram os soldados numa árvore e os espetaram todos com os seus facões e punhais. Em compensação, esta semana conseguimos pegar alguns deles. Fizemos um fogareiro imenso e queimamos a bunda de um por um. Depois acabamos de queimá-los a bala." Tome, fique com essa carta. Será uma boa leitura para a sua viagem de navio...

— Eu não tenho nada a ver com essa voz — insistia De Jesus. — É tudo mentira. Eu não disse nada disso.

— É só um aviso, meu caro. Tome cuidado com o que você fala. — De Jesus ficou esperando pelo resto do conselho. Achou melhor ficar calado. O outro seguiu, confiante:

— Acontece que as empresas, de agora em diante, vão ter que dar uma colaboração mais firme para a guerra. Fomos encarregados de escolher alguns homens que possam embarcar.

— Mas eu tenho trinta e oito anos, mais de nove de casa, e tenho mulher e cinco filhos para sustentar.

— Quanto à sua idade, não há problema. Eles estão convocando os homens de trinta a quarenta e cinco anos. Essa lei passou no Congresso. Não leu nos jornais? Quanto ao problema da sua família, ela não vai ficar desamparada. Você já tem um bom fundo de garantia.

De Jesus pensou na tesoura e numa cartada definitiva, ali e agora. Mas, com a mão ardendo daquele jeito, não podia sequer tocar nela. Ainda assim conseguiu cerrar o punho e desfechar um golpe, mesmo sem saber se o seu instinto estava seguindo o alvo certo. Socou uma, duas, três vezes. Trouxe o braço para trás, para enviar um novo golpe com mais força. Não conseguia atingir nada. Precisava acertar pelo menos um soco. E tinha que bater firme e rápido, sem dar tempo para que o sapo abocanhasse a sua mão. Para piorar tudo, os seus golpes não estavam saindo com a força necessária para destroçar o inimigo. Eram golpes de um braço dormente, que se movia com muita dificuldade e lentidão. Ele sentiu vontade de chorar. Se ao menos acertasse um soco... Um só que fosse. Eu sou um homem, porra, até de olhos fechados. Tentou de novo, debatendo-se no vazio, o imenso e inatingível buraco vazio e escuro à sua frente, tão imenso, vazio e escuro quanto o mundo e a noite e a sua vida e a sua solidão. Eu não sou mais um homem, sou a tanajura de quem cortei as asas; em cima do formigueiro tinha uma tanajura de quem eu cortei as asas, cortei as minhas próprias asas, cadê as minhas asas — e batia, estou cansado, exausto, dolorido, e batia, cadê meu braço, cadê minha força, e batia, estou batendo no nada, para nada, e batia, eu destruo o mundo neste braço, e batia, eu não tenho mais braço, e batia, estão me segurando, agora estão me segurando, por favor, me larguem, estão me segurando…

Era Emílio.

Nós temos que viver juntos

— Eu acho que nós não temos a menor moral perante essa juventude que está aí — disse o Alves.

Pensei nos nossos filhos (que são dois e agora estão na guerra) e no caso das estrangeiras. Acredito que pensei certo. Confesso que na hora não dei muita atenção ao que ele disse. Estava cansada e sonolenta (talvez fosse melhor dizer entediada). Havíamos reunido alguns amigos para um jantar. Meu marido, o escritor Adelino Alves, fazia quarenta e cinco anos. Quando eles foram embora, estirei-me no tapete, apoiando a cabeça numa almofada. Precisava relaxar um pouco. O Alves lançou os seus olhos de peixe morto sobre mim e senti que ele estava querendo que eu dissesse alguma coisa. Engraçado, só agora, tanto tempo depois, é que paro para pensar no assunto. Ele começou me dizendo um negócio muito certo, mas não liguei. O disco na vitrola havia me transportado para outro mundo. Tanto que (disso eu me lembro perfeitamente), vendo sua insistência em ficar na sala, em vez de ir para a cama, falei sobre a música que estávamos ouvindo:

— Ah, Vivaldi. Você é maravilhoso.

Então Alves relaxou as costas mais ainda na cadeira, levando as mãos entrelaçadas para trás, naquela espécie de travesseiro improvisado a que todo mundo recorre a certa hora da noite, principalmente quando a festa começa a ficar chata demais e você procura a melhor posição para bocejar em paz. Pôs os pés sobre a mesinha de centro, cruzados um sobre o outro, por pouco não derrubando o copo de uísque com gelo.

— Também acho.

Muito curioso. Agora me vinha com uma agressão disfarçada, quase imperceptível, o gênero de coisa em que havia se tornado um verdadeiro mestre. Não deixei por menos:

— Ahnnnn?

— Você sabe que é verdade. Também gosto muito das *Quatro estações*.

Meu Deus, que vontade de gritar. Que vontade de dar um berro capaz de me arrebentar os pulmões. Queria tirar a roupa peça por peça, e jogar tudo pela janela. Que vontade de arrebentar essa vitrola cara, esses discos, essa estante, os pratos, as panelas, a casa inteira.

— Sei, sei. Mas o que foi que você disse antes? Desculpe, não estava prestando atenção.

Ele necessitou de mais um gole. Não era justo? Talvez até seja melhor assim, com a fala molhada, escorregadia e lisa.

— O que eu quero dizer é que, neste país, quem tem mais de quarenta anos não merece o respeito de ninguém. Isto é, de ninguém com metade dessa idade para baixo.

A cara amassada. Os ombros curvos. O sofrimento. Vi tudo isso muito bem, outra vez.

— Está preocupado com os meninos, por causa das gringas? Por favor, não seja melodramático.

— Não é bem isso, Lena. O que eu acho é que nós não temos a menor moral perante eles, porque eles encontraram tudo isso que está aí e nós não fizemos nada para que as coisas fossem melhores.

Peguei um livro, um entre os muitos escritos por ele, abri-o ao acaso e li um longo trecho inteiro, dando bastante ênfase à densidade narrativa, o que é uma característica particular do seu estilo. Depois atirei o livro bem à sua frente, dizendo:

— Isso é seu, homem. Você fez isso. Você está vivo.

— Coisas do passado.

Troquei Vivaldi por algo mais quente, na esperança de que a coisa mudasse de rumo. Um som desses bem barulhentos, estridentes e que às vezes funcionam como um bom despertador.

— Você acha que é falta de respeito os meninos voltarem das férias com essas gringas debaixo do braço? Você sempre concordou com isso. Nunca se opôs.

Só então o Alves chegou aonde queria. E disse outra coisa que me espantou. Discutimos uma noite inteira, sem chegarmos a um acordo. Acho que foi a primeira vez que eu briguei pra valer com um homem. O problema todo, penso, é que os filhos eram dele e não meus. Não sei se vocês me entendem. Meu papel na história era (e ainda é) o da mãe de criação. Já imaginaram. Continuo até hoje com o meu ponto de vista, que na época não adiantou nada, pelo menos em relação ao estado de espírito do Alves. Os garotos também não foram na conversa do pai. Cada um sacou sua estrangeira no elenco de estrelas que eles capitaneavam para o quarto, bem na nossa cara, toda vez que voltavam das férias. E com papel assinado e tudo. As menininhas estão na Terra Negra nesse momento, servindo de escora para os nossos audazes alferes. Bem feito. Essas francesas são tão engraçadas. Devem estar adorando a guerra. Nunca vi povo tão romântico na minha vida. Acho que já nascem com *O vermelho e o negro* entre as mãos. Bem, talvez Stendhal não tenha nada com isso, nem Robespierre, nem a Revolução Francesa. Não sei. Com tanta gente saindo pelo mundo em busca de uma causa em que se meter... Debitemos essa culpa à Velha. Aos nervos cansados da Velha Europa. Que Deus a guarde em boa hora. Somos tão do passado, não somos? Será que somos mais do que um monte de casas velhas? Voltemos ao Alves:

— Tudo o que eu queria era dizer a esses meninos para não irem com muita sede ao pote. Daqui a pouco vão nos comunicar que estão casados. Será o fim. Ainda não passam de uns fedelhos.

Foi esse o motivo da briga. Eu achava (e continuo achando) que o problema era deles. Mas o Alves é o Alves. Digo: aquele cabeça de pedra que vocês nem imaginam.

> "E o rosto dela
> no início apenas fantasmagórico
> ficou com um tom mais
> branco de pálido."

Era o que Lena agora ouvia, e ia ouvir uma vez mais, talvez até mais outra e ainda outra, agora que tudo parecia tão distante, agora que o Alves estava preso.

Agora.

Agora ela estava só.

Era Buddy Miles quem batia nos tambores, e a mulher nua e estirada na cama dizia:

— Abaixe um pouquinho. Por favor...

Era Buddy Miles quem batia nos tambores, com toda certeza. O som e a fúria do velho som da África, o novo som da América e do mundo ocidental. E ele estava dizendo para a mulher nua estirada na cama, com uma aliança no dedo da mão esquerda e um cigarro entre os dedos da mão direita:

— Presta atenção a isso, presta. O desespero desses caras não é de mentirinha não.

Como já havia dito antes, em outro apartamento, em outra cidade, num país qualquer, para outra mulher nua e estirada na cama, enquanto Miles Davis agonizava no trompete:

— Esse aí me diz mais sobre o desespero de viver do que todos os livros que eu já li.

E ela:

— Abaixe um pouquinho, sim?

Mas já não era mais meia-noite, nem duas, nem quatro da manhã, e ele já havia ultrapassado a fronteira do seu próprio desespero, aquela hora em que fica olhando para a parede, com um copo na mão e um cigarro entre os dentes, perguntando-se se ainda tem a vida entre os dentes. A hora em que costuma jogar os olhos contra a parede, esperando que eles batam nela e voltem automaticamente para os corredores escuros da sua alma e lhe devolvam a capacidade de sentir tudo o que está acontecendo. Sabia que tinha ido muito além disso e que se encontrava numa rua deserta e selvagem e Buddy Miles cantava "We Got To Live Together" e ele ia começar um filme em cima de "We Got To Live Together" e era um bom filme.

Estava numa cidade tão encaixotada de prédios de apartamentos quanto qualquer outra, e a rua parece que se chamava rua da Consolação ou coisa parecida, e ele vinha descendo essa rua dentro de um Volkswagen que tinha uma mulher muito branca na direção. (Vestia-se apenas com uma capa, sem nada embaixo, de modo que, toda vez que ia mudar a marcha, ele aproveitava para enfiar a mão entre as pernas dela.) E foi por isso que não viu o vulto estendido no meio da rua, ficando completamente apavorado quando a moça jogou o carro, bruscamente, para a esquerda.

— Um homem morto.

Desceram do carro, que deixaram ligado e com as portas abertas, e caminharam em direção ao corpo estendido sobre o asfalto. Ele tocou nele com o bico do sapato, e o homem gemeu.

— Moço, saia da estrada. Aqui é perigoso — disse a mulher.

Pegaram o fardo sujo e fedido e o arrastaram para a calçada. O homem havia batido com a cara no chão e sangrava muito. Estava bêbado demais.

— Aqui está bom. Pelo menos nenhum carro vai passar em cima dele.

— Meu Deus! É o Alves!

— Tem certeza?

— É ele, sim.

— Então o que é que a gente faz?

— Acho melhor cair fora antes que a polícia baixe aqui.

A mulher entrou no carro e seguiu sozinha. Foi aí que ele começou a fazer o tal filme.

Parado na rua deserta, olhando para trás para ver se o homem se mexia, e olhando para a frente a fim de ver que rumo o carro ia tomar, ele tinha uma câmera na mão e uma música na cabeça, "We Got To Live Together". Não que estivesse se lembrando da música. Estava inteiramente consciente de que ela estava sendo tocada e cantada nesse momento, porque a voz e os tambores de Buddy Miles se espalhavam dentro dele — e por toda a rua. Foi seguindo através da câmera o destino do carro, que acelerou a marcha para subir uma ladeira, só que essa ladeira era o Banco do Estado, que, estranhamente, se encontrava no fim (ou seria o começo?) da rua. O carro subiu pela fachada do edifício, alcançando tranquilamente o último andar, desaparecendo em seguida, sem incidentes. Ele viu outros carros passarem, para, mais adiante, fazerem a mesma coisa. Ao perceber que se tratava de um movimento rotineiro e monótono, decidiu mudar seu posto de observação, indo colocar-se na boca de um túnel que passava por debaixo daquela rua, que, a essa altura, havia se transformado numa praça. Uma praça muito triste. Ficou durante algum tempo olhando para o buraco do túnel e para os carros que passavam por ele e os outros carros que passavam em cima, no viaduto. Esses carros andavam em ritmo cadenciado, na mais perfeita ordem, tudo funcionando dentro de uma organização exemplar, que parecia existir desde o nascimento da cidade. De repente (não sabia explicar como nem por quê), todos os carros dispararam desordenadamente, na maior loucura. Ele pensou no fim do mundo e em coisas assim. Também não teve tempo para ficar pensando muito. Foi tudo tão rápido: os carros acabaram por desabar pelo viaduto abaixo, e o que ele via agora era uma estranha espécie de cachoeira metálica. O choque provocado pelo desastre foi tão violento que o levou a dar um pulo de uma cama europeia, embora a coisa estivesse ocorrendo no continente americano.

— Que negócio terrível.

— A ressaca?

— Aquele homem.

— Que homem?

— Já se esqueceu? Você até me ajudou a arrastar o cara para a calçada. Era o Alves, não era?

A mulher pôs a bandeja com frutas, sanduíches e café com leite sobre a cama.

— Coma um pouco, depois tome um banho. Isso passa.

— Isso o quê?

— A ressaca.

Aos poucos, ele começou a recobrar os dados da sua própria realidade. Estava numa casa estrangeira, a mulher não era a mesma do carro, mas a música no disco que tocava era "We Got To Live Together".

— Você de pileque fica muito engraçado — disse Lena.

— E de ressaca, também fico engraçado?

Lá fora, o nevoeiro cobria o rio, e a rua estava vazia. Manso, remanso rio de Onor. Calado e pesado. Suas águas, a gente não via. Mas sabíamos que ele existia. Largo e sombrio, esse rio. Também sabíamos que era um triste. A respeito dele, a respeito de todos os da sua classe, já disseram: "Conheci rios, rios longos e profundos, e minha alma ficou profunda como os rios." Velho esgoto. Saudações, companheiro, deste Estrangeiro.

Ele correu os olhos pela sala. Fedor de cinzeiros ainda por limpar. Fedor de copos. O ar ainda carregado de bebedeira. A noite passada e mal digerida. A pilha de discos fora das capas e jogados no chão. E Lena. Ia ficando por ali? Voltava para o hotel? Depois se vê, depois se verá. Nunca faça hoje, quando você tem uma vida inteira para decidir. Você só tem vinte e quatro anos, rapaz. E isso é outra coisa que não quer dizer coisa nenhuma. Compreende? "Fui convidado para uma festa, acabei entrando num funeral." Os voluntários sociais vieram todos chorar a prisão do dono da casa. Quando as carpideiras resolveram pegar o caminho de suas próprias casas, ele, o Estrangeiro, disse a si mesmo que não ia enfrentar o frio que estava fazendo na rua. Simplesmente foi ficando. Mais um copo, mais um disco, mais um copo etc.

— Que tal um conhaque para rebater?

— Já?

Um homem estava na cadeia, e esse homem era o chefe do bárbaro que acabava de devassar a cama dele.

— Já.

(Era apenas uma camponesa, quer dizer, uma mulher com o tempero da natureza e o molho de milhões de raças. Celtas, iberos, mouros, romanos, sei lá. Raças guerreiras, valentes e ladronas de cavalos, que vieram antes de tudo. Imaginá-la banhando-se num rio, ao meio-dia de um dia de sol quente, já foi o bastante para me levar a essa reflexão não de todo imponderável: valeu a pena todas essas raças terem existido. Valeu. Adelino Alves.)

Lena enrolou uma toalha na cabeça, soltou o roupão de banho, pôs um pé na água quente (que maravilha), depois o outro, e, antes de estirar o corpo na banheira, puxou o banquinho para mais perto dela, onde colocou os grampos que trazia enfiados nos cabelos. Em seguida começou a esfregar uma esponja no corpo, que, apesar da idade, ainda era moreno, bonito e enxuto. "Por que você ficou? Para que você ficou? Está certo, a culpa é minha, você não tem nada a ver com os meus problemas. Mas por que você ficou?" Uma vez lhe disseram que o Alves tinha a mesma cara de tristeza e abandono de Cesare Pavese. Ela comprou todos os livros de Pavese e ficou durante algum tempo comparando o retrato que vinha sempre na contracapa de cada volume com o rosto do marido. Iguaizinhos. Pavese era feio, sofrido, solitário e impotente. Uma noite, em Turim, depois de telefonar para todas as mulheres e de se certificar de que nenhuma estava para ele, pegou um revólver e arrebentou os miolos. (Seria mesmo impotente? Então por que telefonou para as mulheres?) A diferença é que Alves vem da raça dos jumentos. Vai arrastando a sua cruz, carregando-a até o fim, se arrastando, se arrastando, mas resistindo. Como se fosse de ferro. Será isso a questão da ancestralidade? Nascemos para crescer. Crescemos para aprender a suportar. Lena passava a esponja ensaboada pelo corpo, perguntando-se por que a água é tão sensual, mas seu pensamento estava em outro lugar. "Por que você ficou, hein? Aquela história de ir tocando de leve na minha perna enquanto conversava. Pensa que eu não estava adivinhando tudo? Você disfarçava, como se a coisa fosse involuntária. Depois, pra que você me acompanhou até o quarto, naquela hora em que eu fui mudar o disco?

Pra que você passou a mão pela minha cintura? Pra que me beijou, sem dizer nada? Sou muito fraca, fique sabendo. Sou humana." Sentiu vontade de escrever uma carta para o Alves: "Vou registrar os meus sentimentos neste momento, enquanto ninguém sabe dizer onde você realmente se encontra. Os amigos parecem preocupados, mas, por outro lado, não podem fazer nada. Você sabe. Dizem que você está incomunicável em algum lugar. Tremo de medo quando levanto, para mim mesma, a hipótese de que você nem sequer esteja mais vivo. Preciso te falar a respeito do Estrangeiro, aquele que é teu assistente no banco. Ele tem sido um amor. Está realmente cuidando de mim." Riscaria esse trecho ou não? Certamente. Não ia ter coragem, bem, para que tocar no nome do Estrangeiro, assim, sem mais nem menos? "O que me atrapalha é o Librium. Me deixa numa zonzeira doida. Acho que vou trocar de tranquilizante. Vou tentar o Valium, e, depois, se este também não der certo, mudo para o Vesalium." Seu pensamento tornou a voltar-se para outra coisa, a outra coisa que verdadeiramente a perseguia: "Por que você não foi embora, quando todos saíram? Você ficou se demorando no banheiro, esperando que os outros fossem, sem notar que você havia ficado. Pensa que eu não vi? Você me meteu numa encrenca desgraçada, rapaz." A pedrinha no sapato, incomodando, incomodando: o Estrangeiro. "O que vale é que você é tão bom..."

O telefone tocou, voltou a tocar, tocou de novo. Lena avançou pelo corredor (calma aí, telefone, já vou, sim, eu atendo, vou atender, eu quero atender), nua e tiritante e pingando água por cima de tudo.

— Você vem? Só às oito? Está bem. Jantamos por aqui mesmo. Onde? Aqui em casa. Eu cuido de tudo, pode deixar.

É, é melhor assim. Ele vem. É melhor assim.

Quando Lena conheceu Alves, ele era qualquer coisa a mais do que um escritor famoso. Era um homem com um passado, no qual se incluía um período de oito anos de prisão, por figurar na diretoria daquela maldita Sociedade Ibérica de Escritores. Estava vivendo aquele tipo de estágio conturbado que um homem atravessa quando tem de se organizar começando do zero. A sorte dele é que, na Ibéria, escrever livros não é lá coisa de grande futuro, mas quem se dedica a isso (e se conseguir fama) terá sempre seu quarto de cômodos na sociedade. Um escritor é sempre alguém que alguém gostaria de convidar para um chá ou um fim de semana numa casa de campo, e quanto a esse aspecto da questão, o próprio Alves tinha o seu ponto de vista: "São as nossas nobres mentes envernizadas, que estão sempre à procura de um pouco mais de polimento." Não tardou muito e ele chegava à direção da Havas Publicité com bom salário e uma boa dúzia de subalternos.

Durante muito tempo não produziu uma única página de livro, mas se conteve (chegando mesmo à conclusão de que havia descoberto um novo prazer na vida) com outra espécie de obra, essa que está não nas estantes, não nas livrarias, e sim em todas as paredes do país:

Faça um brilharete,
compre um Opel Cadete.

Daí para a frente, em algum buraco escondido e não identificado do cérebro, só devassado depois de muitos copos de bebida, ele iria sentir o toque de alerta de que estava se transformando num mago da persuasão, o homem que mudava hábitos de compra com a mesma facilidade daquele sujeito que transformou a água em vinho. "E daí?" respondia a outra parte do cérebro, talvez aqueles dois terços que — dizem — estão sempre ligados. "Fui eu quem inventou tudo o que está aí, esse sistema no qual sou obrigado a funcionar? Devorem a salada industrial e bom apetite, senhoras e senhores." "Igualmente, a Vossa Excelência" — e os fios de nervos, soterrados na borra aveludada, macia e fedida do vinho tinto, voltavam a adormecer.

Lena, compenetrada do papel forte que a mulher ibérica desempenha diariamente, ao pressentir no ar uma crise de humor, colocava um copo d'água e um remédio para o fígado na cabeceira do velho Alves. O Litrison podia não mudar o destino de um escritor, mas pelo menos tornava a noite deles dois mais suportável. Ela acreditava na sua receita caseira — e devia ter boas razões para isso.

Passado. Tudo pertence ao passado. Agora... bem, aconteceu que ele, novo homem de confiança dos banqueiros Fernandes, a quem os despeitados acusam de enriquecimento ilícito, graças ao contrabando de ouro e de moedas estrangeiras, havia recebido um convite para uma reunião de escritores em Estocolmo. Achou que não devia perder essa oportunidade para uma viagem, que lhe propiciaria tratar de assuntos ligados a seus direitos autorais, novas edições de seus livros e muitas outras coisas ligadas aos negócios dos banqueiros. Não esperava por aquilo que lhe aconteceu. Assim que entrou no avião, foi chamado ao saguão do aeroporto. Dirigiu-se ao balcão da companhia e lá estava a polícia, à sua espera. Eram civis e perguntaram apenas: "É o escritor Adelino Alves?" "Exatamente. Que desejam? Qual é o problema?" Não responderam. Ficaram muito tempo sem dizer nada, até a moça atrás do balcão avisar: "O avião já vai partir." Então os policiais olharam para o relógio e viram que só faltava um minuto para o voo. Disse um deles: "Agora o senhor pode ir." "Agora quem não quer ir sou eu. Chega de humilhação." E os homens: "Ah, é assim, é? Então o senhor vai dar um passeio conosco. De carro mesmo."

Apesar de todo o empenho dos banqueiros e seus prepostos, ainda não foi possível localizar o paradeiro do velho Alves. Está por aí. Sim, é possível que esteja por aí.

— Alguma novidade?

— Nenhuma. E lá no banco?

— Nada.

— Passei o dia correndo de um lado para o outro, telefonando e recebendo telefonemas. Mas não adiantou nada. Estou exausta. Quer um conhaque?

— Esse litro é o mesmo que você abriu de manhã? Calma, mulher. Vá com calma.

— Fale do banco. Conte tudo.

— Pra quê? Foi um dia muito chato.

— Falou-se muito no caso?

— Pelo visto, vai ser o assunto da semana. Tive uma reunião com o banqueiro. Ele deixou o departamento de publicidade nas minhas mãos enquanto o chefe não aparece. O abacaxi precisa continuar sendo descascado, não é? — Tomou a segunda dose de uma talagada só e encheu o copo novamente, sentindo-se menos embaraçado. Ah, como gostaria de estar menos nervoso e confuso. Como gostaria de não ficar bêbado depressa demais. Começou a coçar o braço. Suas orelhas também ardiam. Seria alérgico ao conhaque?

— E como foram as coisas com o banqueiro? O que ele te falou?

— Trata-se de um homem prático. Me chamou lá e disse: "Como você é o assistente do departamento, deve estar mais a par do andamento das coisas. Vá tocando o serviço, provisoriamente, até o Alves voltar ou encontrarmos outra solução." Depois me deu alguns conselhos. Falou nos cuidados que eu devo ter com minha correspondência para o exterior, disse que eu não devia levar certas publicações e certos livros para o escritório e que eu tivesse muita cautela com o que dizia ao telefone. Um sermão e tanto. Ia me esquecendo: também falou sobre o cuidado que devo ter com as amizades no país e com tudo o que eu falo.

— Um papo muito animador, não? Muito interessante.

— O melhor você não sabe: uns sujeitos lá ficaram se mordendo de inveja, cada um se achando com direito ao "cargo". Um belga que trabalha com a gente, e que vive aqui porque casou com uma mulher daqui, já andou me espinafrando pelos corredores: "Logo o veado desse estrangeiro." Flagrei outro dizendo, pelo telefone, a alguém que com certeza estava ligando da rua: "Quem? Um que anda sempre com calças de bombazina? Ah, sei. É um pederasta que anda por aí. Ora, amigo, a Ibéria é como uma puta: está sempre de perna aberta para os aventureiros."

— E você, como está se sentindo?

— Assustado. Completamente.

Como é que você se sente, substituindo o chefe no emprego e na cama? Eu estou é com muito medo, estou mesmo me cagando todo, mas há algo de trepidante e vital e desafiador por trás disso tudo, e Lena tem um corpo maravilhoso e eu quero entrar nele outra vez, por inteiro, como quem consegue retornar à barriga da mãe. Lena é fofa, Lena é macia. "Me engula de novo, querida, vamos? Não temos tempo a perder, vamos? Não importa quantos anos você tem, pouco importa quantos anos você é mais velha do que eu (não perguntei ainda a sua idade e juro que jamais o farei), nem que você tenha um marido, nem as circunstâncias (trágicas?) que o afastaram de você, muito menos se sou um intruso, aventureiro e oportunista. Acontece que o conhaque (o seu conhaque) já subiu para a cabeça. Vamos? Amanhã você me conta de novo aquele negócio que o Alves uma vez disse e que a deixou tão inquieta, aquela história da falta de moral das velhas gerações perante a juventude que está aí, e me fala de novo sobre sua impressão de que o melhor da obra dele não foi nenhum livro em particular, mas uma campanha publicitária para o Governo, aqueles cartazes que diziam "Quem bebe vinho dá o pão a um milhão de irmãos", amanhã você me conta tudo de novo, mas amanhã. Hoje, não. Vamos? Estou de pileque, estou bêbado, e ainda assim vou tentar te levar no colo daqui até a cama. Vamos?"

O Estrangeiro não pensou mais nada. Pôs o copo sobre a mesa, desligou a vitrola e fez exatamente o que sua cabeça estava mandando. Pegou Lena como quem pega uma criança e seguiu o seu rumo, com ela no colo, suspirando muito. *All is loneliness*, tudo é solidão, acabava de dizer Janis Joplin; *All is loneliness, loneliness before me*, solidão diante de mim, cantou a mulher com voz de pano rasgado, aquela voz que era capaz de arrancar um arrepio até mesmo da espinha dorsal de um poste, e ele estava seguindo pelo corredor, tentando não tropeçar, porque era preciso aguentar firme o peso de Lena, precisava provar a si mesmo que podia levá-la pelo corredor, devagarinho, com muito cuidado, beijando-lhe o rosto, beijando-lhe os cabelos, enquanto Lena, numa queixa murmurante e débil, perguntava, a todo instante: "Por que não vai embora? Me deixe aqui e vá embora, por favor. Por que você não vai embora?"

— Porque eu quero ficar, Lena. É só por isso. Entende?

Comendo com os olhos

Uma hora da tarde.

Emílio:

Pena que ela seja tão comprida.

Que terra estranha, essa, onde as mulheres estão ficando maiores do que os homens.

Acaso isso faz alguma diferença?

Ah, Izilda, Izilda. Eu te amo mesmo assim.

Ela é mais alta do que eu talvez um palmo, talvez nem tanto. Nunca ficamos lado a lado, ombro a ombro, frente a frente, costa a costa. Mas tenho que tentar. Um dia...

A perna dela. Tão bem raspadinha. Tão bem torneadinha. E esses quatro dedos de coxa entre o joelho e o começo do vestido — meu Deus, quanta provocação.

Se ela soubesse...

— Já escolheu, Sr. Emílio?

Custava alguma coisa me perguntar isso de um jeito mais amoroso? "O que é que você quer comer hoje, querido? Prefere uma sopa ou um prato de feijão, meu bem? Amor, hoje temos um ótimo filé com fritas."

Carinho e afeição. É tudo o que está faltando para dar um pouco mais de amparo ao fraco gênero humano. Em vez disso, ela me atira o prato, joga os talheres a torto e a direito, e fala comigo nessa maneira seca e abrutalhada, como se fosse um comandante, e eu o seu soldado raso.

Izilda:

Lá veio ele de novo, com outro para lhe pagar a conta.

Não sei como dá tanta sorte.

Da outra vez foi aquele Estrangeiro.

Sempre encontra quem faça isso.

Os homens são muito gozados: aceitam pagar o almoço de outros homens para não terem que comer sozinhos.

Não entendo por que ele achou de embocar lá para dentro.

Aquela salinha dos fundos é só para os estudantes, que ficam o tempo todo falando de coisas que ninguém entende.

Quando está sozinho e sem dinheiro, ele se senta aqui fora mesmo, junto com os da sua laia.

E toda vez que vem sozinho, a gente já sabe que ele vai pedir para pendurar a conta.

Papai deixa. Se fosse por mim, não deixava.

Mas papai acha que ele traz bons fregueses pra cá.

O Luiz Alberto, do teatro, o Estrangeiro, do banco, e agora esse novo freguês, esse tal Jesus, que é muito esquisitão mas tem cara de bom pagador.

São fregueses tão diferentes dos estudantes.

Estes, só pagam no fim do mês. Assim mesmo, dão um trabalho!

Alguns somem e não voltam mais.

Os estudantes são mais simpáticos e mais engraçados.

Se apossaram daquela salinha dos fundos, que acabou virando uma espécie de reservado. Coisa só deles.

Outro dia eu fui tirar os pratos das mesas e senti um cheirinho muito estranho. Um cheirinho gostoso, parecido com incenso. Depois eu descobri que era maconha.

Ainda bem que papai nunca sai do caixa. Se ele descobrisse...

Eu acho que é esse Emílio quem arranja maconha pra eles. Tem cara disso.

Izilda, traz a conta.

— Izilda, anota aí no livro.

— Izilda, o que é que tem pra hoje?

Emílio:

Ela deve estar a fim é de um estudante — um doutorzinho. Como vem toda saltitante quando eles chamam. Mas nenhum deles é melhor do que o cabo Emílio.

Ah, Izilda.

De tarde ela fica na janela, se distraindo com os que passam.

Eu também passo diante dos olhos dela, estendo o braço, a mão aberta, acenando. Tudo bem? Como vai? Apreciando a paisagem? O dia está bonito, não? Quer dar um passeio? Vamos a um cinema?

Mas ela desvia os olhos e finge que não me viu.

Sigo até o outro lado da praça, entro no Café Belas-Artes, onde estudantes barbudos discutem coisas incompreensíveis com mulheres sebentas, tomo um cafezinho no balcão, de pé, e volto pelo mesmo caminho. E vejo Izilda na janela, de novo, a poucos metros de distância do Rei dos Fritos, e novamente ela finge que não me vê.

Vou pedir ao Estrangeiro para escrever uma carta, uma bonita carta de amor, e depois ela nunca mais vai fazer de conta que não me viu.

Izilda, rainha do Rei dos Fritos, você não sabe quem é o cabo Emílio.

De Jesus:

Você é solteira?

Sou.

Ótimo. Eu também sou.

E sua mulher e seus cinco filhos?

Sou solteiro e pai de cinco filhos. Coisas da vida.

Pensa que eu vou cair nessa?

Aqui estão todos os meus documentos. Eles provam que não sou casado.

Bem, e daí?

Pensei que seria ótimo se nós dois saíssemos juntos hoje à noite.

Por favor...

Tem medo do seu pai? Ele não precisa ficar sabendo.

Por favor...

Você não vai se arrepender.

Senhor... Sr. Jesus, por favor...

Já sei: você tem um namorado duro e ciumento. Mas que importância tem isso? Não creio que ele goste mais de você do que eu.

Pare com isso, antes que eu quebre esse prato na sua cara.

— Izilda, traz a conta.

Emílio arrancou o miolo do pão, que esfarelou no prato de sopa, ainda pensando na perna da moça que acabava de pôr a comida sobre a mesa, retirando-se da sala logo em seguida.

— Estou apaixonado — disse ele, enquanto esperava que os miolos do pão ficassem bem ensopados.

— Por quem?

— Isso é segredo.

De Jesus continuou comendo calado e apressado. Ao pegar na faca para cortar um pedaço de carne, esqueceu-se de Izilda e voltou a se lembrar da tesoura, do Alves e de que tinha que estudar um novo plano, já que o primeiro havia falhado. Derreara e adormecera sobre a mesa do café no exato momento em que tanto precisava estar acordado e útil. Mas não seria por isso que ia desistir. Perdida a reunião das dez, perdido o encontro com o Alves, ainda lhe restava a oportunidade de um novo encontro. No fim da tarde passaria na sede do banco. No fim da tarde. Ele que fosse contando os seus últimos instantes de vida. Que tal avisar pelo telefone? "Olha, velho, te prepara para morrer. Às seis em ponto vai alguém aí te arrancar as tripas." Besteira. O homem podia chamar a polícia.

Havia fracassado também em outro ponto do plano.

O problema todo era o fato de ele não ter o dinheiro necessário para molhar a mão dos tiras, por intermédio de Emílio. E porque não tinha o montante exigido, não ia conseguir o passaporte falso, o que implicava uma profunda alteração em tudo. Agora ia tentar fugir sem documento mesmo, assim que matasse o Alves. Era o jeito.

Izilda:

Deve ser tão bom ser estudante.

Pelo menos deve ser muito mais interessante do que ficar servindo comida para um bocado de gente grossa, bêbada e estúpida como a maioria dos que vêm comer aqui, igual àqueles dois.

O jeito que eles me olham... morro de ódio.

Parece que querem me comer com os olhos.

Esse Emílio, então...

— Izilda!

— O que foi que o senhor disse, pai?

— Pergunte ao Emílio quando é que ele vai pagar estas notas.

— Não é melhor o senhor mesmo perguntar?

— Está bem. Então diga que eu preciso falar com ele.

Minha irmã é tão bobinha.

Ficou coradinha que nem uma uva quando aquele Estrangeiro disse que ela era bonita.

Franguinha.

Só tem catorze anos, mas já parece uma mulher. Já tem seios, corpo e tudo de mulher.

Uma coisa de que estou desconfiado: os homens preferem as baixinhas e rechonchudas, que nem a minha irmã.

Vai ter muito futuro, essa garota.

Daqui a pouco vai inchar diante de tanta paquera.

E eu nem sequer tenho um namorado.

Também, nessa vida, o tempo todo aqui dentro servindo comida pra essa gente.

Ou será que eu sou muito comprida?

— Agora de tarde eu vou trabalhar — disse De Jesus, decidido.

— E eu vou procurar o Estrangeiro.

— Que Estrangeiro?

— Você não conhece — disse Emílio. — Trabalha no banco. Vou ver se ele me quebra uns galhos.

— Imagino: vai morder uma nota desse cara.

— Não é bem isso. — Emílio tirou do bolso uma página de jornal com vários pequenos anúncios assinalados. — Preciso responder a estes anúncios, e ele vai me ajudar. Estou procurando emprego.

Como os dois iam saindo juntos e a conta do almoço estava paga, o dono do Rei dos Fritos não fez a cobrança dos vales antigos, que Emílio devia. Apenas perguntou, delicadamente:

— Você volta aqui amanhã?

— Com toda certeza.

— Então está bom.

Duas e quinze.

De Jesus:

Eis que me encontro de novo diante da prancheta, contemplando a folha em branco, sem saber por onde começar. A sala continua suja, porque não apareceu ninguém para varrer o lixo. Papéis rascunhados e jogados para todos os lados. Cinza e pontas de cigarro. Envelopes rasgados e inúteis, como tudo. O casarão continua sendo o que sempre foi. Não passa de uma toca para ratos diurnos e fantasmas noturnos. Qualquer dia vão destruí-lo. Já me disseram isso, e eu acredito. Ouço o barulho de máquinas trabalhando nos fundos e penso no grande e imponente edifício moderno que se erguerá um dia aqui. Vai ser preciso muito trabalho para se destronar todo esse ranço da velha nobreza que ainda perdura nestas paredes. Quantas pessoas viveram aqui? Quantas gerações daquilo que se convencionou chamar de seres humanos? Quantos dramas este teto foi capaz de abrigar? Barões e marqueses, nobres e velhacos, espoliadores e burgueses. Certamente. Basta ver o estilo da casa, os anjinhos desenhados no teto, a marca não de todo apagada nas paredes. Por aqui passou o tipo de gente que não me interessa. Certamente. O que conversavam ao pé da lareira? O que comiam? O que bebiam? Tudo do bom e do melhor? Certamente. Quando puserem este pardieiro abaixo, para onde será que vão me mandar? Se agora não há lugar para mim no bonito e brilhante prédio do banco, onde ficam os bacanas, depois também não vai haver. A solução cabe a eles. Que se danem e procurem uma providência. Só espero que não me joguem em outro buraco sujo, fedido e abandonado. Aqui, até o telefone só toca na hora de me cobrar trabalho. Ninguém quer saber como estou passando, se está me faltando alguma coisa, se estou doente, se preciso de um pouco mais de conforto. Eu sei: eu não conto. Estou pra cá jogado de qualquer jeito. Pareço um incômodo, uma espécie de espinha atravessada na garganta do patrão. Nove anos de casa. Isso não é fácil de ser engolido. Tudo passa. Como os que passaram por esta casa. Um dia, o banqueiro também passará, o seu prédio luzidio terá que ser destruído para dar lugar a qualquer outra coisa.

E o novo edifício que ele vai construir aqui também terá habitantes que passarão. Mas se não vier uma hecatombe final e definitiva, o banco continuará, com o mesmo nome ou com outro, com o mesmo dinheiro ou com outro, porém, naturalmente, escudado nas reservas que muitos homens estão semeando neste exato momento, o lastro de ouro e a grandeza que ficará como herança para homens que não precisarão derramar muito suor para conseguir a riqueza que lhes foi predestinada muitos anos antes. É tanta coisa se amontoando na minha cabeça! Não consigo trabalhar. Definitivamente. Meu nome, Manuel Soares de Jesus, o que nada significa. Só sei que tenho uma missão importante a cumprir ainda hoje, às seis da tarde. (Apertou a tesoura no bolso, com muita convicção.) Sim, é verdade. Conto ainda com muito tempo pela frente, talvez uma, duas horas, duas e meia. Os sinos das igrejas estão tocando as horas, e eu me pergunto para que serve um sino além de dar as horas. Além de nos acordar para o mundo sem sentido dos compromissos. Sempre uma coisa e outra para fazer, e o relógio avisando que já estamos atrasados, que o tempo está voando, que estamos presos a pequenas e tortuosas obrigações. Passa logo, tempo, passa. Não. Passa bem devagar, bem lentamente. Quero desfrutar por inteiro, gota a gota, essa terrível e esplêndida sensação de que daqui a pouco vou matar um homem. Hoje é meu dia de glória — e eu devo isso ao cidadão Adelino Alves, digo, ao escritor Adelino Alves, meu chefe e soberano desde ontem. Meu rei. O homem que mais prezo neste mundo.

Precisava escrever umas cartas, mas primeiro quero descobrir os nomes corretos de seus destinatários. Um é presidente das Rússias Soviéticas, outro, dos Estados Unidos da

América, outro, da Alemanha Ocidental, outro, da Alemanha Oriental, e o último, do Estado de Israel. (Bem, antes de ir ter com o Alves, passo no correio e despacho aquela do Papa, que escrevi pela manhã. Registrada e expressa, que é pra chegar mais depressa.) Quanto às outras cartas, farei com mais vagar. Tenho tanto o que dizer para toda essa gente! Ah, é preciso que eu não me esqueça do Mau. Ou é Mao? Tenho que averiguar. Nesse, darei um esporro capaz de abalar todos aqueles milhões de chineses em quem ele manda. Ele verá o que é uma verdadeira proposta para uma revolução cultural. (Não gostei de ver o retrato dele no jornal, no qual aparecia como campeão de natação ou coisa parecida. Parecia uma bravata infantojuvenil do pior aluno do colégio querendo impressionar as garotas.) Tudo isso fica para depois.

O que eu sei mesmo é que me chamo Manuel Soares de Jesus, um nome plebeu e ordinário. Sou o mais notório cheque sem fundos do país. Contra mim ninguém vai sacar nada. Não tenho passado nem presente, e o meu futuro está dependendo das minhas próprias mãos.

Alguma coisa de errado deve estar acontecendo. Ontem de tarde não vim trabalhar, hoje pela manhã também faltei e ninguém deu por isso. Nem sequer recebi uma reclamação. Está certo?

Agora estou sentindo um negócio estranho, algo ainda por ser classificado. Calma? Tranquilidade? Apesar de ser muito estúpido na maioria das vezes, uma coisa para mim está bastante clara: ninguém vive um mesmo sentimento duas vezes. Aquela paixão, aquela febre, todo aquele ardor que experimentei na noite de ontem e na manhã de hoje se evaporaram, como o éter ou a ventania. Estou alheio e distante, quase sereno, sentindo uma espécie de vazio, como se estivesse nas nuvens. Não sei bem se é isso, mas vá lá. O que quero dizer é que a febre já passou. No entanto, meu projeto está de pé, porque eu garanti a mim mesmo que faria isso, fiz a promessa de dar fim ao Alves e não posso recuar. Se eu voltar a pegar na tesoura, talvez o juízo torne a ficar quente, como da outra vez. Talvez. Mas não vou a botequim nenhum me sentar e pedir: "Mais um bagaço, por favor."

Se eu fosse lá agora, ia querer outra bebida, algo mais sadio e inofensivo: "Um copo de água mineral, por favor."

Ou: "Um copo de leite, por favor."

Já bebi a minha cota. Já bebi tudo o que tinha que beber. Não é por isso que devo cair na besteira de cortar uma veia pra ver se ainda tenho sangue ou não. Deixo a sugestão para um garoto com dor de corno, um namoradinho esverdeado que levou o fora. Os mais velhos têm mais razões para não morrer.

Depois das seis, tenho de entreter o Alves até que todos saiam e só restem ele e eu. Ouvirei com todo o interesse seus conselhos a respeito dos novos métodos de trabalho, aguentarei firme tudo o que ele me disser de ruim sobre os meus desenhos. Por fim lhe mostrarei para que fui e então descerei as escadas calmamente, andarei um pouco pelas ruas, despreocupado, e, quem sabe, darei um pulo ao Rei dos Fritos e convidarei Izilda para sair comigo. Mais tarde ela ficará sabendo, da minha própria boca, que eu liquidei o Alves. Ela dirá: "Verdade? Até que enfim!" "Até que enfim o quê?" "Até que enfim aconteceu alguma coisa."

Só assim Izilda me olhará com um brilho nos olhos, aquela mistura de espanto, temor e Respeito — o primeiro passo para se chegar a uma verdadeira admiração. Serei admirado, sem dúvida, como o herói moderno das fitas do cinema. Merecerei um beijo? Muitos. Um forte abraço? Tremendos arrochos. Que dirá o pai dela ao receber este novo membro da família? Ora, venha de lá um abraço. Um genro é a mesma coisa que um filho. Ganhamos um novo filho.

O sino está tocando de novo. Isto é contigo, Alves. Já começaram a chamar para o enterro.

Sobre esta música fúnebre que vem da igreja, ouço outra mais viva e mais emocionante. São os homens no fundo deste pardieiro. Estão cantando. "Ó pedrinha, pedra, pedrinha, pedrão, vamos, pedrinha." Sei do que se trata. Eles cantam juntos para arrastar uma pedra e fazem isso para harmonizar as suas forças. Um velho hábito entre os trabalhadores. Marcam os seus próprios movimentos no ritmo da música, e assim o esforço acaba ficando conjugado. Desse jeito, fazem o trabalho num instante. Se eles usassem esse mesmo macete para outras coisas...

O diabo é que a gente só se lembra de muita coisa que poderia ter feito muito tempo depois.

Essa ideia da tesoura... por que não pensei nisso antes?

Com toda certeza não teria levado para casa o desaforo daquele sujeitinho do supermercado, que queria porque queria que eu botasse o brasão do Vaticano num cartazete com a oferta do ovo de Páscoa.

A tesoura. Meu amuleto.

Me chamo Manuel Soares de Jesus, repito.

Trabalho no departamento de publicidade dos banqueiros Fernandes, também repito. Seção do varejo, esclareço. Estou trabalhando. Quer dizer, estou no emprego. Vadiando, vadiando, que ninguém é de ferro.

Daqui pra frente cuidarei melhor da minha própria imagem.

Serei um duro.

Farei exatamente o tipo que as mulheres apreciam e os homens tentam imitar.

A terra herdará os fracos.

Os ratos correm pelo casarão. Preciso me vacinar contra a peste bubônica.

Os ponteiros do relógio correm devagar, devagarinho. Tenho que andar um pouco mais depressa.

Agora estou no banheiro.

Uma privada imunda, cheia de jornais sujos. Sou o autor de toda essa sujeira. Não conto com a ajuda de ninguém para limpar isso. Eles querem que eu trabalhe num chiqueiro. Não faz mal. Amanhã já não precisarei mais me preocupar com essas coisas.

Estou começando a ficar tão diferente.

Vou descendo pela rua e todos me olham de maneira temerosa. Medo? Respeito? Ainda não sei. Está quase na hora. Não tenho por que avançar o passo. Está bom nesta marcha, displicente, relaxada, importante. Estou sendo notado. Agora eu existo. Quando eu chegar na boate, mais tarde, com a Izilda pela mão, o porteiro vai me tirar o chapéu. E o maître virá, todo sorrisos, perguntar que marca de vinho eu prefiro. Izilda ganhará uma rosa, que não pagarei. Será por conta da casa. Ela me dará um beijo e dirá: "Eu te amo."

Ficarei um bocado de tempo brincando de esquimó, ou seja, de namorado esquimó, tocando o meu nariz no nariz dela. Convidarei Emílio para se sentar e beber com a gente, e ele ficará se roendo todo de ciúme.

Por falar nisso, Emílio está ali na esquina, perto da tasca. Há uma grande confusão à sua volta. Calculo: bateu firme com a direita, e o sujeito entrou pela vitrina adentro, arrebentando os vidros. Nada mais normal, em se tratando de quem deu o soco. Vai ver, a briga nem era com ele. Se meteu só para se distrair. O dono da loja exige o pagamento dos prejuízos, no mínimo. Chegarei lá e direi que me responsabilizo por tudo. Fiador como eu existem poucos. Emílio, num gesto de reconhecimento e gratidão, fará uma declaração pública: "Vocês viram? Um soco só, e o gajo apagou. Mas isso não quer dizer nada. Porque se fosse o De Jesus, ele tinha abotoado para sempre." Depois pegará o meu braço e dirá finalmente, levantando-o: "Aqui está a única munheca que eu realmente respeito. A única. Em todo este país."

Não vou passar perto, só de safadeza.

Por causa da hora, melhor explicando.

O sino está tocando. Seis pancadas. Lentas, compassadas. Tristes, como a morte.

E todos me olham. Juro: nunca vivi isso antes. Estou gostando tanto.

Senhor juiz, senhor promotor, senhores do júri, ele era um homem mau. É só isso. Nada mais tenho a declarar.

Estou chegando. O porteiro abre a porta, como se eu fosse o próprio banqueiro. Ele usa um uniforme engomado e feio. Traz um distintivo na lapela, a marca do banco. É um coitado.

— Vou falar com o Sr. Alves. Tenho um compromisso com ele para as seis. Estou em cima da hora.

— O senhor é da polícia? — quer saber o porteiro.

Essa eu não entendi. Para onde quer que você olhe, há um louco que, por uma fresta, o espreita, em silêncio. E este não é tão silencioso assim.

— Não. Trabalho na seção de varejo. Lá no casarão. Você é novo aqui?

— Nem tanto, nem tanto. Desculpe, é uma questão de norma. Ordens superiores. Pode se identificar?

— Ora, não seja por isso. Aqui está a minha carteira profissional. Serve? Para sua tranquilidade, repare a data. A data da minha admissão nesta empresa.

— Está bem, pode subir.

O elevador abre a porta e dele sai um magote inteiro. É a cancela que se abre, para a boiada sair. Para que tanta pressa, gente? Estou gostando do jeito que eles me olham. Assim, sim, doutores.

Aperto o botão do quinto andar. Um dedo no botão, os outros no bolso. Volto a sentir um novo formigamento na espinha, que se espalha pelas costelas e desce até os pés. A febre? Entro. Quer dizer, estou chegando e já vou seguindo pelo corredor. Diante de mim está uma porta de vidro, na qual tropeço. Empurrei o lado errado, o lado que diz "puxe". Mas não reparei direito. Piso no tapete. É bem macio. Aqui dentro é tudo muito aconchegante, bem aquecido e gostoso. Na antessala, vejo alguns cartazes complicados, escritos em inglês. Não entendo nada do que dizem. Vejo também uma mesa telefônica, desligada. Sobre a mesinha diante da poltrona, muitas revistas. Cadê o contínuo? É o único daqui que eu conheço. Acho até que posso dizer que somos íntimos. Parece que não há mais ninguém. Vou entrando. Atravesso uma sala, outra, depois outra, até que descubro um sobrevivente, atrás de uma prancheta. Pergunto: "O Sr. Alves?" Sem tirar os olhos do papel, ele diz: "Entre na sala ao lado. O Estrangeiro lhe atende." Ah, sei. O tal sujeito de quem Emílio falou. Quem vem a ser esse cara? Já que vim até aqui, não vou roer a corda. Não tenho por que não enfrentar esse Estrangeiro. Para chegar ao Alves não sou obrigado a passar por ele?

Passarei por ele.

— Sente-se, sente-se. Qual é o caso?

— Eu trabalho no varejo.

— Compreendo.

— Queria falar com o Sr. Alves.

— Algum problema?

— Não, quer dizer, nenhum em especial. Havíamos combinado uma reunião ontem, mas como adoeci, vim até aqui agora.

— Ele também não foi a essa reunião. Aconteceram umas coisas com o Alves que modificaram tudo. Inclusive, eu estou no lugar dele.

— Não estou entendendo.

— Para encurtar o caminho, vou contar logo o que aconteceu. O Alves está preso.

— Como?

— Isso mesmo. Preso.

— Como?

— Se precisar de alguma coisa, pode ligar para mim ou passar aqui. Pode me procurar à hora que quiser. Estou às suas ordens.

— Você tem ideia de quando ele volta... de quando ele sai da prisão?

— Tanto quanto você.

De Jesus não perguntou mais nada. Deixou a sala sem olhar para trás, sem sequer responder ao "até amanhã" que ecoou em suas costas como um estrondo. Ia procurar o Emílio. Ia secar todas aquelas pipas da tasca sozinho. Queria beber de novo, até cair e arrebentar os miolos. Talvez nem fizesse nada disso. O porteiro pediu licença para revistá-lo. "Sou um funcionário da firma, não sou nenhum ladrão." O homem explicou que eram ordens superiores. E ele pensou: executadas por você, que não deve ter nem papel para limpar a bunda. Fora do banco, viu-se sem destino, a não ser que seguisse pela calçada até bater com a cara na porta de um botequim. Não tinha mais o que fazer do tempo à sua frente. E a noite era tão longa. Afagou a tesoura inútil, com o ressentimento de quem, no fim das contas, saiu perdendo. Sua vontade era jogá-la fora.

Eles estão me levando

História antiga:

— Não sei se o senhor ainda se lembra de mim — disse a voz no telefone. — Frequentei muito a sua casa antes de ir para a guerra. Fui colega dos seus filhos na faculdade.

— Bom, mas o que você deseja?

— É que eu estou voltando da guerra e preciso me encontrar com o senhor. Trago umas cartas. Dá para o senhor passar lá em casa?

— Você não está em casa?

— Não, estou ligando da rua. Não tenho telefone.

— Mas sabe que horas são?

— Já é muito tarde, eu sei. O problema é que não consigo dormir, compreende? Preciso falar com alguém, compreende? Como tenho umas cartas para lhe entregar, me lembrei do senhor.

— Está certo. Pode voltar pra casa. Dentro de uns quinze a vinte minutos estarei lá.

Anotei o endereço, pensando: educadamente louco. Mais um cara educadamente louco. Deviam ser entre três e quatro da manhã, e eu também não estava com sono. Sorte tinha a

Lena, que à meia-noite pedira licença, se retirara da sala e fora dormir, me deixando com dois amigos, numa arrastada e melancólica discussão sobre os rumos que o país estava tomando. Quando a conversa chegara ao beco sem saída da resmungação, os amigos decidiram ir embora, lembrando que no dia seguinte iam acordar cedo. Eu ficara na sala, sozinho, bebendo e fumando e ouvindo música, remoendo os meus próprios fantasmas, como de hábito. O telefone tocara no exato momento em que eu havia chegado à janela do apartamento para olhar lá para baixo. Estava me lembrando de outro amigo que uma vez me perguntara: "Você nunca pensou em se matar?" e da minha resposta. "Se você um dia descobrir um único sujeito que nunca tenha pensado nisso, dê a ele os meus sinceros parabéns." Nesse instante, ao olhar a distância que me separava do pátio dos automóveis, lá embaixo, eu sentira um estremecimento na espinha. Correra para o telefone, achando que era a própria Providência Divina, em pessoa, quem estava me chamando.

Fui ter com o angustiado rapaz das cartas prontamente.

— O que está se passando, afinal?

— Estou me sentindo muito mal. Nem eu mesmo sei explicar a coisa direito.

— Não seria o caso de você chamar um médico?

— Visitei um hoje à tarde. O cara me entupiu de remédios.

— Por que você não esquece o diabo desses remédios e não toma logo um porre violento, de cair de quatro? Quem sabe se assim você não melhora?

— Estou proibido de beber. Ainda nem me refiz direito de uma hepatite que apanhei na guerra. Por falar nisso, não tenho bebida alguma para lhe oferecer.

— Não se preocupe com isso. E os meninos, como estão?

— Até o momento, estão bem. — O rapaz se lembrou das cartas, que estavam colocadas dentro de um livro. — Eles contam tudo aí. Estas não tiveram que passar pela censura.

Me inquieto:

— Tem certeza de que podemos falar à vontade?

— Podemos, sim. Como o senhor está vendo, só estamos nós dois aqui.

— Você está mesmo seguro de que não há nenhum microfone embutido nessas paredes?

— Calma, homem. Não chegamos a tanto.

— É que você passou muito tempo fora. O negócio mudou muito, mudou muito…

— Parece que eles só estão pondo microfones nos edifícios novos. Este em que eu moro é do tempo do meu avô.

— Não confie muito nisso. Ouça o que eu estou lhe dizendo: não confie muito nisso.

À medida que íamos conversando, íamos nos tornando mais íntimos. O rapaz se chamava Tunhas.

— Olha, eu estou mesmo é de saco cheio, sabe? Se tiver algum espião aqui debaixo da cama, que se foda. Estou de saco cheio. Me pegaram logo que saí da faculdade… quer saber mesmo? O meu problema é uma brutal neura ansiosa. Eu sei disso porque também sou médico. Mal peguei o meu diploma, já estava enfiado num navio, fardado, o cabelinho cortado rente e uma boina verde na cabeça.

— Considere-se um felizardo. No fim das contas, isso tudo já terminou, digo, pra você, e você já está de volta e é muito novo ainda e tem muito tempo pela frente.

— Aí é que está o engano. Os caras já estão querendo saber se eu topo voltar pra lá. Me ofereceram o alto posto de comandante de um destacamento.

— Mas você pode alegar razões de saúde para não ir, não é?

— Quem o senhor acha que me dá todos esses remédios? Quem?

— Você chegou a cumprir os quatro anos de serviço?

— Inteirinhos. E agora eles querem me pegar por mais três anos. Primeiro me sondaram. Sei que na próxima semana vão voltar à carga. E depois o negócio não será mais na base do convite. Vão me arrastar na marra.

— É o diabo.

— Sabe o que estou pensando? Vou cair fora. É sobre isso que quero falar com o senhor. Sei que é um homem famoso, com boas relações no estrangeiro. E isso poderia me ajudar muito. Entre o exílio e a guerra, eu prefiro o exílio. Só preciso de um empurrão. Digamos assim, a certeza de uma porta onde bater, quando chegar lá fora. Nem que seja nos quartos dos fundos, compreende?

Eis a minha sina: Viver para compreender. Tenho me esforçado um bocado para isso, mas, que merda, sou apenas um homem. Vivo me perdendo nas névoas dos meus próprios absurdos. Um dia é sempre a extensão de outro dia, um fato é sempre consequência de outro fato, meu fígado se liga diretamente ao meu cérebro, meu sangue depende do álcool para ferver, tanto quanto dependo da barriga de Lena para me apaziguar. "Eu sou um homem" — dizia o judeu, estoicamente, quando todo mundo pensava que ele estava reduzido a um trapo, depois de ter passado por todos os paus de arara. Vi isso na tela e, com alento, sorri pela raça humana, que Deus guarde muito bem a sua capacidade de resistir. Agora, quando um policial me diz "vou te levar pro pau de arara", o velho Alves sente a incomensurável diferença entre a vida de um herói de cinema e a vida, quer dizer, a vida do velho Alves. O que me emputece mais ainda é essa súbita e maldita vontade de cagar.

— Cuspa aí no chão.

— Não estou com vontade de cuspir.

— Mas eu estou mandando.

— Acho bom você colaborar. Vê se colabora. Você não está querendo facilitar as coisas — diz o segundo homem, tamborilando nervosamente com as pontas dos dedos no revólver.

Estou acuado entre os dois homens, e o que falou por último é um negro seco e comprido e ágil como um gato esquelético e preto e rígido e ágil, e penso nas muitas alegrias que ele poderia ter dado à nação se tivesse se dedicado ao salto em altura, ao basquete, ou mesmo ao futebol. Mas já é tarde demais para ele se meter nessas coisas. Suponho que esteja entre os trinta e os quarenta anos (é tão difícil adivinhar a idade de um negro), tem os dentes estragados, uma cara estragada e uma porção de tiques que não consegue controlar — o que lhe denuncia o estado permanente de tensão e ansiedade. Seus lábios tremem sem parar.

— Qual é o problema? Eu não mandei você cuspir?

E o mais irritante ainda é o seu olho esquerdo, que pisca o tempo todo. É o tipo de sujeito que parece escarnecer do mundo, enquanto treme de medo de tudo. Percebi que estava armado há coisa de poucos minutos, quando ele abriu o paletó, como se quisesse me perguntar: "Entende o que eu quero dizer?" Se entendo. Deixa disso, crioulo. Você está fazendo papel de branco. Se eu lhe disser o que estou pensando, serei compreendido? Ou serei recompensado com uma bala? Fico com a segunda hipótese e me calo.

— Vamos, você está demorando muito.

O outro homem é um branco, nem alto nem baixo, entroncado e suarento, corruptamente suarento. É muito mais lento do que o negro, talvez pelo excesso de cerveja que tem na barriga. Sua cara é embaciada, sem brilho, e eu imagino que isso é consequência de muitas noites sem dormir. Lembra mais um despachante medíocre e sem clientela ou um burocrata entediado pelos seus dias sempre iguais. Possui mãos gordas e sebosas, braços curtos e uma breve papada embaixo do olho. Creio já saber tudo a respeito deles. São muito mais nervosos, intolerantes e angustiados do que eu próprio jamais supus.

Estamos, nós três, num lugar ermo, pelos arredores do aeroporto internacional. Nesse deserto, eles sabem que podem agir impunemente. Isto é, EU SEI.

— É melhor você colaborar, velho — insiste o negro.

Penso: eles confundem autoridade com um perigoso brinquedo de crianças mal-humoradas. Decido ceder. Cuspo no chão, exatamente no lugar em que o branco havia apontado antes.

— É ou não é?

— É.

— Posso saber de que se trata? — pergunto.

— Maconha. — Quem responde é o negro.

— Não estou entendendo.

— Mas nós estamos — diz o branco.

— Pelo seu cuspe, a gente vê que você fuma maconha — completa o outro.

— Pensa que ninguém sabe que vocês andam trocando o uísque pela erva?

— Vocês, quem? — tento saber.

— Vocês, ora. Os bacanas.

— Isso só pode ser brincadeira. Não é possível.

O homem que me empurrou tem a mão pesada, sem dúvida. Agora estou estirado no chão, sentindo na boca o gosto da terra. Já experimentei esse gosto umas duas ou três vezes na vida, quando garoto. Só me metia em briga se não tivesse mesmo um jeito de tirar o corpo fora. Por princípio (ou por covardia), sempre evitei a violência. Perto do colégio havia um lugar já consagrado como o canto das brigas. Nas raras vezes em que me pegaram lá, apanhei que nem um condenado. Imagino uma astúcia, me lembrando de uma vez que bati com a cara no chão e fiquei desacordado: continuar deitado, fingindo que morri. Poderiam concluir que meu coração não resistiu à queda. Mas eles são tão espertos. Tanto que se apressaram em me levantar, sem dizer nada. Noto que estão preocupados, ao perceberem que um helicóptero vem sobrevoando na nossa direção.

— Isto aqui é zona militar?

— É, sim — confirma o outro.

— Não tem problema. Nós somos federais.

— Mas somos civis.

— Foda-se. Somos federais ou não somos?

— Tá me cheirando a bode.

— Deixa de ser cagão.

— Cagão, um caralho.

— Cala essa boca suja, veado, que o bicho está descendo.

Lá vem o bicho: teco-teco, teco-teco, teco-teco. Lá vem, lá vem, lá vem, lá... se joga no chão, que ele vem em cima de nós. Passou. Uff! Os dois policiais agora praguejam, dando murros no chão. Se levantam e ficam acompanhando o movimento do helicóptero. Também me levanto. Não estou entendendo nada, mas estou achando a situação um bocado divertida. Lá vem ele de novo. Torno a me deitar, e os dois homens me acompanham.

— Que porra esses caras querem? — pragueja outra vez um deles. O helicóptero está descendo, baixo, mais baixo, quase rente ao chão, lá vem.

— Rola pro lado, que ele vai aterrissar em cima da gente — grita, aflito, o policial ao meu lado.

— Isso é uma puta sacanagem — geme o outro.

— Cala a boca e rola, se não tu te fode. Mais rápido — ordena o negro, que rolava mais depressa que o branco. — E você também, velho, trata de salvar a tua pele — diz para mim.

— Rápido, rápido. — Felizmente, a ideia de rolar no chão deu certo. O helicóptero acaba de passar a uns poucos palmos de distância de nós, indo aterrissar mais adiante.

— É melhor a gente se apresentar e dizer quem somos — sugere o branco.

— Picas — fala o preto. — Vamos nos amoitar aqui. Deixa eles se apresentarem primeiro. — Agora os dois homens estão sentados no chão, olhando para o helicóptero. Também estou sentado. Saltam dois soldados, armados com uma metralhadora.

— Ponham as mãos na cabeça e levantem-se. — Eles caminham, passos firmes e apressados, na nossa direção.

— São da patrulha aérea — resmunga o branco.

— Você acha, é? Não diga!

Os dois soldados já estão bem perto. O que deu ordem para a gente se levantar faz um gesto; o outro se aproxima e começa a revista pelo negro. Tira o revólver dele.

— Pera lá. Nós somos da polícia. Eu e este aqui. O outro é um preso. — Ele ia metendo a mão no bolso para tirar os documentos, mas o soldado que está com a metralhadora apontada para nós grita:

— Não se mexam!

O outro prossegue a revista. Nos bolsos do branco, além de uma navalha, encontra um pedaço de cordão de nylon. Vai jogando tudo no chão, inclusive os documentos. Quando chega a minha vez, o policial preto volta a falar:

— Este preso é nosso.

O patrulheiro não responde. Me revista também, mas, estranhamente, não retira os meus documentos.

— Agora, o carro — ordena o que está comandando a operação.

Ele obedece, automaticamente. Vai jogando para fora tudo o que encontra; duas metralhadoras, um pequeno rolo de arame liso, outro de arame farpado, uma picareta. Depois pega tudo e leva para o helicóptero. Os dois homens estão espumando.

— Que porra. Vocês não deixam a gente se explicar! — reclama o policial branco.

— Vão ter que se explicar para o estado-maior — diz o patrulheiro chefe. — Vocês violaram o terreno da Armada. Nesses casos, a ordem é fuzilar.

— Para o carro — diz o outro patrulheiro. — Quem é o motorista?

— Eu — responde o policial branco.

— Agora você vai dirigir para onde eu mandar.

Ele se senta no banco de trás, de revólver em punho. Nós três vamos espremidos no banco da frente.

— Aviso: quem se mexer leva bala…

Lá vamos indo. Para onde será que eles estão me levando?

(Revendo amigos)

Lena.

Ela estava lutando contra a porta de entrada de casa, e desabara no exato momento em que tentava abri-la por dentro. Devia haver alguém do lado de fora, porque a campainha tocara várias vezes, mas esse alguém ou havia sumido ou simplesmente não queria ajudar. Lena esperneava. Tinha certeza de que as dobradiças ainda eram novas e resistentes e não iam se soltar assim sem mais nem menos. Pensou em assombração (o vento zunindo nas janelas e mais o baque violento de uma porta pareciam confirmar a sua tese) e pensou também que a vida agora, para ela, era uma irremediável infelicidade. Começou a chorar.

Esse finalzinho de um sonho complicado e horrível (só iria se lembrar desse finalzinho) mais tarde haveria de deixá-la deprimida. Acordou com a campainha tocando várias e desesperadas vezes. Correu para a porta, metida num roupão, e, como não estava à espera de ninguém, teve o cuidado de olhar pelo olho mágico. Viu o rosto de um rapaz muito novo e simpático (com certeza ainda não havia prestado o serviço militar) e julgou tratar-se de algum vendedor de livros, ou de um estudante querendo saber os seus hábitos de compra. Pelo menos não tinha cara de ser informante da polícia. Abriu a porta e perguntou o que o rapaz desejava. Ele disse o que queria de modo tão desajeitado e suplicante, que Lena teve vontade de rir. E foi graças a isso que o rapaz conseguiu pôr os pés dentro da sua casa.

— Eu queria notícias sobre o Alves — disse o rapaz.

— E eu também.

— Acontece que estou preparando uma reportagem a respeito dele.

— E você acha que o seu jornal publica?

— Depende do tratamento, quer dizer, o jeito, quer dizer, os cuidados que a gente tomar.

— Compreendo.

— Gostaria de falar do Alves chefe de família, como ele é em casa, como deixa de ser.

Lena quase deixa escapar: "Ele peida muito. Ele ronca. Tem um chulé desgraçado. E às vezes é tão preguiçoso pra foder..."

— E também do profissional de propaganda Alves — insistiu o rapaz. — Os bons serviços que ele tem prestado nesse setor, especialmente para os banqueiros Fernandes.

— E pro Governo — completou Lena, pensando: "Quem bebe vinho dá o pão a um milhão de ibéricos."

— Certo.

— Por que você não esquece essas milongas todas e não conta a verdade? O caso é simples: o escritor Adelino Alves saiu ontem para pegar um avião e foi sequestrado no aeroporto. Ele ia para Estocolmo, para participar de uma reunião de escritores, a convite. Se quiser os detalhes do sequestro, pergunte a uma moça que trabalha na SAS. O nome dela é Marianne Akerberg.

— Foi a moça que telefonou para os banqueiros Fernandes, não foi?

— Exatamente. E pra mim também.

— Pois é. Já sumiram com essa.

— Como?

— A companhia foi obrigada a mandá-la de volta pra Suécia, às pressas. Por causa de umas ameaças telefônicas. Um cara ameaçou até pôr uma bomba num avião.

Lena pegou uma pilha de livros, que pôs diante do rapaz.

— Leve isso. Tudo o que você quiser saber a respeito dele está aí. O resto é perder tempo.

Toca, telefone, toca. Lena está sozinha de novo, ouvindo música, sem nada para fazer ou pensar.

Relaxa o corpo na poltrona macia e adormece. (Esses comprimidos me deixam tão sonolenta...)

De Jesus.

Ele estava pendurado no balcão do café, no lado dos pobres desta vez, porque Emílio e o Estrangeiro não quiseram ir para o lado dos ricos. Estava se sentindo magoado, porque os outros dois homens o haviam rejeitado. Emílio dissera que tinha um assunto confidencial para tratar com o Estrangeiro. "Desculpe, mas é só um instantinho, tá?" Mas nem por isso ninguém entendeu quando De Jesus, num descontrole até então não denunciado, explodiu:

— Tirem esse sapo daí! Olha ali na porta. Estão entrando. Corram, façam alguma coisa! Tirem esses sapos daí! Estou cego de novo. Não falei? Mexam-se, cães. Cães! Meus braços estão ardendo de novo. Estou cego. Chutem aqueles sapos!

— Pra que essa tesoura na mão, rapaz? Está delirando?

Ele guarda a tesoura, bastante envergonhado:

— Mais um bagaço, por favor.

Emílio (numa carta para Izilda):

Eu tenho tanta coisa bonita para te dizer!

O Estrangeiro:

Está bom assim?

Emílio:

Está bom demais.

O Estrangeiro:

Agora vamos pôr um arremate final e definitivo. Ela vai cair feito uma patinha. Vai ficar toda úmida. (Recita, enquanto escreve):

> "Como um adolescente
> tropeço
> de ternura
> por ti."

Emílio:
Você não acha que assim ela vai desconfiar?

O Estrangeiro:
Eu tirei isso de um poema. Ela vai perceber que você está fazendo uma citação, com a frase entre aspas.

Emílio:
Entre o quê?

O Estrangeiro:
Aspas. Isto, ó: “

Emílio:
Do caralho.

O Estrangeiro:
Já usei muito esse macete. Tiro e queda.

Emílio:
Sempre deu certo?

O Estrangeiro:
Claro! Elas preferem os mais românticos.

Emílio:
Só não te dou a bunda porque sou macho como um corno.

O Estrangeiro:
E pensa que eu ia aceitar esse teu velho e sofrido cu?

Emílio:

Ha, ha, ha.

De Jesus:

Uma nova ideia. Luminosa como uma estrela. Outro estalo de gênio: ainda tenho tutano, rapazes. Catilogência. Esse naco de massa cinzenta que está faltando na cabeça de vocês, doutores, está sobrando na minha. É como lhes digo — sem frescura, sem modéstia, que isso é desculpa de panacas. Enquanto aqueles dois ficam lá, sentados, risinho pra lá, dentinho à mostra pra cá, nessa veadagem de assunto pessoal, eu me contento em ficar de pé aqui neste balcão, e um novo e definitivo pensamento me ocorre. Sou um crânio (aperta a tesoura, sentindo-se reanimado). Vou interromper aqueles dois veados. (Foi se aproximando da mesa. Emílio, que estava de frente para o balcão, ao perceber que De Jesus vinha mesmo importuná-los, apressou-se em guardar a carta para Izilda no bolso.)

— Ô Estrangeiro, o Alves tem filhos?

— Tem. Por quê?

— Você sabe onde podem ser encontrados?

— Sei. Estão na guerra.

— Ô diabo!

— O que é que você quer com os filhos do Alves? — Agora era Emílio quem se metia no assunto.

— Estou falando com o Estrangeiro — cortou De Jesus, que, sem pedir licença, puxou uma cadeira e se sentou entre os dois. — Então, me diz uma coisa: ele tem mulher?

— Claro que tem. — O Estrangeiro, ao dizer isso, sentiu uma espécie de ferroada no peito. Levantou-se, olhando o relógio. — Xi. Estou atrasado. Até logo, pessoal.

— Ei, cara, você sabe o endereço dela?

Já na porta do café, o Estrangeiro olhou para trás. Disse:

— Não. — E desapareceu no primeiro táxi que parou a seu lado.

É possível que desta vez eu morra na prisão. O que tanto pode levar anos e anos como pode acontecer no próximo minuto. Aqui dentro, no fundo de um furgão escuro e trancado, antevejo o momento em que eles parem o carro e me mandem descer para a execução. Alguma coisa me diz que daqui a pouco poderei estar morto.

É noite alta já. E ainda sinto a dor nos dois dedões dos pés. Um dói mais do que o outro, por causa da unha encravada. Devo essa dor ao policial com pata de elefante que me pisou. Senti um certo alívio quando ele tirou o pé de cima da minha unha encravada e pôs sobre o meu outro pé. Eu estava sentado naquele instante, e fingi que não estava sentindo nada. Foi pior. Ele calcou meu dedo até que eu desse um grito. Vitorioso, feliz, ele sorriu e me empurrou porta afora. Não me fizeram nenhuma pergunta, não me identificaram, não disseram nada. Também não vi mais os dois outros homens que me prenderam no aeroporto. Sumiram por um corredor, enquanto eu era levado por outro, até me largarem sentado numa espécie de antessala do inferno. Daí a pouco ouvi um grandalhão dizer:

— Toca adiante. Não podemos perder tempo com esses tipos.

Não há heróis nem covardes. Estamos é sendo arrastados para uma irremediável loucura. Penso isso ao me lembrar, com gratidão, de um antigo companheiro de cela, muitos anos atrás. Ele possuía uma quase divina força moral, e acho que foi graças a essa estranha força que eu também não sucumbi, não me enterrei de vez. "Feche-se em si mesmo" — disse-me ele, ao ouvirmos um sujeito se debatendo nas paredes da cela ao lado —, "feche os olhos, os ouvidos e o coração. Tudo isso passará. Confie no deus-tempo." Todo preso é o que é um preso. Nada mais. E o tempo se encarrega de corroer-lhe as entranhas. Se eu tivesse vinte anos menos, iria pensar que estava em busca de mais um palpitante assunto sobre o qual escrever. O escritor Adelino Alves, bem, eu pensei isso quando chafurdei atrás das grades pela primeira vez (mas isso faz tanto tempo), e no dia em que pus o pé fora da cadeia me senti como a mais inútil, a mais ineficaz das criaturas. Levei uns seis meses para me habituar com os sons e o movimento das ruas, as vozes e o comportamento das pessoas. (Para um prisioneiro, às cinco da tarde já é noite, e tudo o que nos liga ao mundo é um pátio, um prato de sopa e homens fardados e armados que dependem de nós para estarem vivos.) E a partir de então nunca mais fui capaz de escrever uma única linha. Chega uma hora em que você não suporta vomitar tudo aquilo que a sua memória faz questão de esquecer. A isso se chama medo.

Irei passar por antigos e manjados rituais pelos quais já passei? É possível. Bem possível.

(Adelino Alves agora se volta para os seus assuntos pendentes. Como quem toma um comprimido para dormir.)

O banqueiro Fernandes tem lá suas razões.

Pela manhã, quando o telefone interno tocou e ouvi a sua voz do outro lado (e não a da sua secretária), adivinhei logo que o negócio era grave. Subi ao andar de cima num sopro.

— Você sabe tanto quanto eu. Você também sabe disso, porque não é nenhum parvo. Esta companhia está cheia de gente da canhota. Esses moços canhotos — ele estava com dois fones nos ouvidos, esperando, naturalmente, que as ligações se completassem. Imaginei: deve estar querendo falar com Wall Street e com o Mercado Comum Europeu ao mesmo tempo, para trocar as informações simultaneamente. Senti um suor frio na cueca, não por causa das suas complicações telefônicas, evidentemente. — Então chame mais tarde — disse para um fone. Repetiu a mesma coisa para o outro e desligou, queixando-se: — Se os serviços telefônicos da Ibéria estivessem nas mãos de uma empresa privada, garanto que funcionavam.

— Como o senhor ia dizendo... — ainda uma vez mais dei uma olhada no grande retrato a óleo do banqueiro, bem às suas costas.

Tenho que ir hoje a Buenos Aires. As coisas por lá não vão nada bem.

— Por falar nisso, acabo de receber um convite para ir a Estocolmo.

— Quando?

— Hoje.

— Você vai hoje?

— Se não houver nenhum impedimento.

— Como é que está a sua área?

— Tranquila. Tenho procurado tocar os assuntos do meu setor com antecedência. Os prazos estão todos em dia.

— Ótimo, ótimo.

— Quer dizer que não há problema?

— Bem... ah, sim. Acho até bom você ir. Tenho uma encomenda lá que é preciso vir por portador de confiança. Você nos faria esse favor?

— Claro. Mas de que se trata?

— Ouro. Não se preocupe. Já está tudo preparado. Você não será nem revistado.

— Pode ficar descansado.

— Isso é muito bom. Outra coisa: é segredo. "Segredo de Estado", compreende?

— Mas o senhor estava falando alguma coisa antes, a respeito dos canhotos. Não entendi direito.

— É verdade. Eu dizia que as nossas empresas estão cheias de jovens idealistas, jovens esquerdistas. Espere um pouco. Não se aflija. O que eu penso é que isso é muito bom. Eles têm uma garra incrível, e se nós soubermos aproveitar isso em termos de produtividade... entende? Falo desses rapazes que saíram da universidade e foram para a guerra e voltaram e estão por aí meio sorumbáticos. Eles possuem energia e muitas ideias que precisam ser postas em prática. Compete a nós instigar-lhes o talento, dar-lhes a sensação de utilidade e de que têm todo um caminho pela frente, e que podem progredir muito conosco. E conto com vocês, os responsáveis pelos nossos diversos setores, nessa tarefa, entende? Todos nós já tivemos nossos dias de revolta, não é mesmo, Alves? Até compreendermos que a vida é assim mesmo e que, afinal de contas, este velho mundo burguês tem os seus encantos.

Eu conhecia muito bem a história do homem que estava me dizendo essas coisas. Não me espanto com a sua convicção.

Rapazote ainda, aí pelos idos da Segunda Guerra Mundial, trabalhava numa meia porta de loja, uma modesta casa de câmbio de um tio. Era então um rapaz pobre, que dependia do pequeno salário desse emprego para viver. Esperto, aos poucos fora descobrindo os segredos do negócio e daí a pouco já estava comerciando moedas por conta própria, em lombo de burro, na fronteira da Ibéria. Sua trajetória para a formação de um império, a bem dizer, foi meteórica. Uns dizem que ele nasceu com a bunda pra lua, outros dizem que ele tem uma estrela na testa, outros atribuem tudo à sorte, o que vem a dar no mesmo. Essas especulações são comuns na Ibéria. Para mim, a coisa é bem outra. Não posso negar os méritos que existem por trás do esforço e da obsessão que os Fernandes (sim, agora eles são uma família, que inclui genros e aderentes) devotaram ao poder e ao dinheiro. O mérito maior, sem dúvida, devo creditar ao Fernandes I. Sem dúvida.

— Olhe, mandei fazer uma sindicância a respeito desse Estrangeiro que trabalha com você. Está tudo certo. A princípio pensei que ele havia deixado o seu país por motivos que nos impossibilitassem de tê-lo conosco. Não descobri nada nesse sentido. Acho que não passa de um aventureiro.

— É um bom profissional. E muito trabalhador.

— Sei disso. Mas gostaria que você tivesse uma longa e cuidadosa conversa com ele. No exterior as coisas são diferentes, você me entende. Aqui é preciso que cada um observe certas normas da vida do país. Ele não pode se meter em questões que só a nós dizem respeito.

— Não me parece que ele tenha qualquer preocupação desse tipo.

— Mas é melhor advertir do que remediar, já que o rapaz nos interessa.

— Concordo — respondi, por fim, e fui me retirando, depois, naturalmente, de apertar-lhe a mão, dizendo:

— Boa viagem à Argentina.

— Boa viagem a Estocolmo.

Eu já ia pondo a mão no trinco para abrir a porta e deixar a sala do banqueiro Fernandes quando ele me perguntou:

— Quando você volta?

— Depois de amanhã.

— Feliz regresso.

Quem me dera.

"Noite alta, céu risonho.
A quietude é quase um sonho."

O furgão balança e não me embalança, sobre um asfalto que não sei onde vai dar. Estrada é o que não nos falta. E se a sua vida é algo que mereça ser protegido, fique tranquilo. Nossos pneus são de excelente qualidade. Às vezes estouram. Não desespere. Na mala do carro há sempre um estepe.

Meu estepe se chama Lena.

Conheci-a no bar do Teatro Experimental, depois de uma apresentação de *Desperta e canta*, de Cliff Odets. Ela fazia um papel tão melodramático (não sei se era o autor que não prestava ou se era Lena que não dava para o negócio) e eu a achei uma mãe muito imbecil, naquele papel de mãe do rapaz revoltado. Mas a época era propícia para a arte engajada. Ainda assim resolvi apertar-lhe a mão depois do espetáculo. E foi desse jeito que, juntos, começamos uma nova peça. Lena largou o teatro.

— Mas que maravilha! Eu já trabalhei numa peça sua...

— Um dia ainda escrevo outra só para você.

Também larguei o teatro.

Mas naquele dia, metido num velho terno que sobreviveu à minha prisão (oito anos!), eu pude sentir, com um prazer talvez até exagerado, ou que nunca poderá ser exagerado para as circunstâncias da época, que ainda tinha sangue nas veias. Andava pelas tabelas, como os mendigos e os cães, me defendendo na carapaça do mártir. Minha ex-mulher agora vivia com os pais, numa cidade do interior. Meus filhos viviam com uns tios. Meus livros estavam espalhados por muitas casas e não adiantava tentar recuperá-los. Eu estava vivendo num quartinho de um apartamento promíscuo, com direito a um banho por semana, aos sábados. Minhas noites pediam um estratagema contra a fome e a morte: ia para a casa de um ou outro amigo (minha preferência era para os mais simples, aqueles que não estivessem em condições de me ofender com suas opulências) e enchia bem a barriga, de modo a poder suportar até a próxima noite. E não foram poucas as vezes em que eu mesmo me surpreendi surrupiando um pão na cozinha, que guardava rapidamente no bolso do paletó, para enganar o estômago quando acordasse. A dona do apartamento, uma gorda e estouvada mãe de uma menina de quinze anos que estava no colégio e sempre me pedia para tomar suas lições de inglês, de francês e de português — fiz questão de dizer-lhe que de matemática não adiantava; eu não entendia nada do assunto —, reclamava sempre do barulho que eu fazia. Segundo ela, eu tossia muito de noite, a ponto de atrapalhar o seu sono, e se queixava também da conta da luz, até o dia em que eu lhe expliquei que aquela vitrolinha (eu a havia conseguido emprestada) era de pilha. Não gastava a sua energia. O interessante nisso tudo é que, durante todo esse desolado período, nunca pensei em me matar.

E foi naquela noite, quando aceitei continuar a conversa com Lena na casa dela, que tudo mudou. Ou talvez tenha mudado porque me deu essa sensação de mudança, e quando lhe disse, pouco depois, que estava querendo entrar para o negócio da publicidade, até que me reorganizasse e voltasse a escrever, quase entrei em transe. Na verdade, eu nunca, até aquele momento, havia pensando nisso. No dia seguinte bati na Havas Publicité. Uma semana depois estava empregado e com um alto cargo. De lá até o potentado dos banqueiros Fernandes foi um pulo só, digo, um voo só, planando sobre campanhas e mais campanhas publicitárias, coquetéis, prêmios e sorrisos matreiros de clientes embevecidos. Mas nunca mais me senti tão decidido, tão disposto a tudo, como naquela noite.

— Não deixe eles te destruírem, não. Você é muito bom.

Pensei: *Me ensina como, meu amor.*

E ela, como se tivesse entrado em minha mente:

— Por favor, não se estrague. Você é maravilhoso.

Nós já estávamos bêbados e alegres, e era a primeira vez, em muitos anos, que eu encontrava um pretexto feliz para beber. Andávamos debaixo de uma chuvinha miúda, abraçadinhos, quietos e aconchegantes, e o dinheiro que eu tinha no bolso (era para pagar o quarto, no final da semana) já havia se evaporado, mas ainda sobrava um bocadinho para o táxi.

— Pelo amor de Deus. Não deixa eles te estragarem.

Ah, Lena: tudo isto está ficando para trás. Este furgão anda a bem uns cem quilômetros por hora.

Para onde eles estão me levando?

Meus papos inesquecíveis:

— Já fotografei todos os cartazes da cidade. Alguns estão muito mal colocados — disse o supervisor dos cigarros Peter Stuyvesant. — Aliás, alguns é força de expressão. — Ele vinha da Inglaterra, mas não era inglês. Nascera na Alemanha.

— Me diz uma coisa, amigo: onde você se encontrava na época da guerra?

— Em Londres.

— Ah, assim, sim.

— Por quê?

— É verdade que você não suporta ver uma fumacinha?

— Por que você diz isso?

— Me falaram. Você sabe: esse pessoal fala muita coisa.

— Não sei sobre o que você está falando.

— Parece que fumaça te lembra queima de judeu, não é? Te dá um remorso danado.

Nunca mais vi o alemão. Em compensação, a agência perdeu a conta dos cigarros Peter Stuyvesant. Ninguém até hoje soube explicar por quê.

— Eu queria saber se dá para eu fazer um estágio aqui — disse o rapaz barbudo na sala de espera. Estávamos de pé, um bem de frente para o outro.

— Em que setor? — perguntei.

— Na redação.

— Você já trabalhou antes em algum lugar? Como redator?

— Não. Eu queria...

— Impossível. No momento, estamos com muito pouco trabalho. Você ia passar o seu tempo enfiando peido em cordão, sem fazer nada.

O rapaz (ligeiramente espantado com a crueza da resposta) lamentou-se:

— Terrível. Em todo lugar que eu vou me dizem as mesmas coisas.

— Por que você não tenta uma experiência num jornal?

— Ainda é pior.

— O que é que você quer que eu faça?

— Eu só queria uma chance. A primeira pergunta que vocês fazem é se a gente tem experiência em redação. Como ter experiência, se vocês não nos deixam entrar nas redações? O negócio é um bocado fechado.

— Ora, rapaz. Você é o quinto sujeito que aparece aqui hoje pedindo uma chance. Imagine se eu tivesse aberto a porta para todos os cinco. Como é que íamos ficar?

— Eu não quero saber dos outros. Quero saber é de mim.

— Pra te falar a verdade, nenhuma agência de publicidade quer perder tempo ensinando nada para ninguém. Isto aqui, meu caro, antes de mais nada, é um negócio. Um negócio que tem que dar lucro.

— Mas eu não quero que você me pague. Quero apenas fazer um estágio...

— Bem, não vamos ter tempo pra cuidar de você. Até logo.

Eles estão me levando. Para onde eles estão me levando?

Certamente — e na melhor das hipóteses — para as mãos daquele tenente que tinha o hábito de me acordar, tarde da noite, para me interrogar. Ele lançava umas perguntas sem pé nem cabeça, enquanto brincava com o tambor de um revólver. Então, sem mais nem menos, metia o cano do revólver no meu ouvido e encostava o dedo no gatilho. A primeira vez que ele fez isso, levei um susto desgraçado. Pus as mãos na cabeça, num gesto de desespero:

— O que é isso, homem? Você está louco?

O tenente retirou o revólver do meu ouvido e largou uma enorme gargalhada. Continuou rindo e brincando com o tambor. Gargalhava e dizia:

— O que é a vida! O que são os homens!

Nas outras vezes em que ele me chamou (um número sem conta), repetiu a mesma estúpida brincadeira e eu continuei reagindo da mesma maneira e ele continuou gargalhando da mesma maneira. O meu medo significava a sua vitória.

Outra história antiga:

Agora estou diante do meu editor. Estou perguntando se é possível uma reedição de meus livros. O homem gagueja, desconversa, rodeia, rodeia. Encaro-o de frente e deixo-o encurralado.

— Qual é a dificuldade? Acho melhor você abrir o jogo.

— Bem (ele pigarreia), você sabe que autor nacional não vende.

— Como não vende, se meus livros estão todos esgotados?

— É verdade. Mas você pertence a outra geração. Acho que já não se lembram tanto de você quanto antigamente.

— Não acredito em nada disso. Meus textos estão aí, lidos e discutidos nos colégios e universidades.

— Isso graças a iniciativas isoladas. Alguns professores, uns poucos, têm, realmente, se ocupado de você. Não se trata, porém, de uma coisa em bloco, instituída, oficial, portanto.

— Seja como for, o interesse parece não ser tão pequeno assim, como você está me dizendo.

— Quer saber de uma coisa? — O pigarro do editor havia desaparecido fazia já alguns minutos. — Nós poderíamos republicar os seus livros, se você se comprometesse a fazer umas revisões.

— Como assim?

— É que você abusa muito dos coloquialismos e dos palavrões, compreende? Isso nos traz problemas. Você sabe: uma editora como a nossa, que é uma grande empresa, depende de certos benefícios oficiais.

— Compreendo. Agora, sim. Compreendo. Quer dizer, lamento muito. É o fim de tudo. De mim… e de vocês.

"O LUAR CAI SOBRE A MATA QUAL UMA CHUVA DE PRATA."

Não vejo mata, não vejo prata.

Aqui dentro é tudo escuro.

Para onde eles estão me levando?

Estou com vontade de mijar. O problema são estas mãos algemadas. Ai, se eu pudesse cortar estes grilhões… ai, se eu pudesse tanta coisa! Vejo que é difícil, no escuro, abrir a braguilha, ainda mais com as algemas. Ainda assim consigo. Que alívio. Estou urinando dentro do furgão, e daqui para a frente vou ter que aguentar o fedor da urina. Da minha própria urina — o que não faz nenhuma diferença. Agora estou cochilando. Meu Deus, como é difícil dormir dentro de uma prisão flutuante, digo, ambulante. É o sono e o não sono, a vontade de dormir e a impossibilidade de dormir, estou misturando tudo, penso em tudo e não penso em nada.

Parece que chegamos a algum lugar. Bravos, ainda estou vivo. É verdade: dormi um pouco. Mal, mas dormi. Melhor do que nada. Estão abrindo a porta dos fundos do furgão.

— Desça, vamos.

Obedeço. Que mais me resta fazer? A luz clara da manhã me cega os olhos. Estou confuso e atordoado. À minha volta vejo um monte de pessoas, curiosas, certamente. Continuo algemado e agarrado por dois homens. Cada um tem uma metralhadora. “Pareço um herói, não pareço?”, pergunto a uma velhinha que me olha nos olhos. Ela desvia o rosto. Um policial me empurra. O outro me ampara antes que eu caia no chão.

Não esperneie, não, nega. Relaxe e aproveite

Este ser incongruente. Eu, o Estrangeiro.

Uma cápsula de Tetrex, um copo d'água, de seis em seis horas, 250 mg. Um canal que arde e dói. Um homem que ruge e geme toda vez que vai ao banheiro. Peça socorro, rápido, mais rápido, depressa mesmo, que eu estou que não me aguento. Pobre peru: insignificante e ofendido, humilhado e encolhido. Suas entranhas pertencem aos gonococos.

— Deixa eu ver — disse o médico. Depois pegou um ferrinho com a ponta em brasa e... e foi aí que eu vi estrelas.

— Você precisa fazer um exame de sangue. Ele escreveu na receita o tipo de exame que queria. Na folha seguinte do bloco receitou o Tetrex.

— Tira essa agulha da minha veia, que eu vou desmaiar...

Abaixe a cabeça (uma mão empurrou minha cabeça até perto dos joelhos). Volte com a cabeça para trás (a mesma mão ajudou a fazer o caminho de retorno). Outra vez. Mais outra. Pronto. Pode ir.

Ela é tão civil... civil... civilizada.

Ibéria: eu vim seguindo as cores dos teus cartões-postais. "Venha tomar um banho de cultura, querido, venha" — foi o que ela me disse, abrindo as pernas. Quando dei por mim, estava crivado com uma gonorreia. "Eu sou a beleza, menino, eu sou uma flor" — agora ela me olha como se eu fosse uma criança. "Teus tataravós e os tataravós dos teus tataravós me amaram muito."

— Gozado, ele é estrangeiro, mas ainda assim eu entendo o que ele fala — disse a velha Ibéria. É uma senhora muito gorda e cheia de si mesma. — Por que me olhas com esse olhar de deboche? Gordura é formosura, querido.

— São cismas de vossa parte, madame.

— Não me venhas com essa língua de preto, está bem?

— É a única que eu tenho, minha senhora. Não falo assim por mal. Aliás...

— Ah! Me sinto tão frustrada. Tanto trabalho pelo mundo, tanto sangue e tanto suor derramados... para quê? Para nada. A culpa é das mulatas. (Dona Ibéria finge que está pensando seriamente a respeito do que acaba de falar. Por sinal, ela está sempre pensando, ou pensando que está pensando.)

— O que foi que a senhora disse, dona?

— Se essas mulatas não tivessem seduzido os meus homens, com toda a certeza a raça humana seria muito mais pura.

— Vai te foder, velha. Tá?

— Apague a luz, sim? Detesto a claridade. Tire essa roupa depressa. Ai, meu Deus, como você está demorando. Venha logo para o meu berço.

— Me diz uma coisa, nega: você está nessa vida por necessidade ou por prazer?

— Ora, rapaz. Prazer porra nenhuma. Acha que alguém sente prazer em levar uns bêbados bem vagabundos, fedorentos e demorados que nem você para um sórdido quarto de hotel, às quatro da manhã? (Queixou-se: que frio desgraçado.) De qualquer forma, prefiro os estrangeiros. Vocês pagam em dólar. E eu ando precisando tanto de dinheiro.

— Por que não põe suas propriedades à venda? Os americanos estão comprando tudo.

— Pensa que eu já não vendi tudo? Essa guerra está me levando os últimos fios de cabelo.

— Então acabe logo com a merda dessa guerra.

— Se fosse assim tão fácil. O que é que eu vou fazer depois com todos aqueles homens que estão lá? E há tanta gente grossa metida no assunto. O teu patrão é um deles.

— O banqueiro? — pergunto, de olhos esbugalhados.

— Sim, senhor. O nosso querido Fernandes. O algodão de lá é todo dele, e alguns poços de petróleo e…

— E alguns negros. Bons e baratos.

— Você é um grande filho da puta. Não vê que aquela negrada ignorante não tem a menor condição de tomar conta de um continente? Aquilo ali é um continente. Que nós temos que civilizar. Eles ainda nem descobriram a roda.

— Claro, claro. Vocês também não mostraram a roda pra eles.

— Nossos maiores inimigos não são os negros. São os estrangeiros — disse a Sra. Ibéria, indignada. — São vocês que espalham pelo mundo um monte de mentiras sobre nós. Isso é infamante.

— Você acha, é?

— Apague a luz, está bem? Me dá o dinheiro adiantado? Trato é trato. Vamos logo a isso. Já é tarde, e amanhã tenho de acordar cedo.

Nos braços da Ibéria eu sou mais homem. Um prato de sopa, um prato de peixe e outro de carne, que vem logo a seguir. Durante a sopa, beba vinho tinto. (Ah, é maravilhoso.) Peixe só combina com vinho branco. Volte ao vinho tinto no prato de carne. Depois, vamos às frutas, de toda espécie e qualidade. (Já viu ameixas mais bonitas? E cerejas melhores do que as nossas? Gosta de melão? Ah, não. Não e não. Experimente estas uvas. São deliciosas. Ou prefere uma maçã? Como queira. Sirva-se a seu gosto.) Chegou a hora do cafezinho. Aceita um brandy? Uma aguardente velha? Safra de 1952. Estupenda. "Céus, ele só comeu um filé com fritas. Imagine se comêssemos tão pouco assim, como poderíamos ter dado um Dom Afonso, aquele que com uma única mão sustentava uma espada de oitenta quilos!" "E com a outra mão, o que é que ele fazia?" (Palmas, risos.) "Aí é que está. Com a outra, ele abria a braguilha e mostrava a raça ibérica para os mouros." Tive vontade de perguntar: "Algum de vocês viu isso de perto? Não? Então é tudo mentira. Essa história é uma mentira. Descarada." Mas fiquei calado. Eu sempre fico calado. Por educação.

Não um homem. Apenas um turbilhão: eu, o Estrangeiro.

Acontece que nos braços da Ibéria sou um rei, segundo um senhor de terno cinza-escuro desbotado e colarinhos puídos que aparece na tasca todas as noites e uma vez por mês tenta me vender o jornal subterrâneo *A República*. É o órgão oficial da resistência monarca. Ele diz que eles dizem que a monarquia vai voltar, e isto é para breve. Por que diabo esse jornal se chama *A República*? Não parece coisa de português? Se se chamasse *A Monarquia*, não podia ser publicado, me disse ele. Sua voz era muito estranha, por causa de um defeito na boca. Tinha uns lábios tão horríveis. Consequência de uma operação no estômago, me explicou. Paga um copo de vinho? Sem dúvida. Fiz planos de passar uma semana na casa dos monarcas. Não vão te deixar, o homem me avisou. Pena. Também acho. E ele disse mais: ias te divertir um bom bocado. Os gajos vivem numa casa que transformaram num palácio real. Tem o rei, os condes, a rainha, a princesa, os barões, tudo igualzinho como no tempo em que existia esse negócio de monarca. Acreditam piamente que estão governando. Os despachos, as ordens e contraordens deles são engraçadíssimos. Tudo maluco. Quis saber por que ele vendia aquilo. Me respondeu que era para ganhar uns trocados a mais no fim do mês.

Mas o verdadeiro destino do jornal *A República* era a privada da tasca, que não se dava ao luxo de pôr papel higiênico à disposição dos fregueses. Passei a me perguntar se era toda a consideração que a monarquia merece, se suas ideias não valiam mais do que os excrementos dos homens a quem ela tentava aliciar, e nunca pude obter uma resposta satisfatória. Melhor mesmo seria tomar uma providência prática e ter sempre um guardanapo de papel no bolso, já que *A República* iria deixar a pobreza da sua impressão nos meus dedos sujos. Eu o comprava só para agradar ao velho de colarinhos puídos e terno amarrotado. Escreve uns artigos sobre os reis do seu país, ele me pedia. Não sei nada a respeito deles. Nada mesmo? Nenhuma história edificante? A não ser dois fatos:

houve um que carregava sempre um frango no bolso. Foi o rei do frango. E outro que fez a fama seguindo os passos de Casanova. Consta que nunca apanhou uma doença venérea. Além do mais, que interesse tem você nesse jornal, a ponto de sair por aí pedindo artigo pra ele? O homem ficou me olhando com muita atenção e disse, abaixando a voz, como se estivesse tocando em algo proibido: Olha, se eu não apresentar serviço, eles vão desconfiar. Sei lá. Às vezes me acho com cara de traidor.

Deixei o velhinho entregue à bebida e à causa monárquica. E fui andando. Ao sair da tasca, avisto, na porta de um hotel um pouco mais abaixo — e no centro de uma incrível algazarra —, uma elegante dama da sociedade local. Eu a conhecia muito bem. Afinal, não havia passado uma noite com ela? Sinto que minhas pernas vão puxando o meu corpo para lá, mais que depressa. Vai me reconhecer? Não vai me reconhecer? Chega de inibições — parecem dizer os meus sapatos. Há um restaurante-bar em frente a esse hotel, e o porteiro me cumprimenta, perguntando se não vou entrar. É um negro que, segundo o folclore ibérico, tem oitenta anos, mas ninguém diz. Respondo com um gracejo banal e ele se sacoleja todo dentro do seu uniforme azul, mais parecendo um marinheiro graduado. Dois passos a mais e me vejo diante da senhora emperiquitada que tanta atenção me despertara, quando eu me encontrava ainda lá em cima, na porta da tasca. Ela tem um chocalhinho pendurado no pescoço, está toda maquiada e usa um vestido longo que arrasta pelo chão. Seus dedos estão cheios de anéis, e ela traz uma pulseira em cada braço, compradas numa feira hippie. Calça um par de sandálias cuja sola é um pedaço de pneu. Quando estira a mão para me cumprimentar, sinto o cheiro do seu perfume, um cheiro muito peculiar e que me bafeja as narinas como o odor de peixes podres dentro de uma lagoa. Se ela ao menos perdesse essa mania de não raspar os cabelos dos sovacos...

— Não sei como você tem coragem de falar com esses tipos — disse a dama, e eu sabia que ela estava me recriminando porque eu havia cumprimentado o porteiro do outro lado da rua.

— Ele é meu chapa.

— Hãã? — ela tenta imitar o que considera um dos meus cacoetes de linguagem, e eu fico pensando: só levo você pra cama se me prometer que vai tomar banho, certo?

— Meu chapa, meu amigo, entendeu?

A mulher balança a cabeça, num gesto entre o piedoso e o irônico.

— Ah, essa gente impura.

— Qual é a sua, com essa implicação? Não seria muito mais agradável a gente se sentar aqui ao lado, no velho Old King, e beber alguma coisa?

— Agora eu não posso. Estou muito ocupada.

Ainda não havia me dado conta do que se tratava. A roda barulhenta em torno de nós parecia muito normal, em se tratando da portaria de um hotel. Estou num país que tem no turismo a sua maior fonte de renda, e no entanto — exatamente por eu não ser nenhum turista ocasional — nunca achei nada de mais nessas hordas que entram e saem, depredando tudo, todos os dias. A velha Ibéria passa a mão na testa para enxugar o suor.

— Hoje eu tive que mostrar nossos monumentos para esses bárbaros. Um horror. Aquele ali queria saber quantos dólares custou cada estátua. Aquele outro chegou à beira do rio de Onor e perguntou se a Terra Negra era aquela que ficava na outra margem. E como gastam filme.

— Ossos do ofício, minha nega.

— Acho que vou pôr um pouco mais de imposto no lombo da Kodak.

— Aproveita e aumenta também os preços dos hotéis, o preço da comida e do vinho. Você vai fazer uma fortuna.

— Tá louco? Eles vêm pra cá porque aqui tudo é mais barato. Um aumento nos preços vai deixar o país às moscas.

— Pra mim seria uma delícia.

— E pra mim seria a morte.

Garotos descalços e sem camisa nos cercam. Camôni, mister. Ei, mister, uâni dólar. Pedi primeiro, mister. Aqui, mister. Fui eu, camôni. Confusão, desespero. Um guarda se aproxima e começa a afastar os garotos. A princípio, calmamente. Depois, com violência. Chegam outros guardas. Um deles tira o cinturão e vai batendo, a torto e a direito, nas costas dos meninos. Sentada na beira da calçada, no outro lado, uma velha negra, caindo de bêbada, desembrulha a comida que traz enrolada num jornal e passa a agredir os guardas enquanto come. "Não bate no menino, não, veado. Ô grandalhão porco, arranja um do teu tamanho pra bater." Duas moças vão passando, e uma delas prepara a máquina fotográfica para tirar um retrato da mulher sentada comendo no chão. "Como é, piranhas, pagam uma cachaça aqui pra mamãe?", diz ela. As meninas desistem da foto e vão embora. Olho para a dama ao meu lado. Está radiante.

— É um espetáculo. Os turistas adoram essas coisas.

— Para onde você vai com eles agora?

— Estão loucos pra conhecer nossas *porn shops*. Vou satisfazê-los. Quer vir com a gente?

— Divirtam-se. Tenho mais o que fazer.

— Que pena. Você não é nada divertido — disse isso jogando um adeusinho. — Se quiser me ver mais tarde, passe na boate Candeias. Depois de meia-noite, estarei lá. — Foi entrando num ônibus, que buzinava loucamente. O chefe da delegação estava excitadíssimo.

(Meu diário intemporal registra três dias de vida num doce país fascista, depois de dois mil anos de cristianismo e muitos séculos de inquisições. O ano pode ser 1965, 1967, 1971. Isso, porém, não tem importância. Olhando as horas para ver se chegou a vez de mais um comprimido de Tetrex, o Estrangeiro medita. E conclui: o pior mal deste mundo são as doenças do mundo. Em que pensas mais, pensador?)

Eu disse três dias?
Três dias.

1. Anteontem.

Pela manhã ele encontrou uma porção de cartas sobre a mesa de trabalho. Olhou nas costas dos envelopes e era tudo de gente conhecida. Leu uma a uma, com bastante calma, antes de pegar no sono. E então iria procurar sentir o estado de espírito de cada pessoa, suas emoções e reações no instante solitário em que decidiu escrever-lhe uma carta. Seria como se estivesse conversando, frente a frente, com alguns de seus vários amigos espalhados pelo mundo. Gostava de ler sentado na privada as que vinham de pessoas que mantinham com ele um vínculo pessoal bem forte. Nessas horas, projetava-se para os lugares onde se encontravam — muitos dos quais nem sequer conhecia. E assim, entre o bolo de cartas e o trabalho à sua espera, o Estrangeiro ficou divagando, diante da letra às vezes incompreensível da Srta. Mikolic. Era um bilhete lacônico e curto em que ela comunicava o seu casamento com um engenheiro alemão, numa igreja católica de Paname. Não estava pensando mais nas luzes e na lenda de Paname, a louvada e gloriosa capital da Ibéria, que ele tanto sonhava em conhecer (um dia ainda chegaria lá), mas em outra época, em outro lugar, quando não tinha ainda vinte e quatro anos e era muito jovem e muito louco e passava as noites na varanda de uma mansão caindo aos pedaços, cujo dono, um português magro e nervoso, alugara todos os quartos para rapazes e moças vindos do interior. A Srta. Mikolic era então uma moça sonhadora de pernas robustas, e quando calçava um sapato alto, ficava dois centímetros maior do que ele. Aos domingos, iam para um clube de campo, geralmente em bando — e eles eram os guias de uma caravana de mulheres sem homens, que cantavam guarânias por todo o caminho. Uma vez ela lhe disse:

— A gente se casa e vai morar no Peru.

— Por que no Peru?

— Meu pai tem uma casa lá. Está abandonada.

Mas o pai da Srta. Mikolic, um iugoslavo que fugira de Tito quando a filha tinha apenas dois anos, fora ministro do rei Pedro e da rainha Alexandra; mais tarde iria se empenhar para que o projeto dela não fosse em frente, e tudo por causa de uma fotografia em que os dois apareciam abraçados. "Você não tem vergonha de se agarrar a um nativo?", dissera ele.

A moça, no entanto, não ligou para as intrigas. De modo que continuaram se agarrando na varanda escura da velha mansão, até uma noite...

Foi descendo as escadas de um moderno e metálico edifício urbano, no centro da cidade, com alguns potes de saquê quente na cabeça, que ele tomou a decisão e lhe disse toda a verdade. Iria embora para muito longe, não queria deixar compromissos nem qualquer outra espécie de pendência. Simplesmente, ia partir. E casamento era coisa que não constava de seus planos. A Srta. Mikolic chorou muito. Ele saiu pelas ruas sem compreender por que havia feito aquilo, sem se compreender direito, e nessa noite bebeu sozinho até quase se arrebentar.

A sensação agora era a de que havia desperdiçado algumas das melhores coisas que a vida lhe dera, ou talvez todas essas coisas. Com o bilhete-convite na mão, antevia uma manhã muito ruim para enfrentar, e todos os seus sentimentos a seu próprio respeito também eram muito ruins. Sem saber se devia ou não largar tudo e pegar o próximo voo para Paname, pensou na moça loura e alta que nascera em Belgrado, cidade que até então nunca tinha visto, porque aos dois anos já estava em Trieste — e, portanto, não se lembrava que cara Belgrado tinha. Como o velho Mikolic vivesse sempre às voltas com terrores íntimos, manias de perseguição (enquanto sonhava com a morte do marechal Tito e a consequente volta da realeza ao poder), ela foi sendo arrastada por espinhentas bifurcações, que iam dar em países e cidades agrestes. Passou pelo Peru — de onde o pai saiu correndo, depois de uma série de atentados —, pela Bolívia, pela Argentina, por Venezuela e Cuba. Mas foi numa terra chamada Capão Bonito que eles afinal encontraram a paz tão arduamente perseguida. Aí, os Mikolic montaram uma fabriqueta de goiabada e se deram muito bem. Não havia nenhum índio por perto para tocar fogo em suas propriedades, como na Bolívia. Nem terroristas para deixarem o velho nu e amarrado a um poste, como na Venezuela. Muito menos as loucas confusões de Buenos Aires, todos os dias. E Fidel Castro já não perturbava o sono de ninguém. Capão Bonito não era um país; era um paraíso. A Srta. Mikolic entrou para uma faculdade de belas-artes. Depois resolveu largar tudo e pegar um navio para Paname. Doce e complicada menina.

O sonho matinal do Estrangeiro acabou se evaporando entre as linhas datilografadas de uma comunicação interna, que dizia:

"A partir de hoje fica proibido a qualquer funcionário desta empresa fornecer o nosso endereço para correspondência pessoal. Ordens superiores."

— Você viu isso? — perguntou a menina agitada que trabalhava no departamento de pesquisa. Ela vivia sempre nervosa por falta de homem, diziam os rapazes da firma. O marido havia embarcado para a guerra no começo do ano.

— Estou vendo agora.

— Não acha que é o caso de fazermos um abaixo-assinado?

— Acho.

— Então bate um aí na máquina. A primeira assinatura deve ser a sua.

— Por quê?

— Você não está no lugar do chefe?

— O homem disse que o cargo é provisório. Você está querendo me queimar.

— Mas você acha que devemos fazer o tal abaixo-assinado ou não?

— Sei lá.

— É por isso que eles fazem tudo do jeito que querem e entendem. Ninguém tem peito pra bronquear.

— E se a gente mandasse um protesto ao presidente, por causa da prisão do Alves?

— Eu quero é que o Alves se dane. Por quê?

— Aquele velho é um ranheta. Me descontou um dia de salário só porque eu atrasei quinze minutos.

— Quem desconta é a contabilidade, me parece.

— É. Mas o Alves não quis abonar o meu cartão de ponto.

— Fico espantado com o número de queixas aqui dentro contra ele.

— Sabe o que eu acho? Ele é um bom...

— O problema é que todo mundo está julgando o Alves pelo rame-rame da burocracia interna daqui. Por coisas que não foram inventadas por ele. Acho que ninguém quer entender as implicações que envolvem a sua prisão.

— Você é um anjo, rapaz. Um anjo. Tão inocente. Sabe por que aquele velho vivia me perseguindo? Porque eu não quis ir pra cama com ele, tá?

— O que tem de mais um homem querer ir pra cama com você? Você é mulher, ora. E até que...

— Deixa de presepada e faz o abaixo-assinado.

— Então reúne todas as coisas contra as quais a gente tem que abaixo-assinar. Vamos dar logo um esporrão.

— Tá maluco, é?

— Falo sério. Faz uma lista aí. Você é contra o quê?

— Sou contra tudo.

— Põe esse tudo aí. Vai dizendo.

— Sou contra esse negócio da gente ter que pagar todos os telefonemas que dá pra fora, sou contra as mulheres não poderem vir trabalhar de minissaia, sou contra a gente não poder receber nossos amigos durante o expediente, sou contra todos os descontos que me fazem no fim do mês... bem, acho que já dei uma boa lista.

— Vou pensar no seu caso.

— E o abaixo-assinado?

— Já te disse: vou pensar nisso.

— Ah! — A menina fez um gesto muito engraçado, e o Estrangeiro começou a rir. Irritada, ela deu um chute numa pilha de jornais velhos que estava no chão. — Corja de covardes.

— Ei, nega, você não quer ir ao cinema comigo hoje à noite?

— Convida a tua mãe.

O Estrangeiro: essa garota... não sei não, não sei não.

Já eram onze horas e ele ainda não havia feito coisa nenhuma.

Preguiçoso, inconsequente, se arrastando sem a menor convicção, levantou-se para ir ao banheiro. Precisava passar um pouco de água na cara. Quem sabe se assim não adquiria um novo ânimo?

Oh, Milly. Não vá embora, não.

— Tenho que ir. Enquanto você dormia, arrumei todo o apartamento. Que bagunça que isto estava. O armário da cozinha fedia a mofo. Estava cheio de queijo e manteiga podres. Depois vai ver como ele ficou. Está tão limpinho.

— Fica aqui esta noite, Milly. Estou tão cansado.

— Pode continuar dormindo. Eu pego um táxi.

— Você não pode voltar pra casa sozinha. Já é muito tarde.

— Já estou bem crescidinha, né?

— Oh, não. Fica aqui, fica. É muito perigoso você sair pra rua a estas horas. Esta cidade é uma barra.

Milly Mikolic não disse que sim nem que não. Sentada na beira do sofá-cama, ela o acariciava, passando os seus longos e bonitos dedos entre os cabelos dele, levemente.

— Fica, Milly, fica — pediu ele ainda uma vez mais.

Um casamento em Paname, a efervescente e cortejada Paname. É luxo, só. O fino do grã-fino e o ponto-final de mais um romance de amor. A noiva estará de branco? O noivo usará roupa de noivo? Quantos serão, ao todo, os convidados? A água vai rolar. No banheiro, o Estrangeiro lê novamente o bilhete da Srta. Mikolic. Oh, Milly. Estou tão sozinho.

Durante todo o resto desse dia, nada de importante (ou animador) iria lhe acontecer. Nada além de uma quieta intranquilidade interior, uma cócega fina como a dor provocada pela agulha do dentista na hora em que aplica uma anestesia — e que começava no fígado e ia se espalhando pelas fendas não ainda inteiramente enferrujadas de sua alma. Era bem capaz de já estar muito perto das raias de uma loucura mansa e dissimulada. À tarde, no final do expediente, entrou num botequim, junto com Emílio e De Jesus (estava a ponto de considerá-los seus dois melhores amigos, embora gostasse mais de Emílio, que era muito mais divertido do que o outro), e bebeu com eles até quando De Jesus perguntou se o Alves tinha mulher, a lembrança de Lena passando a incomodá-lo de uma maneira tão intensa e viva que ele não resistiu e se pôs a andar pelo caminho da casa dela, no assento de um táxi. O anjo que lhe soprava no ouvido "não vai, não vai" era infinitamente mais fraco do que o demônio que o puxava: "vai lá, vai lá".

Encontrou-a diante de um litro de conhaque, e a sua voz era a voz de quem estava bebendo desde muito tempo. Assim que abriu a porta para que ele entrasse, Lena voltou a se sentar no chão, no meio da sala, onde estavam o litro de bebida e o copo. Tinha agora um rosto duro e tenso, e ele a encarava com verdadeiro assombro. Ela estava ficando cada vez mais velha. Devagar, querida. Você está se acabando depressa demais.

— Pensei que você nunca mais voltaria aqui — disse Lena. Mágoa e desespero, ciúme e solidão, pensou ele, afundando-se na poltrona. Sentia-se pequenininho, talvez até menor do que um rato. Tentou se reerguer:

— Vim agora porque me deu vontade. Não é melhor assim?

— Você só me procura quando está bêbado. Interessante, não é? E quando você está bêbado, quer que eu esteja prontamente à sua disposição. Aí aparece. Podem ser três, quatro, cinco da manhã, mas você não quer nem saber. Nem me telefona antes. Vem direto pra cá. Não leva em conta, sequer, a possibilidade de eu me encontrar na cama com outro homem.

— Lena, eu penso muito diferente de você. Eu acho que o bom mesmo é a gente fazer as coisas no momento em que sente vontade. Pensa bem: não seria uma merda vir te ver só por obrigação? Eu prefiro vir aqui quando sinto vontade. Estou sendo um bocado sincero e espero que você compreenda bem a coisa.

— Acho você um cara, pra usar a sua linguagem, já que você está me corrompendo até nisso, um cara bastante desleal. Ora, rapaz, eu sei que quando você não está comigo, está com alguma amiga minha, que você conheceu aqui dentro, na minha casa. Uma sujeitinha aí, que eu julgava que valia alguma coisa, ainda comete o desaforo de ligar pra mim, dizendo: "Olha, você está de parabéns. Ele é lindo em tudo. Até..."

— Até o quê?

— Até o pau, porra. Ela me disse isso no telefone. Assim também já é passar da conta.

— Ha, ha, ha.

— Você ainda acha graça. Está na hora de passar um pouco mais de caráter nessa cara.

— Isso só pode ser trote, Lena. Uma brincadeira inconsequente. Como é o nome dessa sua amiga?

— Pergunte a você mesmo.

— Nega, será que você não está vendo fantasmas?

— Estou vendo é um filho seu que já começa a crescer na minha barriga. E tenho que fazer um aborto e você some. Nem pra me dar um mínimo de assistência.

— Você está grávida? — Ele se levanta da poltrona e, automaticamente, passa a mão no copo de conhaque da mulher. Até esse momento não havia tocado na bebida. — Tem certeza que...

— Tenho sim. Não sou nenhuma imbecil. O filho é seu.

— Eu quero esse filho — disse ele, sentando-se novamente. Engoliu o copo de conhaque de uma vez, sentindo um tremor no corpo. Achou que havia engolido um vulcão. — Por que você tem de fazer um aborto? Creio que também tenho o direito de querer esse filho.

— Não estou mais em idade de ter filho, e não quero. Podia perfeitamente dizer que o filho é do Alves e registrá-lo como filho dele. Podia até confessar a verdade para o Alves. Não é esse o problema. Ele ia compreender perfeitamente. Quanto a isso, tenho plena certeza. O Alves é um homem, não é nenhum moleque.

Com mais esse, são quatro, pensou ele, num período de cinco anos. O primeiro foi com uma mulher chamada Amália. Ela tinha trinta e oito anos, ele tinha dezoito.

— Não vai ter aborto nenhum.

— Vai sim. Eu decidi isso. E você não vai mudar minha decisão.

Amália passou três dias sem ligar para ele. Que diabo teria acontecido? Estava preocupado. Então, quando o telefone finalmente tocou, uma voz fraca disse: "Olha, estou saindo do hospital. Acabei de fazer um aborto." Como se tivesse sido apanhado de surpresa por algo inteiramente fora dos seus conhecimentos, ele ficou alguns instantes sem saber o que dizer. Pensava que a situação era bastante delicada e que não poderia de nenhum modo dizer nada que pudesse ofendê-la ou desapontá-la. Passada a hesitação, perguntou: "Por que você fez isso?" Amália era uma mulher firme, dona de si mesma e de suas decisões. Já sabia que ela era assim. Só não sabia que ela era sempre assim. "Não dava, né? Um filho ia atrapalhar muito a vida da gente e me trazer muitos problemas." Ela já tinha uma filha de dezesseis anos para sustentar e dependia de dois empregos para viver. Devia ser por causa disso, então, imaginou. Durante duas semanas trocaram palavras amáveis no telefone. Nunca mais se encontraram.

Ele estava achando que Lena tinha carradas de razões. Sim, ele era um cara desleal. Ia se corrigir, prometeu a si mesmo.

— Pelo amor de Deus, Lena, eu quero esse filho.

— E eu não quero.

O segundo fora com uma moça chamada Doris Kohonemergen. Ela escreveu uma carta dizendo que estava preocupada. "Apesar de todas as minhas precauções, aconteceu o que eu tanto temia." Doris vivia numa incrível cidade de nome Anvers, sombria e triste, à beira de um rio. Ele havia passado um mês com ela. Deu uma resposta breve e decidida: "Vem pra cá. Vem viver comigo." Doris, no entanto, tinha outro programa de vida. "As leis daqui são muito severas em relação ao aborto, que é proibido. Nenhum médico quer se arriscar. Vou a Varsóvia. Lá, não tem problema." Continuaram trocando cartas gentis e bonitas. Ele nunca mais viu Doris Kohonemergen.

Num outro lugar, num outro mundo, ele ia pela rua e encontrou, por acaso, uma moça que não sabia onde andava fazia já muito tempo. Convidou Valnise para tomar um chope e ela aceitou. Conversaram um bocado, sobre assuntos disparatados e impessoais. De repente, ela disse: "Você é um grande malandro. Desapareceu da minha vista, não me deu mais notícias nem nada. E eu fiquei por aí, carregando um filho seu para que um médico desse um jeito nele." E ele: "Puxa, menina. Por que você não me procurou?" Valnise sorriu: "Onde?" Ô, diabo. Onde? Nesse entreato havia mudado de cidade, por causa de um emprego, e nem avisara nada. Foi levar a moça em casa, agarradinho a ela. "Às vezes eu penso", disse Valnise, "que as coisas poderiam ter dado certo entre a gente, se você não fosse tão maluco." Concordou. "Vamos continuar nos encontrando?" Ficou acertado que ele ligaria no dia seguinte, para combinar. Não ligou.

Eu quero esse filho, eu quero esse filho, eu quero esse filho, pelo menos esse e agora, e não quero saber o que o futuro me reserva, nem o que vai ser dele, nem se tenho condições ou não para criá-lo, criarei essas condições, mesmo que o mundo desabe sobre mim, vou quebrar a cara por você, filho, seja você homem ou mulher — e lá vai mais conhaque, mais pensamento, só pensamento, porque outra pessoa se meteu no assunto, um certo Jorge Tunhas, que ia para a guerra no dia seguinte, pela segunda vez, e só falava nisso e no Alves, estava lá para prestar a sua solidariedade, sim, gostava muito do Alves, era um homem de fé, um homem no verdadeiro sentido da palavra, e ele estava lá porque o Alves era tudo isso que ele achava, Jorge Tunhas falava pelos cotovelos e bebia ora uma dose de conhaque, ora uma dose de cachaça, depois pulava para o rum, bebia um copo d'água e no minuto seguinte já estava agarrado a uma lata de cerveja, parece que queria se matar de uma vez por todas, no dia seguinte ele ia para a guerra, para a guerra, para a guerra, Jorge Tunhas era médico e ia para a guerra, Jorge Tunhas estava apavorado e dizia que estava apavorado porque já havia passado quatro anos na guerra e sabia muito bem o que o aguardava, a guerra, a guerra, os negros, os brancos lá só estavam quebrando a cara, o Alves é um grande sujeito, morro de pena de não poder beber hoje com ele, voltei a beber, dizia Jorge Tunhas, tanto fizeram que me curaram de uma hepatite pra que eu voltasse pra guerra, Jorge Tunhas ia falando e o Estrangeiro só pensava eu quero esse filho, Lena, por favor, nada de aborto, vamos discutir melhor esse caso, quero esse filho, e Jorge Tunhas bebia e falava, o Alves é um grande homem, um grande sujeito, e pensava, ele, o Estrangeiro, o Alves é uma merda de um cara, você é um bosta dum fracote, e Lena está me esculhambando com essa história de aborto, e Jorge Tunhas insistia, pena que o Alves não esteja aqui.

Mais tarde, na rua, abraçado ao Estrangeiro, Tunhas confessou que estava apaixonado por Lena. "Que mulher fascinante, não acha?" Ele ia abraçado ao Estrangeiro, porque não se aguentava sozinho, estava transformado num bagaço. Iam andando aos tropeços, e Jorge Tunhas, a certa altura, quis mostrar que ainda era um homem e não esse bagaço que o outro estava pensando. "Me larga", disse. "Não preciso de guia. Conheço muito bem o caminho de casa." Nesse momento, uma coisa muita estranha aconteceu. Tunhas andou sozinho para o outro lado da rua, e quando atingiu a calçada inclinou a cabeça para trás e soltou um gemido. Estava sentindo falta de ar. Pôs a cabeça na parede à sua frente, sobre os dois braços cruzados, para protegê-la. Ele vai vomitar, pensou o Estrangeiro, que se encaminhou para ajudá-lo. Ia bater-lhe nas costas. Mas enquanto ele seguia para o outro lado da rua, Tunhas retornava, andando de costas, com a cabeça inclinada para trás e gemendo: hããã, rããã. Era horrível vê-lo assim, agonizante, como se estivesse morrendo asfixiado. O Estrangeiro recuou, voltando ao ponto de onde Tunhas havia partido, e ficou esperando. Ele fez todo o caminho, andando de costas, até bater com os calcanhares no meio-fio e ser seguro, antes de cair. O outro o agarrou, e Jorge Tunhas voltou a abraçá-lo. Disse: "Lena, Lena. Eu te amo, Lena." Essa súbita paixão estava deixando o Estrangeiro desconcertado.

"Me larga, me larga", disse de novo Jorge Tunhas, e voltou a andar em frente, na mesma direção. Ao chegar ao outro lado, repetiu a sua lenta agonia. Fez isso mais uma vez, e sempre que retornava, andando de costas, como antes, se abraçava ao companheiro, dizendo: "Lena, Lena."

— Jorge, que horas você vai embarcar amanhã?

— Eles vão me buscar. Bem que eu queria estar morto na hora que eles chegassem.

— Jorge, acho que você vai ter que acordar cedo. Vamos andando? Quando chegar na Terra Negra, escreva para Lena. Diga tudo isso que você está pensando. Ela vai gostar muito.

— Lena, Lena — foi tudo o que ele conseguiu dizer.

— Vamos, Jorge? Eu levo você em casa.

— Está bem. Você... meu amigo... hein? Nada... para Lena... Nada.

— Fique tranquilo. Não contarei nada.

— Bêbado, bêbado.

— Você misturou muita bebida. Foi isso. Não há de ser nada. Também estou num porre fodido.

— Durmo aqui. No chão.

— É besteira, homem. Eu levo você em casa.

Achar um táxi, e depois o endereço dele, foi outra luta que dava um livro. Ele deixou Tunhas na cama, menos aflito, porque havia vomitado muito, no pé de um poste. Parecia um cachorro mijando. Pior: parecia que estava pondo para fora as próprias tripas. De volta à rua e à espera de uma condução que o levasse para casa, o Estrangeiro viu uma mulher que andava calmamente e se reanimou. Foi seguindo atrás dela, com a certeza absoluta de que não ia passar o resto da noite sozinho.

— Ei, gatinha, aonde você vai com tanta pressa? — disse por dizer, porque precisava de um pretexto. Esse negócio de chamar uma mulher de gatinha era tão horroroso, tão fora de moda, mas foda-se. O dito está dito.

— Estou atrás de homem — respondeu ela. — Qual é a sua? — A dele era ela mesma. — Vamos lá? — Um carro da polícia dobrou a esquina. Vinha em marcha lenta. Ao avistá-lo, a mulher pendurou-se no braço do Estrangeiro. — Disfarça. Faz de conta que você é meu marido, se não eles me levam.

Andaram um bocado, até um hotel escondido atrás de uma escadaria. O porteiro exigiu carteira de identidade e disse que o pagamento era adiantado. No quarto, ele ficou olhando para o corpo da mulher e concluiu que não era nada mau. Dava para quebrar o galho. Para um malandro experiente, ela talvez estivesse na categoria meia-sola, a fêmea gasta, já bem quilometrada. Não chegava a ser um chofer de táxi — o tipo de mulher que se senta nas mesas dos fundos do inferninho e cobra mais barato. Mas ele era um amador nessas coisas e só desejava afogar a crista do galo e dormir logo em seguida. Por se lembrar disso, ligou para a portaria e pediu que o acordassem às oito da manhã. Sabia que já era muito tarde, mas tinha de acordar cedo. Um bom chuveiro frio, assim que se levantasse, certamente lhe daria a energia necessária para cumprir com as obrigações do dia seguinte.

2. Ontem.

Foi um encontro terrível — e mais terrível ainda por ter sido, praticamente, o primeiro do dia. Ele ia descendo uma rua, calma e sonolentamente, porque ainda era muito cedo e a cidade estava deserta. Era possível, bem possível mesmo, que estivesse numa rua suburbana — ou numa cidade do interior. A barra da manhã, límpida e clara, prometia um alegre dia de sol, e ele se sentia saudável e enérgico andando a pé por aquela rua, bem devagarinho. Gostava da vida. Queria tirar todo o proveito daquele instante em que os automóveis ainda dormiam. Daqui a pouco tudo isso será transformado num manicômio, mas só daqui a pouco. Agora, não.

No final dessa rua havia um caminhão parado. Ele reconheceu o homem que estava em cima do caminhão e foi se dirigindo para lá.

— Desce daí e vamos tomar um café.

— Boa ideia — disse o homem. — Um café para esquentar o pé.

— Que diabo você está tramando com esse caminhão? Algum assalto? Ou está metido no terror?

— Tá louco? — O homem já havia descido. — Não vê que está carregado?

— E daí?

— Vim conferir a carga.

— Essa é boa. Desde quando você é despachante de carga?

— Ô cara. Não acha que está perguntando demais?

Entraram numa bodega aberta havia poucos instantes porque o dono ainda estava arrumando a mercadoria. Vinha com um cacho de bananas para pôr na porta.

— Aqui não tem é nada — disse o homem do caminhão.

Mas ele não desistiu. Sabia que não ia encontrar café ali, e, no entanto, alguma coisa muito forte — muito mais forte do que a sua vontade de tomar um cafezinho — o arrastava para dentro. Era a figura do dono da quitanda. Um homem de 1,68 metro, boa constituição óssea, barba rala e áspera, cabelo liso e já embranquecendo, cinquenta e dois anos. Este homem estava vestido com uma calça bem gasta e uma camisa de mangas curtas, também gasta. Usava um chapéu de baeta, um Ramenzoni — aquele que os homens da roça guardam no fundo da mala até o dia da missa —, e ele pensou: o velho não queria fazer feio na cidade. A roupa é pobre mas está lavada, e o sapato também é o de ir à missa. Conhecia aquele homem. Passou por ele sem cumprimentá-lo, como se não o estivesse reconhecendo, e foi direto a uma pequena prateleira onde havia alguns maços de cigarros. Compraria logo uns três maços, para ajudá-lo. Compraria uma porção de outras coisas também. Quem sabe, um cacho de bananas? Enquanto verificava que os maços de cigarros estavam todos abertos (o velho os vendia a varejo: um cigarro, dois cigarros, conforme a moeda que o freguês trouxesse na mão), ouviu o quitandeiro perguntar para o homem parado na porta:

— É o Dita, não é? Dita? Não é o Ditinho? — mas ficou sem resposta, porque o outro não sabia de quem se tratava. Quantos anos fazia que ninguém o chamava por esse nome?, perguntou-se o Estrangeiro. "O velho me fez cair numa armadilha. Isso é pura chantagem."

— Ele não sabe quem é o Dita, papai. Esse nome só é conhecido lá em casa. Eu sou o Ditinho, sim.

— Bem, logo vi.

— Como é que o senhor veio parar aqui?

— Vendi a roça e a casa. Não estava aguentando mais aquele povo.

— Que povo?

— Sua mãe e seus irmãos.

— Sua mulher e seus filhos, não é isso o que o senhor quer dizer?

— Não me deixavam em paz. Por isso eu dei para beber.

— Parece que o senhor já tomou umas e outras hoje, ainda nem bem começou o dia.

— Não quer uma cachacinha, pra gente comemorar? Trouxe uma lá da terra. É danada de boa.

— Deixe isso pra lá. É muito cedo.

— Acho que você tem vergonha de mim — disse o velho. — Só porque eu sou pobre. Mas você vem da mesma miséria que eu vim. Você deu mais sorte, rapaz. Foi só isso.

— Não é bem assim — o Estrangeiro olhou em volta. Pouca mercadoria. A maior parte era de frutas, algumas já podres. "Ele pensa que vai poder viver apenas com isso? Naturalmente, está vivendo com as reservas que trouxe da sua terra. Quando acabar — se é que já não está sem nada —, pega o caminho de volta, em cima de um pau de arara. Pobre velho."

— Lembra quando você ia pra feira vender uma carga inteira de cana? No fim da tarde você já tinha vendido tudo. Eta menino danado de esperto.

— Também vendi muito mamão. De porta em porta.

— É verdade. Eu só te peço pra nunca se esquecer disso.

— Por quê?

— Pra não ficar muito orgulhoso e se esquecer da gente.

— Olha, papai, eu não sinto vergonha de você, não. Eu sinto é pena, tá?

— Pode ir andando. Obrigado pela visita. De uma coisa pode ficar certo: não preciso de você pra nada.

Na rua, o Estrangeiro procurou o homem do caminhão, mas ele havia desaparecido. Agora, pensava que o jeito era entrar no primeiro botequim que encontrasse. Ia beber até estourar o fígado. Não para seguir o exemplo de seu pai. Queria apenas se libertar dele. Foi seguindo pela mesma calçada em que veio, fazendo um esforço muito grande para mudar as passadas. Suas pernas doíam. "Que merda, estou com reumatismo." A dor ia aumentando à medida que ele forçava o passo. Era uma dor repentina e estúpida. Ele, no entanto, tentava não se render. Por que será que essas pernas não me obedecem? Se ao menos passasse um táxi. Sem mais nem menos, o mundo começa a balançar. Um terremoto? Tudo treme à sua frente. Ele cai. Sabe que não vai conseguir se levantar. Ainda assim insiste, num esforço redobrado, mas em vão. A dor começava no nervo ciático e descia por todos os músculos. Por favor, gente, um relaxante muscular e um copo d'água. É urgente. Estou banhado de suor. Estou visguento. Chamem um médico.

— Você está com febre — disse o médico.

— Quanto?

— Quarenta graus. Tem que passar o dia todo na cama e beber muito líquido. Mora aqui?

— Não. Quem mandou você vir me ver?

— Uma moça. Falou comigo pelo telefone e deu o endereço. Disse que você estava delirando.

— É possível.

— Como você veio parar nesta espelunca?

— Trouxe a filha de um ministro pra cama. Ela queria um lugar bem esculhambado.

Ele aplicou uma injeção de Novalgina.

— Mas isso é dose pra cavalo — queixou-se o Estrangeiro.

— Então foi a filha do ministro quem me telefonou? — O médico parecia curioso.

— Deve ter sido. Era só quem podia saber que eu estou doente.

— Ela deve voltar, você não acha?

— Suponho que não. Por quê?

— Vou deixar uma receita, e você vai precisar de alguém para comprar os remédios.

— Bem, eu peço ao pessoal do hotel.

— Está aqui. É apenas uma gripe. Nada de mais. Mas você precisa seguir todos os cuidados que estão na receita.

— Quando passar na portaria, peça a alguém pra me comprar os remédios, tá? Faça um drama, se não eles não vão levar a coisa a sério.

— Pode deixar.

Prêmio de consolação: se o quarto era deprimente, em compensação a cama era muito macia. Agora ele procurava se lembrar das vezes em que ficara doente quando garoto. Era tão bom ficar na cama, sem ter que ir trabalhar. Seus pais se tornavam mais cuidadosos, mais amáveis. Traziam pão de água e sal, sopa, chá. Muitos chás. E torradas. Uma vez ele ficara com uma doença estranha: dor nos joelhos. Ninguém sabia explicar a causa. Não podia andar e temia que ficasse assim para o resto da vida. Seu pai vivia passando sebo de carneiro nos seus joelhos — remédio, aliás, que ele indicava pra tudo.

Dor no pescoço? Passe sebo de carneiro. Quebrou o braço? Passe sebo de carneiro. Deslocou o pé? Sebo de carneiro nas costas? Tome sebo de carneiro. Um de seus irmãos caiu de um jumento e quebrou o braço, na altura do cotovelo. O farmacêutico o encanou, mas fez o serviço errado, de modo que o garoto ficou meio aleijado. O braço só descia até a metade, não fazia o movimento completo. Então o Estrangeiro pegou o irmão e foi com ele à capital, queria tentar uma operação. Na saída, teve uma longa discussão com o pai:

— Médico nenhum vai dar jeito nisso — disse o velho.

— Mas eu dou.

— Como? O senhor vai operar ele?

— Não. Vou passar sebo de carneiro.

Nesse tempo, o Estrangeiro já era estudante numa outra cidade e não acreditava mais nos métodos do pai. E seguiu para a capital, à procura de um médico. Correu todos os hospitais, arranjou algumas cartas de apresentação de políticos para os melhores cirurgiões, mas todos, ou quase todos, estavam de férias. O único que ele conseguiu encontrar desaconselhou a operação:

— Sabe de uma coisa? Não vai dar para operar, não. Porque, para operar, vamos ter que quebrar esse osso. E aí é que seu irmão pode ficar aleijado de vez. O garoto voltou para casa do jeito que saíra. Para orgulho do pai, mais tarde ele viria a ficar bom. Com sebo de carneiro. Velho estranho. Misterioso e absurdo. Teimoso como um burro. Por que teria sonhado com ele esta manhã? Sem dúvida, por causa das cartas da família, que havia recebido — e lido — no dia anterior.

Na parte da tarde já estava se sentindo melhor. O efeito dos remédios foi rápido. Nada mais de dor nas pernas nem de febre. Entrou debaixo do chuveiro e tomou um banho frio, decidido a ir para o trabalho. Isso, sim, o preocupava, mais do que tudo. O trabalho. Como tinha medo de perder o emprego e ficar na rua da amargura de uma hora para outra! Era o que menos desejava na vida. Às vezes se revoltava, por sentir-se enquadrado demais aos esquemas de trabalho, chegando mesmo a invejar aqueles que tinham coragem de viver sem o dinheiro certo de todo fim de mês. Ô droga, e os tempos miseráveis da infância e adolescência? As roupas sempre remendadas e os sapatos com um buraco na sola? Vai ver, vai ver, era por isso que ele gastava tudo o que ganhava — e era sempre o primeiro a se oferecer para pagar a conta na mesa do bar. Ao entrar no elevador, já no luzidio edifício que era um dos pilares do dinheiro da nação, previu que talvez fosse obrigado a armar uma tempestade se o patrão reclamasse porque faltara na parte da manhã. Ia preparando o seu argumento, queria ter tudo na ponta da língua. Então ele não era uma pessoa sujeita a ficar doente, como todo mundo? Assim que chegou à sua mesa, lá estava um recado: "O banqueiro quer falar com você." Pensou: é hoje. O pau vai comer. Subiu os degraus da escada para o andar de cima e se encaminhou para a sala do grande homem.

— Não sei se ele pode receber você agora — disse a secretária. — Qual é o assunto?

— Pergunte a ele — disse o Estrangeiro, mostrando o recado.

— Espere um pouco.

A moça demorou alguns instantes e voltou dizendo que ele podia entrar.

— Minha conversa com você vai ser rápida. — O banqueiro, como sempre, estava envolvido numa agitação que, aos olhos dos leigos, parecia desproporcional à soma de assuntos e preocupações que o agitavam. Apenas — e isso o Estrangeiro já havia percebido — era o tipo de homem que não confiava nos outros homens. Ele próprio, sozinho, queria resolver tudo, como se fosse capaz disso. Por mais que dissesse o contrário, ainda não tinha aprendido a delegar. E quando o fazia, era sempre pela metade. Seu império era ele, fora construído graças a seu esforço e suor — e os outros jamais desempenhariam suas funções com o mesmo sentido de responsabilidade que ele dedicava à mais insignificante das tarefas. Daí porque o pior ultraje a se ouvir da sua boca era sempre a palavra "incompetente". Trabalhava, ou se agitava, feito um louco. — Não podemos nos demorar, porque tenho de sair daqui a dez minutos. Vou ver a situação de uma fábrica de contraplacado que comprei e que não anda nada bem.

— Problemas de administração?

— Exatamente. A coisa mais difícil do mundo é achar o homem certo para o lugar certo. Bom, precisamos fazer uma campanha para essa tal fábrica. Seria até bom se você viesse comigo. Iríamos criando a campanha juntos, pelo caminho.

— Mas antes mesmo de vermos a fábrica e os problemas que ela tem?

— Eu conto tudo a você, vamos. Pegue papel e lápis.

Que método mais desgraçado de trabalho, pensava o Estrangeiro. Mas quem era ele para discordar do banqueiro?

No banco traseiro do carro, o patrão ditava:

— Penso que temos que fazer uns filmes bem emocionais. Tudo na base do testemunhal. A gente pega umas donas de casa, cada uma num ambiente preparado para esse fim. A dona de casa A está na sala, por exemplo. Ela deve ter um lar alegre e deve dizer qualquer coisa como: "Depois que eu pus contraplacado Fernandes na minha parede, passei a ser muito mais feliz."

O Estrangeiro anotou a sugestão, sem dizer nada.

— Outro — disse o banqueiro. — Uma empregada contente da vida porque a patroa pôs contraplacado Fernandes na cozinha. Mais outro: o quarto das crianças. Um garoto dizendo: "Eu era uma criança triste, não gostava de comer, só dava trabalho. Aí mamãe pôs contraplacado Fernandes no meu quarto e eu fiquei outro. Agora sou uma criança feliz." Não acha que são fenomenais? Pode ter uma série de filmes rápidos, de quinze segundos, para sustentação. O locutor pergunta: "Agora que a senhora mudou para contraplacado Fernandes, o que é que está achando?" Melhor ainda, acrescente aí: "Agora que a senhora também mudou." Esse *também* é importante. Mostra que muitas outras mulheres já têm contraplacado em casa. Se o Alves tivesse me ouvido. Mas o Alves é um cabeça-dura. Falei pra ele dessa ideia dos testemunhais, e ele fincou pé nas suas próprias ideias, gastamos um dinheirão em propaganda, e o resultado? O produto está todo em estoque, nos depósitos. Não que a culpa seja toda do Alves, claro, não vou chegar ao exagero de dizer uma coisa dessas, mas se o trabalho dele tivesse sido um pouco mais eficiente, as vendas teriam sido bem melhores.

— Não entendo — cortou o Estrangeiro. — A campanha do Alves para esse contraplacado foi tão comentada, teve tanta repercussão... — O Estrangeiro sabia que não estava defendendo o Alves apenas. Estava defendendo uma classe, a que pertencia: a dos criadores, os homens de publicidade que eram pagos para bolar coisas, e só eles é que deviam se ocupar disso — não os fabricantes. Não estava gostando nada da maneira como o banqueiro estava agindo. "Com as donas de casa falando desse jeito empolado e pré-fabricado que ele está querendo, sem qualquer naturalidade, essa campanha vai ser um fracasso. Mas deixa. Deixa que ele vai entrar por um cano imenso, e isso será ótimo. Assim, talvez, nunca mais se meterá em assuntos que não lhe dizem respeito."

— Uma boa campanha é aquela que vende. — O banqueiro foi categórico, como sempre. — Essa é a única lei que eu entendo. O resto é brincadeira de poetas. Mas não se pode brincar quando muitos milhões estão em jogo.

— Compreendo.

— Ah, meu caro, tem muita gente brincando em serviço.

— Acredito.

Nada mais ridículo do que aquela chegada à fábrica. Todo mundo se perfilando, como se o banqueiro Fernandes fosse um general. Só faltava lhe beijarem os pés. Chamou o diretor:

— Como vão as coisas?

— Mais ou menos. — Ele parecia desanimado. — Os revendedores estão reclamando da qualidade do material. Acham que podíamos fabricar contraplacado de várias cores. Esse padrão que temos, segundo eles, é muito monótono.

— Monótono coisa nenhuma. É cor de madeira. Você já viu coisa mais nobre que madeira? Olhe aqui. Do escritório para cá, criamos toda uma linha de campanha. Vai ser um sucesso. — Para o Estrangeiro: — Mostre a ele.

— O senhor é um crânio, Dr. Fernandes. Isso é realmente muito bom.

— Trabalho a quatro mãos — disse o banqueiro, batendo no ombro do Estrangeiro. Estava vaidoso, isso não conseguia disfarçar: — Olhem aí, temos que tirar esta fábrica do vermelho neste trimestre.

— Se Deus quiser — disse o diretor. — Estamos dando um duro danado aqui para isso.

— E as máquinas novas, como estão?

— Funcionando.

Na volta, passaram por uma favela. Casebres miseráveis, meninos esmolambados brincando no meio da rua, mulheres com latas d'água na cabeça. O banqueiro comentou:

— O mal deste país é que o povo é preguiçoso. Vivem aí gritando por uma melhor distribuição da renda. Ora, trabalhem. Se todo mundo trabalhar, ninguém vai ficar sem ter o seu.

— Me parece que a coisa não é tão simples assim. — O Estrangeiro falava com cuidado, como se estivesse apalpando o terreno. — Pra começar, preguiça é doença, uma doença da desnutrição.

— Uma doença da vagabundagem, isso é o que é.

— Se a gente der uma olhada nos números do censo, vai ver que a grande maioria vive mesmo é de subemprego.

— Que estudem. Que se preparem para os empregos.

— Mas como, se eles não têm acesso a nada?

— O que falta mesmo é esforço — o banqueiro agora parecia irritado. — Sei o que estou dizendo. Destinei uma verba sem mais tamanho para uma escola que seria para os filhos dos nossos empregados. Vá lá ver o grau de aproveitamento. Ninguém quer coisa alguma, rapaz.

O Estrangeiro achou melhor se calar. Estava indo longe demais, e isso poderia complicá-lo. O Alves uma vez não o advertira? "Cuidado com o que você fala. Você está vivendo num país sitiado." Para mudar de assunto, perguntou:

— Quando o senhor quer esses filmes?

— Amanhã cedo.

É tão fácil fazer as coisas do jeito que o patrão quer, pensava o Estrangeiro, diante da folha em branco. Tinha que passar aquela maçarocada a limpo, e era tão fácil passar aquilo a limpo, mas seu fígado estava reagindo. Contra o quê? Contra a autoridade?

Telefonaram para ele, enquanto esteve fora, da casa de um homem importante que fazia aniversário e encomendara um cabrito inteiro para comemorar. Iria? Não iria? Ou retornaria à casa de Lena, para prosseguir a discussão da noite anterior? Talvez fosse o mais sensato. Não se achava, porém, com disposição para enfrentar os problemas de Lena. O melhor mesmo seria morder a perna de um cabrito assado. Pensa isso, pensa aquilo, o papel ainda em branco, nada de seus dedos acertarem com as teclas — e eis que o telefone toca e era uma voz de mulher. Ela disse: "Meu nego." Daí a vinte minutos ele já estava na portaria de um hotel, com duas dúzias de rosas na mão.

Lícia Abramo era uma atriz de cinema. Pouco sabia a respeito dela, a não ser o fato de haverem passado uma noite inteira juntos, em outra cidade, e fora uma noite muito agradável. Pensou que nunca mais iria encontrá-la na vida. Lícia era doce e quente, e tinha um jeito de falar que combinava muito bem com sua pele morena. Atracado aos seus vinte anos, nessa noite o Estrangeiro não se lembraria, nem por um único instante, da velha Lena, que, Deus do céu, devia estar em casa à sua espera.

— Quanto tempo você fica aqui?

— Viajo amanhã.

— Não faça isso.

— Faço.

— Por quê?

— Vou trabalhar num filme que está sendo rodado numa praia, a uns duzentos quilômetros daqui.

— Manda esse filme pro inferno e fica comigo.

— Não dá.

Ele arrastou Lícia para o jantar do homem importante. Dr. Guedes: o neurocirurgião mais famoso da cidade. Péssima ideia. Acabaram sendo praticamente expulsos da festa.

Tudo começou com o alvoroço em torno das bonitas pernocas de Lícia Abramo, a atriz. A maneira espetaculosa como ela as exibe é um bocado divertida, não para as boas e recauchutadas senhoras que já estavam lá quando eles chegaram.

— Essas atrizes são umas perdidas — disse uma das convidadas, embora em voz baixa. A mulher que a ouvia concordou, com um gesto de cabeça. — São tão escandalosas...

A moça ouviu o comentário, mas não se irritou. Maliciosamente — e com um sorriso —, se dirigiu à senhora que a insultara:

— Tem certeza disso?

— Bem, eu não digo que sejam todas. Há sempre exceções. Você sabe, tem gente boa e ruim pra todo lado.

Debochada, fazendo pouco-caso dos circunstantes, Lícia parecia falar apenas para se divertir. Atacou o marido dessa mulher:

— O senhor também acha isso, é?

— De que vocês estão falando?

— Sua mulher está me chamando de puta.

— Não concordo. — O homem não tirava os olhos das pernas de Lícia. — Acho uma agressão gratuita.

— Tá vendo? Seu marido não acha que eu seja uma puta.

O Dr. Guedes chamou o Estrangeiro a um canto e cochichou umas desculpas. Disse-lhe que a situação era divertida, mas que nem todo mundo ali estava preparado para ouvir esse tipo de linguagem, tão... tão informal. Como a maior parte dos convidados era de clientes seus, isso poderia trazer-lhe alguns problemas.

— Faz o seguinte. Eu levo vocês a algum lugar e, mais tarde, quando os mais conservadores se retirarem, vou buscar vocês de volta.

— Não se preocupe com isso não, Guedes. A gente pega um táxi.

— De jeito nenhum. Faço questão de levar vocês.

— Está bem, como queira.

O Dr. Guedes era um homem muito educado e pediu desculpas por todo o caminho. Queria porque queria que eles voltassem mais tarde.

— Não dá, Guedes. Compreende? — O Estrangeiro disse isso beijando Lícia. O Dr. Guedes fez um sinal para dizer que não só compreendia, como aprovava. Deixou os dois num bom restaurante. Lícia e o Estrangeiro jantaram sozinhos, contentes da vida.

— Casa comigo, Lícia.

— Tá doido?

— Estou apaixonado por você, mulher.

— Você está mesmo é muito maluco,

E foi só isso. Quer dizer, desse modo o Estrangeiro encerrou o seu dia. A moça não quis ir para casa com ele. Alegou que já era tarde e precisava acordar cedo. E foi melhor assim. Do contrário, coitada, teria apanhado uma blenorragia.

Com que cara eu poderia vê-la depois, se ela tivesse apanhado a minha gonorreia?

3. Hoje.

Acordei num mau humor de espantar cachorro. Minto: quem está muito espantado sou eu mesmo. Começo pondo a culpa naquela desgraçada. Ora, custava alguma coisa Lícia Abramo ter vindo pra cama comigo? Muito mais interessante do que ter que passar uma noite sozinho. Ia ser tão legal. Meu Deus, que garota mais bacana. Eu me amarro mesmo é em mulher nova e bonita. Sonhei com Lícia o tempo todo. Sonhava e acordava. Passava a mão no travesseiro. Tornava a dormir e voltava a sonhar. Acordei mais molhado do que um pinto quando sai da casca. Você me paga, Lícia. Um dia ainda eu te pego. Não fossem aqueles filmes bestas lá do banqueiro, ia era ficar na cama o dia inteiro, curtindo a minha depressão. Não sei que coisa é essa que se passa comigo, mas nada dá certo. E ainda existe um monte de cara aí que pensa que não passo de um vida-torta. Vida-torta! O rapaz aqui é quem sabe o traçado que está cortando. Sem glória nem prêmios. "É, meu chapa, essa vida anda a passar sem muita glória", me disse um amigo, antes do último botequim se fechar. Que consolo. Acorde enjoado, tome um banho e diga amém. Abra a janela, dê bom-dia para os que passam, mostre o seu ânimo. Mundo bom está aí. Mesmo porque é este o que você tem — e o outro você não sabe se existe. "Bom dia, madame, como vai a senhora, o senhor seu marido, seus filhos, toda a família?" O sorriso agradecido da madame quer dizer: que cavalheiro. E ainda dizem que não se fazem mais rapazes como antigamente. "Todos bem, graças a Deus. E o senhor?" Há rugas e tristeza, ódio e nostalgia, dor e amargura por trás do sorriso da madame, mas ela esconde tudo no seu sorriso de mulher bem-educada. Me olha com muita pena — sim, ela tem muita pena de mim — e me lembra que já estou em idade de me casar. "Arranje uma companheira. Você é um bom rapaz, e esta vida sozinho não vale nada." "Eu sei, minha senhora. Eu sei. Mas Lícia Abramo ontem à noite me deu o fora e eu estou numa dor de corno..." "Isso são modos?" "Oh, perdão. Mil perdões."

Não sei se o zelador tem razão ou não, mas é, pelo menos, um homem sincero. Este não esconde o jogo. A gente se senta ali no boteco da frente, nas tardes de sábado, e ele choraminga sempre a mesma cantiga: "Essa vida já foi bem melhor." Não vejo por quê, mas ele acha isso e pronto. "Antes, a gente andava pelas ruas, e quando via um embrulho, se desviava. Podia ser uma bomba. Havia notícias, acontecimentos. Agora, não acontece nada. Anda tudo tão certinho..." Digo: isso é porque o senhor não lê os jornais. Aí ele me responde que os jornais de hoje só contam mentiras. Também não sei se sobre isso ele está certo ou não, mas me alegro por encontrar um homem de opinião. O zelador tem setenta anos. É de outro tempo. Gosto muito do velho Rodriguez. Ele me conta tanta coisa. Os homens de idade já ouviram todas as faixas do disco. Nós, os mais novos, estamos ouvindo só os dobrados. Pela manhã, faço a barba ao som de "A Ibéria é a maior". Trabalho com o "Arriba Ibéria" na FM. Almoço ouvindo "Ibéria: tudo ou nada". Adormeço com um acalanto: "É doce viver na Ibéria". Vivo num clima de festa. Os últimos foliões estão se guardando para quando o carnaval chegar. Como não sou nada chegado ao futuro, bebo sozinho. E durmo crente de que participei de uma tremenda farra. Ninguém aqui é pior do que o zelador do prédio onde moro, na rua de Santa Catarina. Também ninguém melhor do que ele. Depois da terceira dose, seu Rodriguez tira a carteira do bolso e me mostra o retrato de Dona Angelina quando moça: "Isto sim é que é mulher", me diz. Pede uma nova dose e volta a olhar para a fotografia: "Não é uma beleza?" Digo que sim, sem dúvida, não estou fazendo favor nenhum. Pergunto pelos filhos deles e ele me responde que estão por aí. "Adultos e desinteressantes." Não, não os vê. Quase nunca. "Que beleza de mulher." Está ficando cada vez mais difícil para mim compreender o tipo de amor que nutro por esse velho. É algo de profundo e estranho. Na sua companhia me sinto em total segurança. Ele é um baixote muito gordo no meio, tão gordo que nem consegue abotoar o paletó. Tem uma perna inchada. Um homem doente — e não de agora. Acho que é por isso que Dona Angelina está sempre me pedindo para não deixá-lo tocar em bebida. Mas que diabo posso fazer contra a vontade dele? Quando se aborrece com a mulher, ou com os outros inquilinos, Seu Rodriguez corre lá para casa. Dei-lhe até uma chave. Assim, ele pode encontrar abrigo até mesmo quando eu não esteja. No meu apartamento ele pode beber à vontade, e de graça. Com direito a música e a tira-gosto, coisas que aprecia muito. Outro dia, Dona Angelina veio me chamar. O marido estava à morte. Fui ver. Encontrei-o todo enrolado, parecia um fardo. Gemia muito.

— O que foi que houve, homem? Tá fraquejando?

— Bebida — disse a mulher. — Se eu me descuido, lá vai ele de novo encher a cara.

— Tive um sonho lindo — disse-me ele. Sonhei que tinha morrido e ido direto para o inferno. Chegando lá, perguntei a Satanás: "Tem bebida aqui?" O sacana do Satanás me respondeu: "Com essa perna fedida assim, você não pode beber." Foi então que eu retruquei: "Vou voltar. Isso aqui não é lugar para mim." Satanás coçou a cabeça, pensou, pensou, depois saiu-se com esta: "Só lhe dou bebida se você for lá na Terra e me trouxer a Angelina e aquele Estrangeiro que é seu amigo." Considerei a proposta e acabei achando que era muito boa. Mas tinha um detalhe que eu não estava entendendo. Perguntei: "Mas como, ô Satã? Vivos?" Ele riu da minha ingenuidade: "Claro que não. Você vai ter que matar eles." Voltei a pensar: melhor ter a Angelina e o Estrangeiro aqui comigo, mortos, do que deixá-los sem mim, lá naquele mundo besta. Imediatamente entrei num aeroplano e vim para cá, decidido a levar vocês. Mas acordei antes de subir as escadas para o teu apartamento.

— Ele estava era com uma febre danada — disse Dona Angelina, retirando-se para a cozinha. Ia preparar uma tigela de sopa. O marido havia passado o dia sem comer nada.

— Pega essa caneca aí no pé da cama — pediu o velho Rodriguez. — Agora, cheira. Essa é da boa.

— Cana?

— E da melhor qualidade. Me dá aí.

Parecia uma criança, malina e impossível. Destas que aproveitam a hora em que os pais não se encontram em casa para roubar açúcar ou queijo. Seu Rodriguez. Um homem que já viveu muito. Beleza de gente.

— Diz de novo como é o nome do teu país — me pediu, enquanto devolvia a caneca, para que eu a escondesse embaixo da cama. — É um nome tão bonito.

— Eu sou do Junco.

— Como é que é lá? É bonito?

— Às vezes. Quando chove e os pastos ficam verdes e tem água para todo mundo e tem plantações de milho. Nessas épocas, é bonito.

— Você andava muito a cavalo?

— Muito. E também em carros de bois.

— Que maravilha. Deve ser um lugar bem tropical. Como é o povo de lá?

— É uma gente muito estranha. Vive cantando pra não perder o juízo. No meu país, as condições de vida são bem duras.

— Conta mais, conta. Estou gostando tanto.

Não foi preciso continuar com minhas histórias. Seu Rodriguez adormeceu no mesmo instante. Saí do quarto de mansinho, para não acordá-lo, passei pela cozinha, me despedi de Dona Angelina e voltei para o meu apartamento, com uma incrível saudade do Junco. Estava me lembrando de meu avô e de suas vacas; de meu pai e de seu medo absurdo de relâmpago e trovão. Agora eu via até um pôr do sol espraiado por trás das montanhas. E estava ouvindo um fazendeiro pregando sobre os desígnios do mundo. Deus o fizera com ricos e pobres, pobres e ricos. Que cada um se conformasse com a parte que lhe coubera. No terreiro, um ponteio de viola. E homens que se preparavam para a noite, cheios de temor. Assim como as corujas, os zumbis e as almas penadas vêm perturbar o mundo dos vivos depois que o sol se põe.

Pensa e anda. Anda e não vê nada. Nada além dos carros — dos quais preciso me desviar, antes que eles me devorem. Anda e pensa. Pensa e pensa. Estou chegando. Olha o edifício brilhante. Está logo ali. Dentro de poucos minutos estarei, mais uma vezinha na vida, nas barbas do leão. Tenho que passar a limpo os filmes comerciais do banqueiro, e rapidamente, se não ele pode me dar um pontapé na bunda. Marche-marche, marche-marche. Acertem o passo, não percam o compasso. Direita, volver! Marche-marche. Um-dois, um-dois. Marchemos, irmãos, para a nossa redenção. Lá está o porteiro, com seu distintivo reluzente. E um homem muito orgulhoso. Vai me revistar? É a rotina. Diária e cansativa. Um-dois. Cheguei. Não estou disposto a ouvir muito papo. Que fazer, então, para me livrar da moça do departamento de pesquisa?

— Como é? Convidou a tua mãe? Ela foi contigo ao cinema? Garotinha mais irritante. Você fala e ela implica: ah! É sempre assim. E como sabe agredir.

— Chamei a tua. Mas ela não topou. Disse que tinha medo de mim.

— Minha mãe já morreu, veado.

— Então o único jeito é convidar você de novo. Vamos a um cinema esta noite?

— Vai à merda.

— Passei os tais filmes a limpo. Que alívio. Aproveitando o embalo, escrevi também a minha carta de demissão. O meu trabalho é tão imbecil, mas tão imbecil, que já me torrou o saco. Despacho tudo pelos canais competentes e decido dar umas voltas. Estou muito perturbado. Entro no Old King e encontro Emílio. Está uma fera, adivinho de longe. Ele me chama para a sua mesa e vai tirando um envelope do bolso. É a primeira vez que eu o vejo verdadeiramente aflito.

— Olha aí o resultado de tudo. Sensacional, não?

Leio o bilhete que ele tirou do bolso. "Sr. Emílio, peço o favor de me deixar em paz." A resposta de Izilda: curta e definitiva. Tenho vontade de rir, mas me seguro, para não magoá-lo. Emílio estava levando a coisa a sério demais, como se fosse um garoto inexperiente. Impressionante vê-lo assim, desarmado, triste, derrotado. Que foi feito do bravo e valente Emílio? Finou-se. O que é o mundo: um homem rastejando por causa de uma mulher, e, a meu ver, uma mulher insignificante. Izilda é comprida em excesso, tem uma pele áspera e uma voz abrutalhada. Não é nada feminina. Emílio a vê de outro jeito — e agora está esperneando porque seu amor-próprio foi ferido. Gostaria de dizer para ele: "Esquece essa donzela, homem. Parte pra outra. Tem mulher aí a dar com o pau." Mas eu sei que será inútil argumentar. Ninguém tira uma ideia da cabeça de ninguém assim de uma hora para outra.

— Muito metida a sebo, essa menina — diz Emílio. Fico calado, só escutando. Ele não está querendo conversar, o que é ótimo, mas também é horrível. Me levanto para ir ao banheiro. É então que eu descubro: apanhei uma gonorreia. É, as coisas estão cada vez melhores. Assim, sim. Na volta do banheiro, não encontro mais o Emílio. Deu no pé. É possível que tenha caído em si e ficado com vergonha. Pego o telefone e ligo para o médico. Sim, posso ir lá. Agora mesmo. Vou.

— Deixa eu ver — disse ele. Abri a braguilha e mostrei. Ele ficou olhando, como se me examinasse atentamente. — Filha do ministro, hein?

— E por que não? Que sabe o senhor sobre as filhas dos ministros?

— Não creio que tenham doenças.

— Puro engano. Nossas mocinhas estão todas carimbadas. Experimente, pra crer.

— Impossível — disse o médico, rindo. — Você pegou foi uma vadia.

Era verdade. Mas já que inventara uma história, agora me sentia na obrigação de levá-la até o fim, tentando fazer valer o meu ponto de vista.

— Doença venérea a gente está pegando até no ar. Toda esta cidade está empestada — digo, filosoficamente. Pareço convencido de que é assim mesmo que vem acontecendo.

— Quanto a isso, dou-lhe toda razão. — O médico pegou o ferrinho com a ponta em brasa. Ai.

Deixo o médico e sigo com minha dor até a farmácia mais próxima. No caminho, cruzo com um homem de terno e gravata. Ele vem na minha direção com a cabeça inclinada para baixo, olhando onde pisa por cima dos aros dos óculos. Passa por mim meio desconfiado e vai em frente com um palito na boca e os óculos na ponta do nariz. Imagino coisas: algum disfarce? Distração? Simples mania? Fico com vontade de acompanhá-lo até o fim de sua caminhada para averiguar. Gostaria enormemente de chegar para ele e indagar: "Por que você está andando assim, com essa cabeça baixa e esses óculos na ponta do nariz? Algum problema em casa? Os negócios não andam bem? Ou você está apenas querendo chamar a minha atenção?" Mas o homem desaparece na multidão, e a farmácia é logo ali. Compro o remédio e volto a caminhar. Estou com fome. Será que ouvi um estrondo? Talvez eu esteja mesmo é ficando louco. Louco, louco, louco. Outro estrondo. Mais outro. Estou louco, louco, louco. Andando a pé, numa rua estrangeira, ouvindo estrondos e falando sozinho, louco, louco, louco. Lá vem o povo correndo. Caos, gritaria, choro. O povo corre desordenadamente, à procura de um buraco para se enfiar. Também corro, sem saber de quê nem para onde. O comércio começa a fechar as suas portas, temendo saques e depredações. Continuo correndo. Loucamente.

— Será o fim do mundo? — O garçom despejou a água mineral no meu copo, inquieto e assustado. Ainda não me refiz do choque e da corrida. Ponho a mão no peito, no lugar do coração. Parece que ele disparou, de uma vez para sempre. Misturo um pouco de açúcar na água. Preciso me acalmar. Há pouca gente no restaurante, cujo dono se apressou em descer as portas. Na rua, estrondos, incêndios e vexames. Me lembro de Seu Rodriguez, o zelador. Agora ele não pode se queixar mais. Alguma coisa voltou a acontecer.

— Está ouvindo? — fala outra vez o garçom. — Tem gente presa nos elevadores aqui do prédio. Cortaram a luz. O que será que está se passando?

— Não faço a menor ideia.

— Quer beber alguma coisa? Um chope?

— Água. Mais uma garrafa.

Acordo com o despertador anunciando que está na hora de mais um Tetrex. É meia-noite. Dormi um bocado e agora me sinto bem melhor. Amanhã irei ao banco saber em que deu o meu pedido de demissão. Hoje, com toda aquela confusão no centro da cidade, não pude nem passar perto do prédio envidraçado do Dr. Fernandes. Isso fica para amanhã ou qualquer outro dia. Estou mais interessado, neste momento, é em saber que diabo vinham a ser aqueles estrondos. Pego o telefone e disco para a casa da velha Ibéria.

— Tudo bem, querida?

— Foi ótimo você ligar. Não quer vir para cá? Estou dando uma festa.

— Para aqueles turistas americanos?

— Não. Estou abrindo os meus salões para um homem de Estado. O imperador da Terra Crioula.

— Gente importante — digo, sem mostrar muito entusiasmo.

— Ele é o representante máximo de um país irmão. Temos que recebê-lo com todas as honras.

— Naturalmente.

O que eu quero saber é só isto: o que houve, de tarde, no centro da cidade? Até agora não consegui uma explicação aceitável. A velha insiste: "Você vem ou não vem?" Digo que talvez, um pouco mais tarde. Talvez. Li ontem a respeito da visita do imperador amigo. Os jornais fizeram um carnaval de manchetes e fotografias, enquetes populares e mensagens de boas-vindas. Hoje, porém, vi apenas uma nota discreta na quinta página sobre a reunião secreta que ele teve no Conselho de Ministros. Perguntei a um jornalista se havia alguma razão para o salto das parangonas do dia anterior para esse quase esquecimento. Ele me respondeu: "Ordens superiores." Problemas com a guerra, deduzo. "E o que está por trás dessas ordens?" O jornalista ri: "Você já está querendo saber demais."

— A Terra Crioula é como se fosse uma filha nossa — diz a Sra. Ibéria, e eu imagino que nesse momento ela está coçando a testa. — Assim como a Terra Negra. Ambas pertencem ao mundo que nós criamos. É por isso que nossas relações são tão cordiais, tão afetivas.

Eu havia perturbado tanto o jornalista, que ele, para se livrar de mim, acabou confessando: "Se você quiser chegar a alguma conclusão, apele para o seu próprio poder mental. Não espere os fatos. Invente-os."

— O imperador gostou da recepção?

— Adorou — respondeu a velha ao telefone, triunfante. Aí eu arrisquei: é verdade que vocês estão querendo que a Terra Crioula entre na guerra da Terra Negra, ao lado de vocês? O jornalista não disse que sim nem que não: "Esse novo imperador é um duro." O rapaz com quem eu conversava era um sujeito franzino que gostava de beber vinho barato e estava sempre viajando pelo mundo em missões especiais de seu jornal. Gozava de uma reputação restrita, mas sólida, junto aos meios oficiais. Era ele quem fazia todas as coberturas dos homens de Estado em suas viagens pelo exterior. Conheci-o numa mesa de sinuca. Emílio uma vez me disse: "Esse cara é mais covarde do que uma galinha." Eu estava me lembrando disso quando falei: "Eu sei que vocês têm um sonho." Ele passou mais giz na ponta do taco e me olhou como se estivesse olhando para um ser do outro mundo. "E eu conheço muito bem esse sonho. Um dia ainda este país será o reino unido Ibéria, Negra e Crioula. Como nos velhos tempos. Só que agora com mais *know-how.*"

— Ele se assustou com os estrondos? — perguntei à velha.

— Nem um pouco. Foi um simples acidente, sem maiores consequências.

Desligo o telefone dizendo que vou dormir. Mentira. No banheiro, depois de ter espremido um pouco de pus na privada e puxado a descarga, penso em vestir uma roupa e dar umas voltas até o sono chegar novamente. Mas o som de uma nova explosão muda os meus planos de repente. Primeiro, ouço um estrondo longínquo, depois outro e outro, já bem perto,

bum buuumm BUUMMMM.

Eu, pecador, me confesso a Deus

Tinha de acontecer. Um dia ainda El-Rey apareceria em público — embora só da cintura para cima —, não apenas para mostrar o timbre exato da sua voz, ou a cor esmaecida de seu rosto comprido e magro, um rosto de quem passou oitenta e quatro anos enclausurado num mosteiro, sem nunca ter visto a luz do sol. Durante toda uma semana o país inteiro só falou nisso. Ele iria aparecer, iria provar que existia e que era um homem igual aos outros. E assim, uma velha lenda haveria finalmente de cair por terra. Não, ele não era uma criação dos *press releases* de homens que mandavam à sombra de seu nome. El-Rey estava vivo, mais vivo do que nunca — era ainda e sempre o rei de todos, e não um simples presidente, como estava escrito na Constituição do Estado Novo, que ele próprio fundara havia quarenta anos e batizara com o nome popular de A República. El-Rey era simplesmente El-Rey, ou o tio Zezé, um homem que ninguém conhecia, mas que era temido até nos sonhos. Tratava-se de um imperador antigo e antiquado, que não dava entrevistas nem festas, não tinha mulher nem filhos nem amigos, e também não comparecia à inauguração de nenhuma obra pública. Para isso, contava com seus ministros e deputados, todos filiados a um único partido, o partido do rei. Eram eles quem se incumbiam de enviar uma frota de ônibus às cidades do interior, para angariar a plateia necessária para cada manifestação pública. Iam de cidade em cidade oferecendo transporte e comida de graça para quem quisesse fazer um passeio até a capital, a convite de El-Rey. Mas agora era o aniversário da República, e ele achou por bem mostrar-se aos seus súditos. Achava-se entre o Papa e o Cardeal, seus convidados especiais para a tribuna de honra, e seu rosto estava sendo mostrado para o mundo pela televisão. O locutor dizia que estava havendo uma monumental festa cívica no maior estádio do mundo, completamente lotado. Isso, porém, não dava para se ver. O vídeo só mostrava, o tempo todo, as presenças de El-Rey, do Papa e do Cardeal, e os três estavam sendo focalizados só da cintura para cima. Então o rei falou, e talvez só um homem, um único homem, tenha entendido o verdadeiro significado de suas palavras. Ele disse:

— Dentre todos os plebeus, haverá sempre um que sabe mais coisas do que todos nós. — Foi só isso o que ele falou, e porque foi tão breve e enigmático, acabaria por deixar uma nova crença, agora discutida, ou só pensada, no tom exato da certeza. El-Rey era um gagá. Velho e decrépito como a pele de seu rosto. O homem que julgava ter compreendido tudo estava sentado diante de um copo de aguardente no Café Old King, e tinha os olhos pregados no vídeo. Sua reação foi instantânea e fulminante, como uma bala saindo pelo cano de um fuzil.

— Que merda! O Papa me denunciou.

Quando De Jesus disse isso, já tinha dado um murro na mesa e atirado o copo de aguardente para bem longe. Não estava mais olhando para a televisão e, portanto, já não estava vendo as bênçãos que o santo padre lançava para o mundo. Uma nova espécie de ódio começava a queimar-lhe por dentro, e esse ódio, desta vez, era contra si próprio. Confiara no Papa a ponto de enviar-lhe uma carta sincera e justa, mas fora traído.

— Merda! Merda! — repetiu, desiludido e ofegante, enquanto um grupo de homens o tocava porta afora, menos pelos palavrões do que pelo prejuízo do copo quebrado, a sujeira e o começo de um tumulto que certamente iria resultar na perda de outros fregueses, que não estavam lá para ser aporrinhados.

Mas seu ódio era infinitamente maior que os cuidados e a valentia do pessoal do café, contra o qual não reagiu, porque as suas vistas pareciam turvas e ele estava com o espírito e, por consequência, o poder de discernimento bastante anuviados. Quanto ao rei, que se danasse na inevitável e melancólica danação de ancião caquético e fanado, a velhice sem conserto como a madeira podre roída pelo cupim até o âmago. Não demoraria muito e ele lá estaria com o pé na cova e a alma sendo sapecada nas profundezas de um inferno medonho e remissivo. Isso seria tão certo quanto a morte, tão ponderável quanto o fato de que ele, De Jesus, estava precisando entrar no bar da próxima esquina para pedir uma nova bebida. O ruim era o Papa. Traidor e volúvel. Pedira-lhe as bênçãos e quebrara o cu na sala dos fundos da sacristia.

Bendito dia. As ruas estavam vazias, mas os bares e os lares estavam cheios de gente que acompanhava o espetáculo pela televisão. Gente boa e pacata, naturalmente grata a esse silencioso feriado nacional. De Jesus se lembrou do Bispo, um que ele sabia onde morava, e foi andando rumo à casa dele. O Bispo. Um bom prato para o seu repasto, regado a vinho canônico e a uma santa sabedoria. Música sacra na vitrola, que lá vou eu, para a minha eterna salvação. Só desejo o perdão de Deus, senhor, e o vosso também. Em nome Dele me absolva, de hoje para sempre. Foi seguindo o seu caminho e o seu projeto, mais uma vez tinha um novo projeto. Tocou na porta do Bispo. Um guarda apareceu.

— Que deseja, senhor?

— Vim aqui para me confessar. O Sr. Bispo está?

— Procure uma igreja. Em qualquer uma delas o senhor encontra um confessor.

— Só me serve o Sr. Bispo. Preciso falar com ele. É urgente.

— Vou ver se o senhor pode ser atendido.

O guarda falava por trás das grades do portão de ferro, que nem pensou em abrir. Era um homem forte e educado demais para o volume de seu corpo. Lembrava um bedel — ou um aprendiz de vampiro. Voltou daí a pouco tempo e disse que De Jesus podia entrar. O Bispo estava na sala de televisão. O homem ensinou-lhe o caminho até lá.

Este oficial superior de Deus merece a paz e a pachorra que eu nunca tive. Como poderá saber o que é ter uma mulher e cinco filhos? Será que ele sabe quanto dói uma ressaca? De Jesus tropeça nos degraus, já na porta de entrada da mansão. O guarda aponta em frente.

— Com licença, senhor. Eu vos saúdo em...

— Shhh — o Bispo levou o dedo à boca, pedindo silêncio. Estava muito concentrado, diante da televisão. Virou-se ligeiramente para o lado, sem cumprimentar o recém-chegado.

Fez um gesto com a mão aberta, como se dissesse: "Só mais um instantinho." O intruso fingiu interesse na grande cerimônia que a TV mostrava, colocando-se a uns poucos palmos de distância do Bispo. Instante a instante, ia reduzindo essa distância sem que o outro percebesse. Estou com sorte. O leão de chácara não deu importância à minha visita. Nem notou que eu fechei a porta. E ele só vai me dar atenção depois que esse programa acabar. É justamente ele quem eu quero. E assim mesmo: impassível, despreocupado, indefeso. Avançou mais um pouco, de mansinho, já com a tesoura na mão.

— Se gritar, morre — disse entre os dentes, tomando todo o cuidado para não atrair as suspeitas do guarda. Eu só quero o seu dinheiro. Mais nada. — Continuou falando baixinho, quase num cochicho, firmando com segurança o bico da tesoura na garganta do Bispo. — Olhe, você vai me dar o seu dinheiro sem chiar, eu vou sair daqui devagarinho, como se nada tivesse acontecido. Se você der algum chilique, se você gritar, vai ser uma carnificina. Sua casa está cercada pelos meus homens. E tem mais: se você abrir o bico pra polícia, eu vou em cana e eles vão me matar. Mas você também vai morrer. Portanto, bico calado.

De Jesus deixou a sala de estar do Bispo sem olhar para trás, pensando: tudo ou nada. Descendo os degraus, avançou pelo pátio, evitando olhar de frente para o guarda. Na rua, sem saber para onde ir, continuou andando. Agora se sentia leve. Agora, o mundo para ele era uma imensa nuvem fofa, na qual ele batia as suas asas de anjo desancorado. Da janela de um automóvel cheio de bandeirolas, uma mulher gritou:

— Ele existe.

Logo atrás vinha outro carro, e seus ocupantes cantavam:

— Arriba El-Rey, arriba Ibéria.

Ele sorriu.

— Arriba eu, arriba a vida.

Estava perto de fazer trinta e nove anos. Foi a primeira vez que ele sorriu.

LIVRO II

Além das lanchas ancoradas
e do jardim destas casas,
há um peixe que em silêncio
te devora.
Celso Japiassu

É na sola do pé que eu sinto a vida

1

Quando o vi fazendo aquilo, pensei que ele estivesse com frieira nos dedos dos pés. O homem descalçou as botas e pisou na bosta quente da vaca — e só eu vi isso sem que ele me visse. Parecia experimentar um delicioso e estranho prazer, e era até possível adivinhar um sorriso em seu rosto duro. Eu o via da varanda, por trás da janela de vidro, e ele estava de costas para mim, e foi por isso que não me viu. Mexia com os pés, como quem marca o ritmo de uma música. Também o vi caminhando depois com as botas na mão e as calças arregaçadas. Saiu pisando sobre o estrume seco do gado até alcançar a grama, onde limpou os pés no orvalho. Os outros estavam dormindo. E os homens do curral estavam muito ocupados. Nesse mesmo dia, descobri que ele sempre fazia aquilo toda vez que vinha para cá. Assim que acordava — e era sempre o primeiro a acordar —, ia direto para o curral. Depois calçava as botas e se enfiava nas suas vinhas, de onde só voltava aí pelas dez horas da manhã.

— Por que ele faz isso?

— Porque gosta, uai.

Sou um entre os muitos que bateram nas cancelas de seus pastos nessa semana santa, e estamos todos muito satisfeitos com o ar que se respira aqui. O churrasco que vamos comer hoje é do carneiro que nós vimos ser esfolado ontem, à tardinha. O vinho que nós bebemos corre pelas bicas que vêm lá do fundo do quintal. E suas uvas são tão maravilhosas e sedutoras quanto essa moça chamada Maria Manuela.

Para começar, sou um convidado de Maria Manuela, e não dele.

Ontem à noite, fizemos uma coisa linda na porteira do curral, sob a luz das estrelas e o cheiro dos bezerros. Mas o cheiro dela foi, para mim, infinitamente mais deslumbrante e sedutor. Manuela recende a sabonete importado e a uma herança que vale muito mais do que um simples diamante do tamanho do Ritz. E foi nesse instante que eu me lembrei de uma longa conversa que eu havia tido com seu pai, meses atrás. Ele estava tentando me dissuadir de um pedido de demissão e previu, com otimismo, o meu futuro: "Continue com a gente. Você não vai se arrepender."

Gostaria de contar tudo a respeito dessa moça, mas para isso teria que trair a minha própria ética pessoal — e uma norma de conduta forjada anos a fio nos confessionários da minha terra. Digo apenas que a conheci da maneira mais louca possível. Nesse tempo ela era noiva de um ator de teatro, sujeito que não teve a mesma sorte que eu tive, em relação a seus pais. E pelo visto, nem sequer em relação a ela. Eu e ele dividíamos o aluguel de um apartamento e acabávamos de ser expulsos. Os vizinhos reclamaram do barulho e nos atribuíram uma vida desregrada que estava muito longe da verdade. Fiquei bastante acabrunhado, porque essa era a segunda vez, num espaço de três meses, que tal coisa me acontecia. Mas quando as malas ficaram prontas e Maria Manuela chegou no Packard do seu irmão e me disse que eu podia passar a noite em sua casa, já que os velhos estavam fora, antevi uma leve e salutar mudança em meu destino. Quando perguntei por que eu e não o outro, ou pelo menos os dois, ela apenas riu. Não sei por quê, eu estava me sentindo um bocado calhorda. Era direito aceitar essa guarida e largar o meu amigo à própria sorte? Voltei a fazer-lhe a mesma pergunta.

— Não se preocupe. Ele compreende. Ele sabe que não pode entrar lá em casa de jeito nenhum.

— Mas você não está sozinha?

— Não. Tem o Júnior e minha cunhada e os empregados.

— E eu? Não vou ser um problema?

— Que nada. O Júnior até vai gostar da sua companhia. Ele é muito solitário.

Entramos pela garagem. Subindo um lanço de escada, chegamos a uma espécie de anfiteatro, onde um piano parecia esperar por umas mãos fazia muito tempo. Depois de outro lanço, chegamos a uma antessala.

— Por aqui a gente vai dar nos quartos, que ficam lá em cima. Aquela é a porta da cozinha. A outra é da sala de jantar. Aquela é a do hall da entrada principal. E aqui fica a biblioteca — disse ela, me dando passagem.

Júnior estava com um livro aberto nas mãos e tirou os olhos da página para olhar para nós. Tinha sobre a mesa um copo de uísque com gelo.

— Vocês se conhecem? Ele trabalha com papai. Vai passar uma noite aqui com a gente. É meu convidado. — Manuela passou a mão no copo de uísque do irmão e se sentou muito desengonçada na ponta da mesa.

— Você não é o Estrangeiro? — perguntou Júnior.

— O próprio. Em carne e osso.

— Pois é. A gente tem se cruzado por aí, mas sem nunca se falar.

— Que nem dois estrangeiros.

— Ha, ha, ha. Quer um uísque? Ou prefere outra coisa?

— Uísque mesmo.

— Bem, Manuela, hoje temos um parceiro. Sabe jogar pôquer?

— Não. Não sou lá muito chegado a um jogo.

— Você já começa a me deixar frustrado. E xadrez?

— Lhufas.

— Que desgraça. Mas não faz mal. Eu te ensino.

Passamos uma noite muito agradável e sem nada de mais. O Júnior me convidou para viajar com ele nas próximas férias. Combinamos tudo, como se fosse para valer. Chegamos até a fazer o roteiro. Sua mulher ouvia tudo sem dizer nada. Era uma mulher com tendência a engordar e que, imaginei, a cada dia amanhecia um pouco mais balofa. Reclamava o tempo todo do regime que vivia fazendo e se vingava na sobremesa. Quando o marido a recriminava, ela abria uma garrafa de vinho e ficava no maior pileque. Mais tarde fiquei sabendo: a moça com quem Júnior se casara era uma sua irmã de criação. O dia em que os pais dele pararam para prestar atenção nela, o que viram foi um neto que já crescia ferozmente.

As coisas, porém, haveriam de seguir o seu curso, e tudo melhorou de madrugada. Júnior e a mulher dormiam no quarto em frente, e Maria Manuela ficava logo ao lado. Então ela veio — e sem pedir licença. E veio sem roupa, mas enrolada num lençol. E foi se sentando na minha cama e me perguntando:

— Está dormindo? — Não estava e nem ia dormir durante toda essa noite. E mais tarde, muito seriamente, ela haveria de me fazer um pedido. Um único, mas decisivo. — Quando chegar a hora, você tira? Não tenho pílula aqui em casa. Você me entende? Um cara lá da faculdade, um colega meu, digamos, um namorado, me encheu de medo. Porque eu fiquei grávida dele e tive que me arranjar sozinha. Sofri demais. E ele nem para me dar o menor apoio. Compreende agora?

— Oh, se compreendo. E quanto. — Manuela ficou muito feliz e muito grata e não ligou para o barulho que seu irmão estava fazendo no quarto dela, como se avisasse: "Eu estou sabendo." Ele mexia em móveis, mudava cadeiras, enquanto nós, cuidadosamente, puxávamos a cortina para ver o dia amanhecer. Às sete da manhã ela se meteu dentro de um roupão, foi à cozinha e trouxe uma bandeja com café completo para dois. Depois chamou um táxi por telefone e desceu as escadas da entrada principal para se despedir de mim no portão lá de baixo.

2

Aí eu disse ao Floro: "Ora, se eles comem muito é porque podem. Digo, eles têm." Mas Floro é pançudo e preguiçoso e lerdo e agora anda para cima e para baixo metido naquelas botas que vão até os joelhos, como se realmente gostasse de trabalhar. Ele só se mexe quando o doutor vem. É um sorna. Agora vive reclamando: "Não há nada que chegue para essa gente, não há nada que chegue para essa gente, não há nada..." Não entendo o Floro. Mora na casa principal, tem tudo do bom e do melhor, como se fosse ele o fazendeiro. Parece que não dá nenhuma importância a isso. E como sabe fingir. Nisso, é um mestre. "Estou com aquela tabela que o senhor me deu, doutor. Sigo tudo direitinho. Tempo de limpar, tempo de regar, tempo de colher. Faço tudo direito, como o senhor mandou. Ainda hoje vi uns homens embromando no trabalho de limpar. Eles estavam limpando na vinha com a enxada. Então eu ordenei que eles limpassem o mato com as mãos, para não machucar a lavoura." Se o doutor soubesse. Eu disse ao Floro: "Ele é um homem bom. Sempre foi assim, desde o princípio. Ele nasceu aqui, neste mesmo lugar. Já foi tão pobre quanto nós. E a gente não pode se queixar. Estamos bem arremediados, graças a Deus. Veja esta casa que ele fez para mim. Tem luz elétrica, sanitários, avarandado e é toda caiada. Onde eu, uma viúva, e com estes oito filhos, podia viver melhor?" Ainda assim ele reclamou. O Floro sempre arranja uma coisa para reclamar: "Mas quando eles chegam, a senhora tem de deixar a sua casa. Tem de deixar as suas camas. Tem de ir se acasular numa biboca qualquer com as paredes de sopapo e caindo aos pedaços. Essas bibocas que já não servem mais nem para abrigo dos cavalos em dia de chuva." Isso é verdade, mas quantas vezes por ano eles vêm para cá? Só na semana santa, no carnaval, uma vezinha ou outra. Não vai me tirar pedaço nenhum se tenho que ceder a casa uma vez ou outra. E quando eles vêm, fica tudo tão animado. É certo que a gente tem que trabalhar mais, é sempre muita gente para se acomodar e para comer, mas acomodação e comida é o que não falta. Floro chegou perto de onde eu estava com as meninas. Ficou olhando para o panelão em que a gente fazia a massa de milho. Foi ele mesmo quem quebrou o milho-verde, só para impressionar o doutor. Eu me ofereci para ir lá no milharal buscar as espigas, mas ele tomou a frente. Agora vem xeretar. "Bota umas pedrinhas nesse curau, que é pra ver se eles quebram os dentes e passam a comer menos. Não aguento mais estar indo e vindo atrás de coisas para essa gente comer." Esse homem está maluco, eu pensei. E disse: "Nunca fale uma coisa dessas, Floro. Pelo menos nunca me peça isso."

Então ele se foi. E se foi no momento justo. Foi quando viu a Dona Isadora chegar. A Dona Isadora é a patroa. Nós tratamos ela de Dona Isadora do Dr. Fernandes, assim como eles me chamam de Dona Santa do finado Zé Pedro. Ele morreu há muitos anos, e eu vivo para os oito filhos que ele me deixou. Não falei para o Floro o que o pessoal lá na casa de cima anda dizendo. Eles já sabem que o Floro vive reclamando, vive sempre se maldizendo. Eles ficam imitando o jeito que ele fala, esse nosso jeito aqui da roça. "Não há nada que chegue para essa gente" — eu estava na cozinha da casa principal e ouvi o doutor imitando o Floro e morrendo de rir.

— Estamos esperando esse curau para o lanche — disse Dona Isadora.

Ela chegou para perto da panela e falou assim:

— Que cheirinho bom.

Continuei mexendo com a colher de pau e pensando nos vestidinhos, nas calças velhas e nos sapatos que ela me trouxe. Tudo muito limpinho, muito asseado. É coisa já de muito uso, mas ainda tem muita serventia. Quando eu digo ao Floro que eles são bons, eu sei o que estou dizendo.

— Amanhã nós vamos caçar. Prepara umas pamonhas e um requeijão, que a gente leva. Também uns refrescos — disse de novo a Dona Isadora. Ela gosta muito de se enfiar no mato, como os vaqueiros e os bichos. Mulher atirada. Eu falei uma coisa uma vez e ela não se aborreceu. Dona Isadora nunca se aborrece comigo, e toda hora gaba a comida que eu faço. "Não sei como a senhora não tem medo de andar com essas armas de fogo. Se fosse eu, morria de medo. Não sei também como a senhora tem coragem de entrar no mato brabo. Virgem Maria", foi assim que eu falei, e Dona Isadora não se zangou comigo, porque disse: "Caçar é uma boa distração. E eu já tenho muita prática. Até ganhei um prêmio, uma vez que consegui matar um veado-galheiro. Era um veado lindo. Só vendo." Ela me contou isso e eu fiquei matutando e mexendo com a colher de pau: e eu que não consigo matar nem uma barata.

O bezerro nasceu e todo mundo agora só fala nisso. O sobrinho deles, um que tem cara de estudante de medicina, deu três injeções. O pobrezinho estava com diarreia. Vi ontem o doutor dar uma indireta para o irmão da Dona Isadora quando ele perguntou: "A vaca já pariu?" Aí o doutor coçou a cabeça, parecia aborrecido. E disse: "Ainda não. Tá uma torcida tão grande, que eu acho que é por isso que esse bezerro não nasce." Agora o irmão da Dona Isadora só falta lamber o bezerro. Acho que ele só não faz isso porque a vaca não deixa. Ela não deixa ninguém chegar perto da sua cria. Eu sei que ele fica assim tão xereta porque sabe que o Dr. Fernandes gosta demais desse gado.

Também gosto por demais de tudo aqui. Menos da lama, quando chove muito, e das goteiras naquela casa de sopapo. Mas agora eu tenho uma casa nova e muito boa, e o Júnior e a mulher e esse outro que nem sei o nome estão nela. Ainda não acordaram. Pelo menos o Júnior e a mulher. O outro parece que gosta de acordar cedo. Vi quando ele desapareceu na cancela e foi pela estrada da casa lá de cima. Deve ter ido procurar o que comer ou simplesmente xeretar. Nessa semana santa tem mais xeretas do que antes. Se reunir todos, dá para um mutirão. Também não gosto das ideias desse irmão da Dona Isadora. Não gosto que ele leve as meninas para pegar minhoca. Não sei como um homem pode ser assim. Inventa de pescar, mas tem nojo de pegar as minhocas na lama. Depois chama as meninas para a beira do rio, porque também tem nojo de botar as minhocas no anzol. E só por isso. Nunca vi ninguém com tanto nojo. Ontem ele viu um dos meus meninos montado num cavalo e disse: “Me dá esse cavalo.” Aí se escanchou no cavalo e ficou andando para cima e para baixo. Ele é tão mal-amanhado. Até o cavalo descobriu isso e não quis andar. O homem nem assim deu o cavalo para o menino. Xingava e batia e lá se foi, devagarinho, devagarinho.

O Dr. Fernandes é bem diferente. Esse tem sentimentos. Na tarde de ontem, quando viu os homens esfolando o carneiro que nós vamos comer hoje, disse:

— Quem me dera que todos os que trabalham para mim fossem desse jeito. Eu devia mesmo era ter levado todo o povo desta terra para as minhas fábricas. E também para o banco. Essa gente tem amor ao trabalho. Essa gente trabalha com prazer. A cidade corrompe os homens.

— Mas com o tempo, esses daqui também não vão ficar corrompidos? — perguntou o moço que estava com ele. Esse que eles chamam O Estrangeiro. Isso é lá nome de gente?

O doutor deu uma resposta daquelas:

— Pelo menos enquanto trabalhassem comigo, ninguém ia se corromper. Conheço muitos que foram daqui e não fizeram isso. — O que será que ele quis dizer com esse se *corromper*? Deve ter dito uma coisa boa, pelo tom da sua voz. E se disse uma coisa boa, é porque ele é daqui. Parece que foi mesmo o que aconteceu, porque o outro ficou calado e saiu de perto, indo mais para o lugar onde os homens esfolavam o couro do carneiro.

Ele vem vindo ali, com um chapéu de palha na cabeça. Vem dirigindo a camioneta.

— Santa!

— Sinhô!

Segura aqui, menina. Segura esta colher de pau, que ele está me chamando. Vá mexendo. Cuidado para o curau não queimar.

3

Ele já andou muito por aí, bateu perna entre as ruas do milho e as outras plantações, fiscalizando tudo, atento e cuidadoso, porque sabe que ninguém aqui cuida do que é seu melhor do que ele mesmo. Agora o suor escorre pela sua cara rosada e ele tira a mão do volante para levantar o chapéu e coçar a cabeça. Parece preocupado com alguma coisa, talvez esteja querendo tomar um banho. Parece que o suor o incomoda.

— Já acordaram, Santa?

— Não, senhor. Quer dizer, só aquele outro. O rapaz.

— Esse pessoal não é mesmo de roça. Vem pra cá só para dormir.

O banqueiro manobrou a camioneta com algum esforço, porque o terreiro estava apertado. Tinha que fazer a manobra sem bater no carro do Júnior e sem passar por cima do monte de areia em que um rapaz trabalhava, misturando água para o reboco do paiol. "Se eles dormem até tarde é porque podem", pensou Santa, sem dar razão àquele que era o seu chefe ou talvez até seu pai, muito possivelmente o seu homem — e com toda certeza o seu senhor. "Talvez estejam bem cansados. Vieram de muito longe, vieram de carro. Ele veio de avião, por isso veio rápido" — pensava ela ainda quando o homem engatou a primeira e fez um aceno, sem dizer nada.

Esse homem tem uma coisa na cabeça que ninguém consegue tirar. Mais do que uma ideia ou um simples pensamento. É uma cisma: "Não gostam disso. Posso fazer o que fizer, que não adianta." Parou o carro a um sinal do homem que era o irmão da sua mulher, o homem que a Dona Santa detestava. Puseram um bom apelido nele, e foi o patrão quem inventou mais esse. Os outros acharam o nome muito engraçado. Todo mundo acha muito engraçado tudo o que o patrão inventa.

— Essas suas terras podem ser muito boas para tudo, menos para minhoca — disse o cunhado, mostrando uma lata velha cheia de terra e com as minhocas remexendo na terra. — Olha só. Umas minhoquinhas de nada.

— Tá bronqueando de novo, ô Zé Minhoca?

Antes de arrancar com o carro, o banqueiro soltou uma gargalhada na cara desse, que de agora em diante passa a se chamar Zé Minhoca, e depois o cobriu de poeira. Ao largar a estrada que ia para as vinhas e pegar o atalho para a casa principal, viu o Estrangeiro tirando retrato das vacas e não pensou em nenhuma armadilha. Ao contrário, começou a nascer nele um pouco de simpatia por esse hóspede esquivo, mas que parecia se interessar mais pelas coisas do que os seus próprios filhos. Então, deixou o carro parado na porta de casa e seguiu a pé até o pasto ao lado, onde o rapaz batia as fotos.

O Estrangeiro percebeu que ele vinha e virou-se para trás. Assestou a máquina e bateu a foto do banqueiro andando, a passos largos, sobre a grama. Tornou a bater uma nova fotografia, e na terceira o homem já estava parado, rindo. "Não há quem resista diante de uma máquina", disse a si mesmo. "Preparei o bote e ele caiu. Melhor assim. Já encontrei uma maneira de pagar a hospedagem."

— Venha ver uma coisa — o Dr. Fernandes levantou o braço, com a mão espalmada. — Vamos.

— Uma beleza, a sua fazenda. Tudo muito bem tratado. Dá gosto ver.

— Muito trabalho, meu caro, muito trabalho. E muita paciência.

Entraram no curral. O touro estava preso numa espécie de chiqueiro cercado por um muro baixo, com uma portinhola de madeira. Comia num cocho, igual a um porco. Era um boi gordo e bonito, e o banqueiro começou a alisá-lo, pelo lado de fora. Deslizou a mão pela testa do touro, que levantou a cabeça, lambendo, com ferocidade, as próprias ventas. Como se adivinhasse as intenções do homem, o Estrangeiro foi logo batendo uma foto, e, através da lente, viu-o deixar o touro lamber a sua mão.

— Este bicho tem a língua áspera — disse. — E parece um canibal. Quer ver, repare. Se eu bobear, ele come a minha mão. — Falava e ria, porque estava sentindo cócegas. Depois deu uma pequena volta pela quina do muro, abriu a portinhola e entrou, passando a acariciar as costas do animal. Foi descendo com a mão pela barriga, até chegar aos bagos. O touro reagiu, num estremecimento, e deu um coice, voltando automaticamente os seus chifres curtos para o homem. Parecia que ia pegá-lo. — Ê, boi. Deixa disso — gritou, enquanto recuava.

— Por que não solta esse touro no pasto?

— Está doido. Ele tem que ficar longe das vacas, se não fica muito excitado.

— No corte isso deve dar um dinheirão, hein?

— Ah, mas matadouro nenhum vai ver este tão cedo. É dali que sai toda essa raça que você viu — disse, apontando para os bagos do touro.

— É um bom reprodutor?

— Excelente.

Ele ia na frente e passou pela porteira. O Estrangeiro passou por último. "Se ele soubesse a coisa linda que eu e Maria Manuela fizemos ontem à noite aqui. Será que desconfia de alguma coisa? Se nos pegasse, o que poderia ter acontecido? Talvez até nos enforcasse. Naturalmente. Ninguém pode imaginar do que um homem desses é capaz quando se enfurece." Vão subindo para a casa principal, por um caminho vermelho e estreito, entre a grama verde. Nada do Júnior e da mulher. É provável que passem o dia inteiro na cama. Lá em cima, o movimento começa a crescer, isso eles já estão avistando. Há vozes e risos, e crianças que correm pela varanda. Os outros já acordaram e já tomaram o café da manhã ou estão nos esperando, ansiosos, era o que o Estrangeiro pensava.

— Esta fazenda dá uma fome! Vê como eles estão lá? Todos assanhados. Daqui a pouco a Isadora inventa de ir caçar e se enfia no mato. O pessoal aqui fica com uma energia incrível.

— O senhor vem sempre pra cá?

— Uma vez por mês. Se pudesse, viveria aqui para sempre.

— Não é difícil ser banqueiro e fazendeiro ao mesmo tempo?

— Nem tanto.

— E a produção? É pra vender ou é só pro consumo do próprio pessoal?

— Sempre dá para se vender alguma coisa. Agora mesmo estou exportando vinho. E a um preço internacional bem acima dos outros. Isso porque o vinho que eu faço é muito bom. É da melhor qualidade. — Ele olhou para o Estrangeiro e sorriu. — Parece que estou me gabando demais, não é? Mas estou contando a verdade. Aqui temos ótimo vinho. Sabe por quê? Porque eu uso as melhores vinhas, os melhores adubos e os melhores remédios.

— E o leite?

— Vai quase todo para a cidade.

— Quer dizer que a fazenda é um bom negócio.

— Sem dúvida. Mas tenho um bocado de dinheiro enterrado nela.

Chegaram.

Dona Isadora já estava vestida para a caça: calças de couro, jaleco e um chapéu de abas largas.

— Estamos saindo — disse ela. — Quer vir com a gente?

— Hoje não — respondeu o Estrangeiro. — Talvez amanhã. Hoje quero dar mais umas voltas pela fazenda.

Conversavam na porta de entrada. Lá dentro, Zé Minhoca resmungava com sua voz de besouro:

— Ô Isadora! Você deixou a chave no carro, não foi? Pois o seu neto já estava mexendo no carro outra vez. Imagine se ele dispara contra essas árvores. Ia crescer com o maior trauma. Nunca mais ia querer pegar no volante, mesmo depois de homem feito.

O banqueiro passou pelo cunhado sem lhe dar atenção. Fez um gesto para que o outro o seguisse. Na cozinha, onde comiam aipim cozido, cuscuz e canjica com café e leite, eles ouviram Zé Minhoca resmungar novamente:

No fundo, ele sabe que o avô pode comprar centenas de carros. Ele sabe que não tem importância se conseguir quebrar todos esses que estão aí.

É sempre assim. Esse vai passar o resto da vida reclamando de tudo.

Pela janela, viram o grupo no terreiro se dividindo em dois.

— Uns vão queimar chumbo, outros vão dar banho em minhoca — dizia o banqueiro. Zé parecia infeliz ao descobrir que sua irmã havia conseguido mais adeptos para a caça do que os que ele conseguira arrebanhar para a sua pescaria. Na verdade, estava praticamente só. As meninas de Dona Santa não contavam. Elas iam pescar porque não se achavam no direito de contrariar um irmão da patroa.

— Vou trazer peixe pra encher a barriga de todo mundo — gritou, desafiante. A irmã riu:

— Traz mesmo, Zezinho. Não deixe de trazer.

4

O homem e sua minhoca.
(Três instantes)

Primeiro:

Sacaninha. Coisa que preste é que não vai dar.

Só se pensa nele. Só se fala nele. Só se cuida dele. E assim será pelo resto da vida afora.

Esse já está estragado. Definitivamente.

Também! Tudo o que ele quer, o avô dá. A avó dá. As tias dão. E as outras crianças que se virem. Que passem o tempo todo puxando o saco desse garoto levado da breca. Ninguém dá a menor importância para o resto. Quem quiser ser notado, que lamba as fraldas do netinho. Menino danado pra lá, menino sabido pra cá. Um cheiro, uma lindeza, um amor. E lá vai ele quebrando tudo. Está sendo criado para o escárnio. (A vara treme. Tem peixe no anzol. Zé puxa, em breves sacudidelas. Não quer que a sua presa morda a isca e caia fora. "Vem, peste. Não foge." Ele açoita o anzol e o peixe escapole. "Merda." Era uma piaba. Não paga nem a isca. A menina de Dona Santa chega para perto, com outra vara, Zé troca de vara e olha para o anzol. Quer ver se a minhoca está bem segura. Atira a linha num movimento mais longo, tentando alcançar um ponto mais fundo do rio. "Desconfio que aqui não tem peixe nenhum", diz para a garotinha, que está sentada no capim-de-burro, observando-o. "Tem sim. O que é mesmo é que eles ficaram muito espertos. Talvez fosse melhor o senhor mudar de lugar. Ali naquele cocuruto, perto daquela árvore. Ali dá mais." Ele fez uma cara de descrença, mas não quis discutir com a menina. "Vou esperar um pouco aqui mesmo", disse.)

Falei com a Isadora: Não pode ser assim. Me desculpe dizer, mana. Sei que não devo me meter nisso. Mas vocês estão criando um monstro. Quase digo: "Não é porque o pai dele é um bêbado e irresponsável que vocês têm que criar o neto nesse exagero." Felizmente me contive. Se falo qualquer coisa contra o Júnior, acabo caindo em desgraça. Estava falando por falar. Isadora não me leva a sério. Não leva ninguém a sério. "O bom não é ser pai nem mãe. O bom é ser avô e avó", me respondeu ela, debochando. "Pergunte ao Fernandes."

Como as coisas mudam. Como as pessoas mudam. Eles sofreram o diabo com esse casamento. Foi tudo arranjado para limpar a honra da família. A nora estava com um filho no bucho. Uma pobre coitada duma criada de luxo, que não teve pai nem mãe. Filha de criação! Aí a criança nasceu e foi como se o próprio mundo houvesse se modificado. "Filho dá trabalho. Filho enche a paciência. Neto é diferente. Quanto mais levado, mais estimulante", me disse ela, meio de brincadeira, meio seriamente. Não entendo mais a minha irmã.

— Acho que já está na hora da gente ir. O pessoal deve estar nos esperando para o churrasco — a menina estava com fome. E quando falou em churrasco, a sua barriguinha roncou.

— Só mais um instante. — Zé olhou para a lata com os peixinhos que conseguira pegar. Pouca coisa. Pouca e insignificante. De qualquer forma, não ia voltar de mãos vazias. (Se aquele moleque entender de estragar o meu carro, como com os do avô, torço o pescoço dele. Juro que sou capaz disso. Pego esse diabinho pelas mãos, como quem pega um pinto. Torço o pescoço dele e jogo ele no chão, para ficar se debatendo até morrer, como a gente faz com uma galinha.)

— Vem, vem. É agora. Esse é dos bons — puxou a vara com todo o cuidado.

— Vem.

Era um galho de árvore.

Segundo:

(Conversa amena, a princípio. O rapaz ouve, interessado, com os olhos abotoados nas feições desse homem tão bom de prosa — e que melhora a cada novo gole de vinho tinto. É um senhor baixo, de rosto arredondado e nariz curto. Possui um bigodinho bem aparado. Seu cabelo, já embranquecendo, é cortado rente. Mas sua fronte revela muitas contrariedades, que se prolongam por uma calvície que parece não poder mais ser disfarçada.)

— Eu e ele fizemos tudo isto aqui.

O Estrangeiro espera pelo resto, calado. No mínimo, esse homem é um saudosista, pensa.

— Fizemos juntos toda esta maravilha. É esta a razão da gente ser tão unido, carne e unha. Nós éramos sócios, sabia? Não? Impossível. Saí da sociedade porque queria ajudá-lo.

Então vendi todas as minhas ações para ele. O Fernandes precisava ficar majoritário, e eu o ajudei nisso também.

— Se é que entendi direito, esta fazenda também foi sua.

— Não, não. O que fizemos juntos foi um patrimônio. Eu era sócio dele nas empresas, nas indústrias. E tinha minha parte no banco, se bem que menor, mas tinha. Me desfiz de tudo para facilitar a vida dele. Queria ajudá-lo.

— Um gesto nobre.

— Sabia que gostei muito de você? Logo que olhei para você, pensei: esse não me engana. Esse tem cara de bom sujeito. Seu copo está vazio, rapaz. É imperdoável. Vamos, beba mais. Você está bebendo o vinho que o Fernandes acaba de exportar para o Vaticano. Não é maravilhoso? — Estalou a língua nos lábios. — Desce pela garganta como se fosse veludo.

— É muito bom, sem dúvida.

— Como tudo aqui — disse, levantando a voz um tom a mais. O banqueiro passava perto deles nesse instante.

Terceiro:

Zé reclama da vida. Eis o efeito do vinho, calcula o outro. Zé está contando que ficou viúvo. Sua mulher morreu de câncer. Ela sabia que ia morrer e passou a se interessar por tudo. Encheu a casa de livros. Lia dia e noite. Estava com câncer e dormia tarde, porque ficava o tempo todo lendo. Isso foi bom para os seus dois filhos, que criaram o gosto pelas leituras. Quanto a ele, não ligava muito para os livros. Faltava-lhe paciência. Preferia ficar vendo os programas da televisão. São todos muito ruins, dizia ele. “Mas entre a televisão e nada, prefiro a televisão." Zé se casou de novo, e sua mulher está doente. É por isso que ele está sozinho. Falou hoje com ela, pelo telefone. Precisou rodar uns bons quilômetros até a cidade para encontrar um telefone. Sua mulher ficou enciumada quando Zé contou toda a alegria que estava vivendo nessa semana santa.

— Parece que minha sina é arranjar mulher doente — queixou-se Zé de novo. — Vivo como um aposentado. Dos negócios e das mulheres. A vida agora é para os meninos. — Ele fala dos filhos, esvaziando um copo de vinho e enchendo outro. Está bebendo muito depressa, o Estrangeiro sente vontade de lhe dizer isso. — Este que está com a gente, o Pedrinho, é muito direito. Já o outro me dá um trabalho! Comprei um apartamento para cada um. Quando fui ver, ele tinha botado uma amante em casa e estava com uma porção de dívidas para eu pagar. Enxotei os dois. Ele e a amante. E tomei o apartamento. O Pedrinho é que é um homem. Está ganhando dinheiro a rodo no mercado de capitais. Esse garoto é muito vivo. Com seis meses de emprego, passou a perna em todo mundo e foi nomeado chefe. Ele vai longe. Filhos são que nem os dedos da mão. Nunca são iguais.

Zé começou a tossir. Levou a mão ao peito. Parou de tossir e reclinou a cabeça para trás, depois para a frente. Fez isso umas três ou quatro vezes. Agora se queixava do seu coração, da falta de ar e de que não devia estar bebendo e fumando tanto. Dona Isadora bateu palmas e avisou:

— A mesa está pronta. Quem quer jogar?

— É hoje que eu depeno esses otários — disse Zé, que parecia ter melhorado da falta de ar. — Sabe jogar pôquer?

— Não.

— Venha. Eu te ensino.

— Não. Obrigado.

5

As fichas rolam sobre a toalha. Dona Isadora blefa. Dona Isadora é a rainha da batota. Deitado sobre a grama, de papo para o ar, o Dr. Fernandes contempla as estrelas. O ar é morno, e a vida está calma, a não ser quando o Zé protesta contra a sua má sorte, olhando a pilha de fichas que a irmã lhe surrupiou. "Ainda me vingo", pensa ele. "Pelo jeito, vamos varar a madrugada, e posso muito bem fazer um *royal* na próxima mão."

— Vocês viram que beleza de pôr do sol? — A pergunta foi feita pelo Dr. Fernandes, mas ninguém se abalou. "Que bosta, só pensam nessa jogatina." Manuela e a cunhada conversam sentadas nos degraus da porta. Ambas estão descendo a lenha em cima da babá. Júnior está louco para se arrancar, não está suportando a monotonia. Sei que ele está estudando um pretexto. Aguarda o momento propício. Por agora, porém, se ocupa de outro assunto:

— É tudo mentira. Esse cara é um mentiroso sem-vergonha. Papai só suporta ele pra não deixar a velha chateada. Já fez tudo pra se livrar desse ranheta. É um puxa-saco e um invejoso. — Júnior fala baixo, para não ser ouvido. — Vê como a gente vive gozando ele, a toda hora? Ainda assim não se manca. É desses sanguessugas bem insistentes. Pra te dizer a verdade, toda essa parentada só vem pra cá nos encher o saco.

— Vai ver, os velhos se divertem um bocado à custa deles.

— Também tem isso.

Zé estava evitando falar da ansiedade que ele vivera, quando puxara a vara e sentira o peso. Naquele instante, poderia ter no anzol um peixe que ia matar os outros de inveja. Fora apenas um sonho. Os meninos se divertiram muito com as piabas que ele trouxera. Os adultos disseram que aquilo não servia nem para isca. Os peixes do rio só iam nas minhocas. Dona Isadora não disse nada a respeito, e Zé sabia por quê. Ela voltara da caçada com as mãos abanando. Não matara nem uma humilde rolinha fogo-apagou. "Desta vez eu tive sorte. Pelo menos nisso." Estava com duas cartas boas na mão. Ia tentar uma sequência.

— Você não quer dar umas voltas por aí? — Júnior começava a ficar inquieto. — Aquela fazenda ali é do meu tio — apontou em frente. — A gente ia lá, tomava umas e outras, batia um papo com a turma e depois partia pra cidade. Lá tem cada mulher...

— Acho que vou ficar por aqui mesmo. Daqui a pouco vou pra cama. Já estou com sono.

— O que não vai nos faltar é tempo para dormir. Vamos lá, rapaz.

Esse é dos tais que não sabe fazer nada sozinho, imagino. Não dá dois passos se não tiver um companheiro. Que cara mais estranho. Finco pé na defesa do meu próprio sono, mas não é uma cama que estou querendo. Vigio Manuela à distância e sei o que ela está pensando: Como é? Vamos ou não vamos nos livrar desse povo? Nós temos mais três noites e não podemos perder nenhuma. Ali na porteira. Lá.

— Lamento, meu chapa. Vou descansar.

Júnior entrou no carro, tentando me seduzir ainda uma vez mais:

— Você não sabe o que vai perder.

O barulho do motor iria despertar o pai de seu cochilo. Iria tirar-lhe um pedaço dessa paz macia.

— Para onde ele foi?

— Disse que ia ver o tio e voltava logo.

— Não fica sossegado um instante.

O velho ficou pensativo, e eu acho que sei a causa. Júnior me contou. Ele brigou com o irmão. Uma briga idiota que custou alguns bilhões ao banqueiro, que assim ficou com um sócio de menos e um rombo a preencher em seus cofres. Um sócio a menos, menos um irmão. Ele agora vai ficar aqui roendo seu ciúme.

Por que não baixa logo um sono bem pesado nessa gente? Será que vão passar a noite em claro? Meu Deus, me ajude. Me ajude, pelo amor de Deus. É só essa a minha preocupação, e vou com ela até a mesa do jogo. Não tenho nada para fazer até que eles estejam roncando em suas camas e Maria Manuela venha ter comigo. Menina esperta. Está indo para o carro do pai com a cunhada. Ligou o rádio.

— Ei, vem ver o que está tocando!

Esse grito é para mim. Impessoal e disfarçado. E foi a cunhada quem gritou. Manuela se estirou no banco traseiro. A outra está no banco da frente. Me sento ao lado dela e ficamos conversando.

— Ele disse para onde ia?

— Foi ver o tio.

— Vai voltar de madrugada, caindo de bêbado. Por que você não segurou ele? Você bem que podia ter feito alguma coisa.

— Eu? Por que eu?

— Já não aguento mais. — A mulher do Júnior falava para trás. Estava se dirigindo a Manuela. — Não sei mais o que faço. Ele virou um peso para mim. Vive me acusando das piores coisas e bebe. Faz planos e mais planos e nunca resolve nada e bebe. E eu é que sou a culpada. Quer sair da casa do pai, quer alugar um apartamento, e aí lá vou eu, de jornal na mão, procurar apartamento. Na hora da decisão, enche a cara e esquece tudo — e eu continuo sendo a culpada. E isso todo dia. Todo santo dia. O Júnior é uma barra. Nunca pude imaginar que ele fosse tão difícil.

— Esse negócio que ele vive falando, que vai escrever e tal, fica sempre no papo? — perguntou Manuela.

— Sempre. E ele diz que por minha culpa. Sou culpada do filho que nós temos, sou culpada do casamento, sou culpada da infelicidade dele. Sou a própria CULPA, segundo ele.

— Um prato cheio para um analista. Em que deu a análise que ele andou fazendo?

— Se você soubesse. Um dia acordou me dizendo: "Acho que o analista não me aceita mais. Ontem quebrei a cara dele de porrada. Enfiei a mão nele."

— Deus do céu. A coisa é grave. — Manuela estava ficando cada vez mais espantada. Também me espanto com o fato de ela conhecer tão pouco o próprio irmão.

— Olha, quando ele não está bêbado, é a pessoa mais legal do mundo. É extremamente generoso e camarada. Aí toma um porre e muda tudo. No ano passado a gente viajou, lembra?, e fizemos um monte de projetos, os mais lindos projetos do mundo. Ele disse que ia escrever um livro, ia pôr tudo o que tinha na garganta para fora. Dei a maior força. Pensei: desta vez é pra valer. Puro engano. Nada nele é pra valer.

— O diabo é que o Júnior não consegue se livrar de papai.

— Não consegue se livrar de nada. Você não sabe, Manuela, porque, de qualquer maneira, é mais independente e está sempre viajando, quando não está na universidade. Você sempre arranja um grupo ou outro, um interesse ou outro, e vai levando a sua vida, sem ligar muito para a família.

— Mas pago o meu preço. Ninguém me toma a sério.

— E o Júnior? Pensa que só porque ele trabalha com seu pai é levado a sério? Outro dia ele chegou para mim e disse: "Sou um inútil." Respondi: "É mesmo. É, porque quer. Você gosta da sua inutilidade. Você cultiva isso."

— Por que vocês não saem lá de casa, não vão para outra cidade, começar tudo de novo?

— Já me cansei de falar nisso. Na hora ele acha bom. Na hora diz que está certo, me dá toda razão. Aí toma um porre e esquece. O problema agora sou eu, Manuela. Não quero me afundar mais do que já me afundei. Queria estudar, queria fazer qualquer coisa, experimentar mais. Quando digo que vou trabalhar, ele pula logo: "Deixa que eu arrumo um emprego pra você." Mas é tudo onda, tudo mentira.

— Concordo que não é fácil. — Maria Manuela suspira. — E você, cara, não diz nada?

Não digo. Isso tudo é muito estranho e complicado. É outro mundo. Começo a sentir saudades do meu país, da minha família, das coisas mais simples e corriqueiras. Talvez seja por causa da música que está tocando no rádio do carro. Um carro parado, uma música e uma mulher que lava as suas mágoas para outra mulher e eu me lembrando de um sonho que tive ontem à noite. Sonhei que meu pai tinha morrido. É até possível. Mas não me preocupei. Sabia a origem desse sonho. Ontem, no fim da tarde, fiquei um bocado de tempo sentado na grama, olhando o pasto em frente. É um pasto igualzinho ao que meu pai tinha. Mas ele já vendeu a sua propriedade. Eram essas terras que nos ligavam, com tudo o que me prendia ao passado. Agora eu sei. Meu pai já morreu para mim há muito tempo. E não me deixou herança alguma. A não ser um bocado de miséria. A não ser um bocado de fome.

— Estou me lembrando do meu país — falo, para cortar o assunto. — Parece que ele foi transformado num Porto Rico.

— Pior era se ele tivesse sido transformado num Porto Pobre.

Manuela disse isso e riu, achando graça na própria piada. Também estou rindo.

— É capaz que você tenha razão. Mas o pessoal lá não está achando isso não. E eles também têm razão.

O banqueiro se levantou da sua cama verde.

— Vocês não querem um lanche?

Lá vamos nós outra vez para a cozinha. Comer.

6

Outro buraco. Desta vez o feixe de molas vai pras picas. Podiam ao menos consertar essas estradas. Caguei. Esses carros foram feitos para serem destruídos.

Júnior estava voltando da casa do tio.

Vim só para aporrinhar o velho. Ele fica uma onça. Fica louco de raiva quando a gente procura o irmão dele. Porra, o que é que eu tenho a ver com essas birras?

Ele já tinha bebido muito. Tinha bebido tanto, que já começava a ficar com aquela expressão horrorosa outra vez. Uma coisa muito estranha acontecia com o Júnior quando ele bebia muito. Sua cara parecia que rachava e que ia se soltar em pedaços. Júnior corre demais, jogando o carro na buraqueira sem dó nem piedade. Passa pelos mata-burros sem diminuir a marcha. Seu Packard trota, como um cavalo duro e ruim de sela.

Hoje tenho que pegar uma puta.

Ia sozinho para a cidade, que ficava a dezoito quilômetros. Daqui a pouco termina a estrada de terra batida, terminam os buracos — e começa o asfalto. É no asfalto que ele vai encher o pé. Júnior ficou magoado com o Estrangeiro, que não quisera vir junto. Uma aventura dessas era muito melhor com um bom parceiro.

Com sono, hein? Pensa que eu não sei. Tá é com medo da Manuela. Frouxo.

Estava com raiva dele. Bem que o Estrangeiro podia ter sido mais amigo, mais colega. Mas não estava zangado com a irmã. Nunca conseguira ter raiva desta moça que possuía uma virtude sublime: era a única que não lhe torrava a paciência. Por isso, sentia em relação a ela algo bem diferente do que sentia em relação aos outros. Talvez a invejasse.

O Estrangeiro que não se engane. Manuela dá para todo mundo. Vive trocando de homem como eu troco de camisa. Não demora e ela estala o dedo: "Salta o próximo." Só não entendo essa convenção absurda que me proíbe de comer a minha própria irmã. Às vezes eu penso nisso. É horrível, mas penso. Talvez fosse a solução. Talvez assim ela não precisasse morder a nota do velho para sair por aí caçando homem. Essa guria é fogo.

Um risco luminoso no céu: uma estrela caiu.

Esta noite não quero ficar sozinho. Não posso ficar sem. Não posso ficar um dia sem. (Júnior tira a mão direita do volante e bate na testa: ah, como isso ficaria bem em inglês. *I can't spend a day without*. Sorriu.)

Será que já deram comida para o Neto? Será que já o levaram para a cama direitinho? Dorme, menino, dorme. Se há uma coisa no mundo com a qual não preciso me preocupar, é contigo. Tudo isso que está aí vai ficar pra ti.

Outra vez, e desta possivelmente contra a sua vontade, admitiu que a irmã tinha razão.

Dá, garota, vai dando. A tua é viver.

Voltou a pensar no Estrangeiro.

O que não gosto é desse ar superior que ele tem. Pode ser pura máscara. Se for, está representando otimamente.

Entra na cidade, uma quieta e limpa cidade do interior. Para no posto de gasolina.

— Enche o tanque. Azul. E põe na conta do velho.

Ele paga. Ele paga tudo. Nisso é o bom.

Seu carro avança por um caminho muito conhecido. Todos os rapazes da cidade deslizam por ele todas as noites. O endereço que Júnior procura fica num arrabalde. Lá nas casas de madeira, onde a turma bebe cuba-libre e ouve música romântica. Década a década, a mesma cuba. Década a década, a mesma vitrola. Ele está se lembrando do seu tempo de solteiro. Uma palavra lhe acode: fugir.

Posso largar tudo que não vai fazer a menor diferença. Posso cair fora. Esta noite Júnior já está pendurado no balcão. Pede uma bebida. Está sentado numa cadeira alta, sem encosto. Por isso, apoia o braço esquerdo no balcão. O homem que o serve pergunta se não quer uma mesa. Ele não responde. Apenas balança a cabeça. Uma mulher se aproxima. Tem as pernas de fora. Encosta-se no balcão bem perto dele. Provoca-o, com suas pernas de fora. Júnior risca um fósforo para ver melhor o rosto da mulher.

— Até que você não é feia. — Passa a mão entre as suas coxas. — E leva uma vantagem. É morena. Sou louco por uma mistura.

— Se quiser uma crioula, aqui também tem. Olhe em volta e escolha.

— Você mesma.

— É a primeira vez que vem aqui?

— Não.

— Engraçado, nunca vi você antes.

— Faz muito tempo que não venho para estas bandas. Acho que já faz uns cinco anos.

— Então é por isso. Onde você mora?

— Na capital.

— É, morando longe assim, não dá para vir muito aqui não.

— Tem toda razão.

Júnior já havia dito "vamos?", e ela já havia ido lá para dentro, para pegar um capote que lhe cobrisse as pernas, quando outra mulher se insinuou, sentando-se na ponta do balcão. Era uma mulher longilínea, muito branca e esguia.

"Deve ser manequim nas horas vagas." Então, quando a morena voltou, ele se sentia mudado. Achava pavoroso o que ia fazer, mas tinha que ser assim. Diria a verdade. Ora, pagar por pagar, pago a quem me agrada mais.

— Olha, nega, mudei de ideia. Vamos beber apenas. Tá?

— Já sei. É outra.

— Não. Quero ficar só.

— Pode abrir o jogo. Não me incomodo.

— Já que você prefere assim… é outra.

— Não tem problema. Quer que eu vá embora?

— Ainda não. Vamos pedir outro drinque.

— Você é muito gozado. Um cara muito estranho.

— Talvez.

— Tchau. Não quero tomar mais seu tempo.

— Por favor, não fique zangada, tá? Por favor.

— Quer que eu lhe apresente ela?

— Pode deixar. Obrigado.

Foi só fazer um sinal. O corpo esguio e branco veio.

— Você não está acompanhado?

— Estive.

— Qual foi o problema?

— Você. Olhei e gostei. Vamos lá?

— Sabe as condições? Só vou por sessenta. Também não me chateio se você quiser me dar mais.

— Esse mais corre por sua conta.

— Como assim?

— Depende de você. Do seu capricho. Do seu molho.

Ela riu:

— Ô diabo.

Embocaram pelos fundos da casa de madeira. Os quartos eram baixinhos, colados uns aos outros. Dentro, só uma pia, duas toalhas e a cama. Felizmente, larga e macia. Ela tirou a roupa, queixando-se:

— Que frio. — Júnior olhou para o corpo da mulher e pensou: como aquele escurinho engana. Aqui, na claridade, é que a gente vê o quanto um homem pode se enganar.

— Vem logo — disse ela. E apagou a luz, encostando-se no corpo comprido e magro. A mulher começou a gemer e a se sacudir.

— Assim não dá. Vou embora.

— O quê?

— Você não entende nada disso. É uma amadora.

— Então como é? — A mulher se estirou na cama, controlando a sua impaciência. Não queria perder tempo, mas também não queria perder o freguês. — Então me ensina. Me ensina o jeito da capital.

— Não adiantam gemidos e contorções antes da hora. Não adianta mentir para mim — disse ele.

— Tá bom. — Ela ficou esperando. — Me ensina.

Júnior começou a acariciá-la. Foi passando a mão pelo corpo dela, mansamente. A mulher, aos poucos, começava a se entregar, chegando-se mais para ele, e mais, e mais, até abraçá-lo. Agora se sentiam. Agora ia dar certo. Tanto que, quando ela gemeu, ele achou que era de verdade. Caiu para um lado, e a mulher disse:

— Que bom. — Mas Júnior não ouviu a outra coisa que ela disse a seguir, e era uma coisa boa. Não ouviu porque já estava dormindo.

7

Às vezes me pegam desprevenido. Aí eu fico sem ação, exatamente por me encontrar desarmado. Depois é que vou pensar a respeito e fico na pior perante mim mesmo. É por esta razão que muito invejo as pessoas que têm resposta pronta para tudo. O que eu queria mesmo era me dar bem com todo mundo, dizer boas palavras a quem as merecesse sem que isso fosse motivo para más interpretações. O seu a seu dono. Não foi outra coisa o que fiz naquele instante. Eu estava dizendo: "Tudo o que ele pega vira ouro." E estava dizendo uma verdade. Mas ele vinha passando perto de nós e ouviu. Parecia ocupar-se de outros assuntos, havia qualquer coisa fora da nossa conversa a lhe perturbar a mente, porque ele estava muito embutido em si mesmo. Eu, porém, falei aquilo em alto e bom som — o que o fez acordar para a realidade à sua volta. Seu rosto se afrouxou um pouco, quase num sorriso. Se aproximou de nós e pôs a mão no meu ombro. Disse:

— Então vou pegar em você, para ver se você vira ouro. — Os outros riram. Também ri. Foi como se ele tivesse nos contado uma piada bem interessante. Agora eu me pergunto: terá sido uma simples brincadeira, ou havia alguma maldade por trás das suas palavras? Vai ver, ele falou aquilo só para alegrar um pouco mais o ambiente. Eu é que estou na dúvida.

— Vai continuar, Zezinho?

— Me dá mais ficha. Continuo.

Dona Isadora pegou o dinheiro do irmão, passou-lhe as fichas e guardou a nota no bolso do avental.

Pelo visto, não é só ele quem faz tudo virar ouro. Acabo de aprender uma coisa que ainda não sabia: sorte pega. A sorte pode passar de marido para mulher. Basta ver o montão de fichas que a Isadora tem na sua frente.

— Como é, gente? Vamos ou não vamos dormir? Já passa da meia-noite. — O banqueiro firmou a palma da mão direita na grama. Estava com os dois pés plantados no chão, e o corpo em forma de arco. Com um impulso, ficou de pé rapidamente, grato ao seu próprio corpo por ainda possuir agilidade e energia. Ainda era capaz de repetir um exercício aprendido no colégio. Sentia sono havia muito tempo, mas uma coisa o impedia de ir para a cama. Júnior estava demorando. Chegou até a pensar que devia mandar alguém ir chamá-lo, na casa do irmão. Se conteve. Podia parecer ciúme. Podia parecer um negócio mesquinho. — Chega de jogo, pessoal. Está na hora de dormir.

— Você está de férias, comandante. A tropa está de folga. Deixa a tropa em paz — disse Zé.

— Ele está tentando se refazer dos prejuízos. — Dona Isadora olhou para o marido e piscou o olho.

— Perdendo de novo, Zé? Que desgraça.

— Ri melhor quem ri por último. Ainda posso limpar vocês todos.

— Isso, Zé. Dá-lhes. Lembra de novo pra eles aquele dia que você ganhou um milhão.

— Você já acabou de lembrar.

— O pior, Zé, é que de lá pra cá parece que você só sai perdendo — voltou a falar o banqueiro.

— Queria ver o que você faria se passasse uma noite inteira só recebendo cartas assim — ele levantou para mostrar a mão ao cunhado.

— É, amigo. A maré está baixa. Mas quem ganhou um milhão um dia ganhará um milhão sempre.

O que será que ele está querendo dizer com isso? — pensava Zé. Estava se sentindo um pouco mudado desde aquele momento em que o banqueiro pusera a mão em seu ombro para ver se ele virava ouro. A mim, não. A mim é que ninguém vai fazer de besta.

— O churrasco estava excelente — disse um homem que passava o tempo todo calado. Era um desses contraparentes que lembram muito os discos voadores. Ninguém sabe de onde vieram, nem para onde vão. — Só não gostei de uma coisa. Quando chegamos lá, a criadagem já tinha papado metade da carne. Eles comeram antes de nós.

— A ordem era essa mesma — disse Dona Isadora. — Para eles comerem primeiro. Aliás, o churrasco devia ser só para os empregados. Eles é que trabalham.

Efeitos do cursilho, pensou o marido, enquanto Zé falava para os seus botões: Ela diz isso porque já foi pobre. Ela sabe quanto dói uma saudade. Ninguém gosta de ser tratado como um cachorro.

Estava visivelmente espantado com o seu próprio lampejo. Zé nunca havia pensado a respeito disso. Era um tirano. Mas se achava apenas um duro. Talvez devesse ter seguido a carreira militar.

— Que cara é essa, homem? — perguntou a irmã. Ele sorriu. Uma boa mão. Até que enfim.

Recolheu as fichas com a gulodice de uma criança diante de um prato de bolo. De agora em diante tudo pode mudar. Ia pôr sua fé na mesa. Ia partir para uma parada bem alta.

— Quando foi mesmo que você ganhou um milhão? — perguntou o homem que lembrava um disco voador. Estava um tanto azedo. Era evidente que não havia gostado da resposta de Dona Isadora a respeito do churrasco.

— Olha, eu não me lembro direito do dia e da hora. Mas tenho uma testemunha. Uma pessoa que estava lá e viu tudo. Pergunte à sua mãe.

— Calma, Zé, vamos devagar — disse o homem. Estava a tempo de se descontrolar de vez.

— Onde estão as meninas? — De repente o banqueiro se lembrou da filha e da nora. Tinha uma nova ideia: ia pedir que elas fossem atrás do Júnior.

— Já estão dormindo.

— Fazem muito bem. Aqui quem não tem sono são os viciados.

— Em vez de ficar reclamando, senta aí e derrama um dinheirinho pra gente. — Zé voltava a se animar. Agora jogava com voracidade. Estava ganhando.

— Não gosto disso. Vocês sabem.

— Ah — resmungou Zé, devolvendo a sorte para a irmã.

— No fim, vai ficar tudo em família — disse maliciosamente o homem com cara de disco voador.

— Boa noite, gente. Divirtam-se. — O banqueiro sobe os degraus da porta de entrada se perguntando que diabo de tão interessante estaria acontecendo na casa do irmão. É possível até que estejam falando mal dele. Não será por nada que a sua orelha arde. Sabe que o irmão gosta de um pagode. E, para agradar ao Júnior, poderia até ter chamado uns violeiros e improvisado uma seresta. Se isso aconteceu, é quase certo que o Júnior só volte para casa quando o dia estiver amanhecendo. "Conheço o meu gado. Sei o que ele é capaz de fazer para prender o Júnior e me chatear."

Nessa noite, alguém ali não ia dormir direito. "Uma pena. As preocupações me acompanham até aqui. Não há mais sossego no mundo."

— A gente continua amanhã — decidiu Dona Isadora, recolhendo as fichas. O único que ainda tinha alguma coisa era o seu irmão.

— Vai fugir da raia, é? — disse ele, zombeteiro.

— Estou com sono.

— Isto é uma brincadeira apenas. — O homem que há pouco ficara zangado com a dona da casa tentava limpar a sua barra. Queria mostrar que era pródigo e desempoeirado. Mesquinho ali era só o Zé, achava ele. Queria entregá-lo de vez, nessa jogada sem fichas nem cartas. — Olha, amigo, você leva este negócio a sério demais.

— Vou devolver o dinheiro de todo mundo. — Dona Isadora enfiou a mão no bolso, puxou as notas, que jogou sobre a mesa.

— Não aceito — disse o irmão. — Praxe é praxe. Também sei perder.

O outro percebeu que ele estava devolvendo a bola.

— Orgulhoso, hein, Zé?

— Não é nada disso. Se a gente for jogar de mentirinha, perde a graça.

— Se ninguém aceitar, não tem mais jogo aqui em casa. — Dona Isadora sabia que podia impor suas condições e estava impondo.

— Não seja tão drástica — cortou o irmão.

— Ora, gente, vamos pegar esse dinheiro e cair no sono, que amanhã tem mais — propôs a mulher do homem com cara de disco voador. Foi a primeira e última coisa que ela disse durante a noite.

— Está certo. Mas amanhã vamos jogar a sério — rendeu-se Zé.

Foi andando para a casa onde dormia. Na cabeça, só um pensamento: É amanhã que esfolo o couro de todo mundo. Eles vão ver.

8

Pedrinho, filho de Zé, sobrinho de Dona Isadora e, por extensão, do banqueiro Fernandes, mexeu-se na cama. Ele dava a impressão de evitar as pessoas. Comia antes dos outros e desaparecia no lombo de um cavalo. Era por isso que estava se mexendo na cama. Tinha a bunda dolorida.

— Quem te mandou vir me procurar?

— Foi o seguinte. Eu estava conversando com o Estrangeiro. Disse que sabia onde você estava. Aí ele me pediu: "Então vai lá. Vai lá e conta pro Júnior que aqui tá todo mundo aflito. Fala só isso. Deixa o resto com o Júnior. Deixa que ele mesmo decida. O Júnior já está bem crescidinho. Prometo que não conto pra ninguém. Só nós dois ficamos sabendo disso."

— E como foi que você soube que eu estava aqui?

— Ontem à noite passei no posto de gasolina. Um cara lá me disse: "Teu primo acabou de passar aqui. Pegou o caminho da zona. Estava de cara cheia."

— O que é que aquele veado do Estrangeiro anda fazendo lá?

— Ele me tomou o cavalo e seguiu pela estrada. Não disse pra onde ia nem o que tinha na cabeça. Acho que foi pra casa do teu tio.

— À liberdade — disse Júnior, que bebia cerveja. — Vamos pedir outra?

— Vamos.

O que é que eu vou dizer pra ele? Que diabo vim fazer aqui? — era o que Pedrinho se perguntava. De que jeito posso convencer esse cara a voltar pra casa? Ia ser duro, mas precisava tentar. O pior era a falta de um argumento.

— Você precisava ver como eles estão preocupados. O velho já vasculhou tudo quanto foi canto à tua procura. Polícia, hospital, tudo. Pensa que você bateu com o carro. Pensa que foi um acidente.

— Ah, é? Estão nervosinhos, é? — Júnior riu, vitorioso. — Deixa eles fundirem a cuca, enquanto eu fico aqui trepando.

— Se eu fosse você...

— Já sei. Esqueça isso. Você faria muito mais negócio se passasse a mão numa mulher e ficasse por aqui também. É um ótimo lugar para uma semana santa. Este puteiro é bem divertido.

— O que eu queria te dizer é apenas o seguinte: o ambiente por lá está horrível.

— Ah, Pedrinho. Larga essa turma de mão. Essa turma enche o saco. Fale de você, porra. O que é que você tem feito da tua vida?

Estavam sentados na cama, cada um segurando o seu copo, porque não havia sequer uma mesa no quarto. A garrafa ficava no chão. Assim que a esvaziassem, Júnior iria buscar outra, atravessando o pátio apertado que separava as duas fileiras de quartos. Já começava a gozar de algum prestígio na casa, porque gastava muito. Por esse motivo, tinha quem lhe vendesse bebida, mesmo durante o dia. Quase que ninguém ia para ali de dia. As casas das mulheres só existem para a noite.

— Fala, Pedrinho. Você nunca me contou o que andou fazendo no Exército. Mas espera aí, que eu vou pegar outra cerveja. Essa história eu quero ouvir.

O corpo esguio e branco estava bem relaxado sobre uma poltrona. A mulher da noite passada — o seu passado mais recente. Lia uma revista de fotonovelas, muito atenta, e não viu quando Júnior passou. Nem o viu voltar, com a garrafa na mão, mas sentiu o beliscão que ele lhe deu na barriga.

— Não faz isso, eu sinto cócegas — disse, estremecendo. Tinha levado um susto.

— Arranja uma garota pra ele. É um herói nacional. Precisa ser bem tratado.

— Espera um pouco. Espera eu acabar de ler isto aqui. — Ela voltou a pôr os olhos na revista. Júnior seguiu para o quarto. Ia continuar bebendo com o primo. Toda a família se orgulhava muito de Pedrinho, cujo *curriculum vitae* era uma glória para qualquer tia solteirona e romântica. A história de sua brilhante carreira na guerra passava de boca em boca. Ninguém se espantava com o fato de Pedrinho estar agora ganhando muito dinheiro. Ele nascera com uma estrela na testa. Era um predestinado.

— Como você conseguiu escapar daquilo? — Júnior estava de novo enchendo o copo do outro. — Se você foi o tenente genial que todo mundo diz, certamente eles não iam querer te soltar.

— Acontece que eu fiquei muito amigo do general. Um dia, cheguei pra ele e disse: "Olha, o senhor vai ter que dar um jeito. Porque eu vou embora. O senhor vai ter que me ajudar." Ele relutou o quanto pôde, até ceder e me dispensar. Agora vive me escrevendo, pedindo o meu regresso. Respondo sempre que só volto se me pagarem o salário que estou ganhando. E quando eu disse quanto ganhava, ele me escreveu: "Deus do céu! Você ganha mais do que três generais." Agora me diz uma coisa: como foi que você conseguiu se livrar da tropa? Você nem pôs os pés lá.

— Pergunte ao velho, meu chapa. Talvez um dia você ainda fique sabendo o quanto ele vem dando para essa guerra.

Algo de novo acontecia com Pedrinho nesse instante. Algo que ele nunca tinha sentido antes: sua cabeça girava, seu coração batia mais forte. Não tinha o hábito de beber. Não devia ter bebido tanto. Júnior era insistente e chato com esses seus assuntos e essas perguntas sobre a guerra. Em vez de falar de tais coisas, Pedrinho preferia pegar um carro e rodar sozinho à procura de uma garota, no ponto de ônibus ou na porta do cinema. O álcool e o primo o levavam de volta para aquela noite em que ele e os soldados cercaram os casebres dos negros. Fora o primeiro a disparar, e os outros o seguiram. Gastou toda a munição que levava, como se fosse um simples treino e tudo aquilo não custasse nada. Quando um de seus homens chegou perto dele e disse: "Estão todos mortos", Pedrinho se embolou pelo chão, morrendo de rir. Ria como um louco. À noite, foi homenageado com um jantar na casa do prefeito. Na saída, tropeçou num criado negro, e o dono da casa não conversou: desceu a mão no empregado. "Não faça mais isso. Nunca mais", disse Pedrinho. "Se não eu mando meter você em cana." Estava ameaçando um prefeito, uma autoridade, e sabia que podia fazer isso. Pertencia às Forças Armadas e também era uma autoridade no local. "Mas ele se bateu em você. Parece uma barata tonta." A voz do tenente saiu serena, porém segura: "Fui eu que me bati nele." O prefeito fez uma cara de quem não estava entendendo nada. Jamais iria entender.

Não pense mais nisso, dizia a si mesmo, enquanto se agarrava à mulher que se sentara ao seu lado, na cama.

— Primo, vamos dar umas voltas por aí, de carro? Nós quatro? Vamos esticar esta farra em outro lugar?

— Boa ideia. Mas deixa as meninas se aprontarem primeiro.

Júnior se recostou no travesseiro, calado e pensativo. Pedrinho dava tudo para adivinhar em que ele pensava. Podia sentir perfeitamente o calor do seu próprio corpo, e agora achava que não era só por causa da bebida. Ao tocar na mulher, sentira um arrepio na pele. Enquanto a aguardava, já que ela, com a outra, havia deixado o quarto para ir se arrumar, pensou que tinha feito uma proposta estúpida. O mais inteligente era ter ido para a cama. Estava excitado.

— Hoje derramo o óleo de qualquer jeito.

— Isso, malandro. Vai firme.

Compreensão, estímulo. Júnior já estava gostando um pouco mais do seu companheiro de jornada. Para ele, certos momentos ficavam infinitamente mais interessantes quando repartidos com outro homem. Gostaria de ter tido um irmão. Oh, como seria bom se tivesse um irmão.

— Vamos? — levantou-se da cama, num pulo só. Ainda estava em forma. Podia beber o resto da vida. Refeito do pulo, ajeitou a roupa e abraçou a mulher magra e comprida:
— Você está linda.

— Estou caindo de fome — queixou-se ela. — Puxa, você só bebe, bebe e não come nada?

— Vamos comer. Diz aí um lugar.

— O restaurante do hotel. Acho que é o melhor.

— Para o hotel.

Cada qual em seu próprio carro. Uma mulher para cada um. Iam a uma velocidade razoável.

Pedrinho deixou o primo ir na frente e não quis ultrapassá-lo. Embora sem saber por quê, não queria perdê-lo de vista. O hotel ficava do outro lado da praça, e a mulher reclamou outra vez:

— Que fome danada. — Júnior não ouviu. Estava prestando atenção num grupo que cantava músicas de carnaval embaixo da estátua de D. Pedro IV. Era um grupo compacto de mendigos, que faziam a marcação do ritmo batendo em suas velhas latas com pedaços de pau.

— Sensacional. Vamos parar ali um instantinho? — Diminuiu a marcha.

— Estou com fome — insistiu a mulher.

— É só um minuto. — Ele fez um sinal para que o outro o acompanhasse, avisando que ia parar. Sentia-se reanimado com a novidade. Estacionou o carro no canteiro do jardim, dizendo: — Vou cair nesse bloco.

— Você está é louco. — A mulher balançou a cabeça, impaciente.

— Vamos lá.

— Eu? De jeito nenhum.

— Folia. Alegria. Todo mundo — gritou para o carro de trás. Pedrinho, com um gesto, disse que não ia. Júnior se encaminhou para o grupo dos mendigos. Entrou cantando junto com eles, que não se incomodaram com o novo folião. — A chuva cai, eu acho graça. Guarda-chuva de pobre é cachaça. — O coro desentoado ecoava por todos os lados. Deixa chover, deixa molhar, no molhado é melhor de se brincar.

— Ei, Júnior, vambora, que vem uns caras com pedras na mão.

Guarda-chuva de pobre é cachaça.

— Estão vindo pra cá, Júnior. Desce daí.

Foi muito rápido. Primeiro uma pedra bateu na estátua, e, na volta, atingiu um mendigo. Júnior nem tinha acabado de dizer, em direção ao carro:

— Vamos lá. Todo mundo. Guarda-chuva… — Uma nova pedra passou raspando a sua cabeça, ele rodopiou, assustado, perdendo o equilíbrio e caindo nos degraus da estátua. Pedrinho ia ligando o motor, ia fugir: jogavam pedras também contra o seu carro.

— Você vai largar ele lá? — A mulher falava aos berros. — Seu primo levou uma pedrada. Está caído. — Pedrinho estava indeciso. Não sabia o que fazer.

— Olha só a chuva de pedra!

— Então eu vou buscar ele — disse a mulher.

Pedrinho engoliu o desaforo, abrindo a porta:

— Eu vou, eu vou. Abre a porta de trás pra eu jogar ele aí dentro e chama a tua amiga para este carro. Depressa.

Por sorte, já não estavam mais jogando pedras. Pedrinho agarrou o primo pelo tronco e desceu os degraus como se estivesse arrastando um cadáver.

— Ai — gemeu Júnior.

"Ainda está vivo. Graças a Deus." Pedrinho jogou o corpo desmaiado no banco traseiro, colocando a cabeça, cuidadosamente, no colo da mulher que lhe fazia companhia.

— Rápido, que eles estão vindo para cá — disse. — Vêm pegar a gente. As duas mulheres estavam apavoradas.

— Onde fica o hospital? — perguntou Pedrinho, dando a partida.

— Os pneus rangeram sobre os paralelepípedos, e dentro do carro um homem também rangia:

— Ai!

9

Isso se passou há pouco tempo. O banqueiro estava reunido com um grupo de trabalho, numa acirrada discussão de marketing. Precisavam decidir sobre uma campanha de publicidade para uma esponja de aço com sabão. Um produto que servia para limpar tudo. Os consumidores-alvo eram as donas de casa. O redator apresentou as sugestões que trazia debaixo do braço. Mas o banqueiro não se mostrou entusiasmado por nenhuma delas. Iam começar tudo de novo. Outra vez.

Alguns deles já estavam exaustos e concordavam com tudo o que o patrão dizia. O problema era que ele próprio dizia uma coisa e daí a pouco levantava objeções contra as suas próprias ideias. Alguém propôs uma solução:

— Que tal se a gente começasse um comercial com uma dona de casa dizendo: "Que bacana que é essa esponja!"

O banqueiro pensou um pouco e respondeu:

— Bacana, não. É gíria. E não podemos usar gíria nos nossos filmes.

O autor da sugestão ficou meio encabulado:

— É mesmo. Mas seria muito bacana se a gente pudesse usar bacana. — Era uma reunião de criação verdadeiramente divertida, a julgar pelas caras dos participantes.

— E se trocarmos bacana por sensacional? — disse o redator.

— Sensacional é bom — concordou o banqueiro. — Guarde essa palavra. Pode ser que a gente precise dela daqui a pouco. O homem que tinha dado a primeira ideia voltou a falar, tentando ainda defender a palavra bacana.

— E se em vez de uma dona de casa, fosse uma empregada dizendo:

"Que bacana..." — Pelo olhar do banqueiro, ele achou que não tinha dito uma besteira.

— Sabe que essa sua ideia até que não é má? Bacana fica bem para um colóquio de empregadas. O que é que vocês acham de duas empregadas conversando, uma mostrando a esponja para a outra?

Se Dona Santa tivesse participado daquela reunião, bem que poderia dedicar ao Dr. Fernandes o colóquio que ela ouvira havia pouco. As duas empregadas da capital tiveram uma conversa animada durante uns bons minutos em que se achavam sozinhas. Santa arrumava os pratos e os talheres no armário e ouvira tudo. Ouvira sem meter a sua colher. "Cada um que cuide de si. Deus cuida de nós todos" — pensava ela, para se livrar de qualquer tentação.

As duas eram negras e havia uma diferença de idade entre elas de uns oito ou dez anos. A mais nova parecia mais desbocada e mais afoita. E foi quem começou tudo:

— Não gosto de cuidar de filho de grã-fino. Esse garoto me enche o saco. Tenho vontade de dar uns tapas nele.

— Também não gosto de cuidar de crianças. Só gosto de cozinhar. Já trabalhei até em casa de diplomata, gente fina. Todos elogiavam a minha comida. Mas eles querem que eu faça tudo. Não aguento mais. Não há quem aguente essa gente.

— Eles querem que eu volte de ônibus, sozinha. Estão com desculpas. Estão dizendo que não tem lugar no carro. Aqui, ó. Na hora de vir pra cá, tinha. São uns bons sacanas.

— O que mais me chateia é que aqui não tem televisão. Já estou perdendo um bocado de capítulos da minha novela. Com todos esses dias neste mato, quando voltar lá não vou entender mais nada da novela.

— Você tem televisão?

— Economizei bastante e comprei uma. É bem pequenininha.

— Tou doida pra comprar uma televisão. Mas o dinheiro nunca dá. O máximo que eu pude ter até agora foi um rádio. É que eu tenho uma filha de cinco anos, que mora com minha mãe. Meu dinheiro vai quase todo pra ela.

— O que foi que aconteceu contigo de tarde? Aquela gritaria toda?

— Nem me fale.

— Ouvi umas conversas aí. Mas o que foi mesmo?

— Por causa da peste desse menino. Saí com ele pra dar umas voltas e peguei a estrada. Eu só queria me distrair um pouco e levei o garoto comigo. Aí soltaram os cachorros. Saíram correndo atrás de mim como se eu fosse uma criminosa. Só faltaram me bater. Esse velho, então... Como me xingou. Me chamou de irresponsável e de um monte de coisas.

— Parece que eles tão querendo te mandar embora.

— Já mandam tarde. Tô mesmo é a fim de me arrancar. E nunca mais quero trabalhar em casa de ninguém. Tô a fim é de ir para uma fábrica. Com horário de trabalho, folga nos fins de semana e carteira assinada. Posso até ganhar menos, mas também tem menos aporrinhação,

— Então por que você estava chorando? Eu vi você chorando.

— De raiva. Você aguenta levar esporro? Eu, não.

— E quem é que gosta?

— É, mas eles te enchem o saco aí o dia todo e você engole tudo calada.

— Eles falam que você é muito respondona. Tu é fogo, mulher.

— Respondona, respondona. Um caralho.

— Shhh — fez a mulher um pouco mais velha, apontando para Dona Santa, que estava de costas.

— Ah, minha filha. Não sou que nem essas tapadas aqui da roça. Essas coitadas. Comigo a coisa é diferente.

— Calma, menina. A gente tem que ter muita paciência. Não é mole, mas tem que ter.

— Quando eles tocam esse sininho me chamando, tenho vontade de perguntar: "Tem padre aqui? Vai ter missa hoje?" Esse negócio de sininho é uma puta frescura. Não é, Dona Santa?

Ela não respondeu.

Sabia que todas as pessoas eram iguais perante Deus, mas uma coisa ela estava achando: não dava certo uma branca ficar de prosa com gente negra.

Deus que me perdoe, mas não assenta. Branco é branco. Preto é preto — não assenta eu me misturar com elas.

Dona Santa agora está no tanque, lavando a roupa. Sente a canseira nas pernas e uma dorzinha nas mãos. As negras já foram dormir há muito tempo. Dona Santa ainda pensa nelas. Tem, porém, uma canção muito mais doce em seus ouvidos. Uma cantiga de ninar que o patrão cantara só para ela quando entrara na cozinha para beber água. Fora muita sorte a porta da área de serviço estar aberta.

— Que mulher mais trabalhadeira — comentara ele, baixinho, para alguém que Santa não sabia quem era, porque se olhasse para trás ia mostrar que tinha ouvido. Que mulher mais trabalhadeira. Recompensa, consideração. Santa está cansada, mas não quer ir para casa. Vai lavar tudo e pôr no coradouro. Vai lavar toda a roupa que eles sujaram hoje.

— Com fé em Deus, não sobra nada para amanhã. — Estava falando sozinha.

Chape, chape, chape — não há pano sujo que não fique limpinho e cheiroso em suas mãos. Fraldas, cuecas, calcinhas, camisas. A meleira e o pó engrossam a espuma, que vai virando um caldo grosso e sujo. Santa pensa de novo nas negras.

Quando menina, ouvira muitas vezes a história do começo do mundo. Naquele tempo, as pessoas eram todas pretas. Um dia, Deus saiu do paraíso para dar um banho nos seus filhos. Pegou uma imensa bacia com água e foi chamando um a um. Cada pessoa que Ele lavava deixava de ser preta. Ficava com a pele bem branquinha. Mas aí a água foi acabando. E algumas pessoas ainda não tinham sido lavadas. Deus então resolveu não dar banho em todos esses que estavam faltando. Apenas molhou a mão e passou-a na sola dos pés e na palma das mãos deles. Por isso, os pretos ficaram sendo assim do jeito que são. Só são brancos nas mãos e nos pés.

Santa é loura e de olhos azuis. Seus filhos são louros e de olhos azuis. Todos os que vêm para cá estão sempre falando: "Nossa, como eles são louros. Que cabelos bonitos." Uma vez ela foi se confessar e perguntou ao padre se era verdadeira aquela história do começo do mundo. "Existem muitas histórias, minha filha. Mas a verdade está em Deus." Santa ficou sem entender se ele dissera que sim ou que não. Essa cisma contra os pretos era coisa de seu pai e sua mãe. Aqui na fazenda não tem pretos. A não ser essas que vieram agora e que voltam depois da semana santa. "Não sei por que precisavam ter trazido elas. A gente aqui faz de tudo. Ninguém precisa dessas empregadas da capital. Elas têm um cheiro tão esquisito."

Chape, chape, chape.

Dona Santa não vai deixar nenhum pano sujo para amanhã.

10

Júnior apresenta a sua versão. Fala calmamente:

Eu estava passeando por uma cidade de prédios altos, ruas e avenidas largas e um movimento de automóveis pouco comum em cidades do interior. O lugar se chamava Juiz de Fora. Não me lembro direito do nome do país, nem do estado a que essa cidade pertencia. Me lembro apenas que tudo lá levava um "grande" na frente. Assim: Grande Hotel, Grande Banco, Grande Loja, Botequim o Grande. Deixei minhas malas no hotel e saí para dar umas voltas. Minha mulher vinha comigo, não a mãe de meu filho, mas a outra. Aquela muito branca e magra. No folheto que nos deram na portaria havia a sugestão de uma visita a uma fábrica de brinquedos local. Começamos nosso roteiro por ela. Em vez de nos mostrarem os diversos setores da indústria, nos colocaram numa sala com poltronas confortáveis. Um homem de paletó e gravata, simpático e conversador, estava lá sentado, à espera de alguma coisa. E se apresentou:

— Sou o ministro da Fazenda. Vim aqui dar uma prensa nesse pessoal. Precisam exportar mais. Nossa balança de exportações tem que bater o recorde este ano.

Eu nunca tinha visto um ministro antes e estava espantado. Não os julgava tão simples, tão cordiais. Ele perguntou qual o hotel onde estávamos e nos convidou para beber com ele logo após a visita. Concordamos. Não por medo de que ele me achasse contrário à sua política de incentivos fiscais ou às dívidas que vinha assumindo no exterior; aceitei o seu convite por aceitar. Afinal, não é todo dia que a gente tem a honra de beber com um ministro.

— Este país agora é um organismo unido e igual — disse ele, de uma hora para outra, sem que eu lhe perguntasse nada. — E o que mais necessitamos é de jovens talentos executivos. — Sorriu para mim. — Seu pai me contou que você vai fazer um curso no Japão. Isso é ótimo. Quando voltar, você terá uma boa colocação no meu gabinete, se quiser. Estamos mesmo precisando de sangue novo. Gente graduada. O sonho acabou. O sonho do improviso.

Nisso lhe dei razão. Nessa última parte do seu raciocínio. Quanto à minha ida para o Japão, era novidade, pelo menos para mim. O velho anda tramando à sombra, pensei. Da sala onde nos encontrávamos, pude avistar, através de uma janela de vidro, uma menina da fábrica que mexia num botijão de gás. Fiquei prestando atenção no que ela fazia, e num tempo que eu não saberia precisar, talvez uns três segundos, se tanto, ela largou o vasilhame no chão. Alguma coisa inesperada estava acontecendo. A menina não teve tempo sequer de correr e foi envolvida pelas chamas que se seguiram à explosão. Apavorado, vi a minha mulher correndo porta afora e corri atrás dela. O cheiro forte do gás se espalhou por todo o recinto, e eu achava que ia morrer sufocado. Minhas pernas claudicavam. Era horrível. Ainda assim, consegui chegar à porta de saída. Um guarda apontou uma metralhadora, tentando nos deter. Apontei para trás, para uma nuvem de fumaça que nos perseguia, e ele então nos deixou passar. Minha companheira seguia na frente, possuía pernas mais velozes, sem dúvida. A duras penas, consegui atravessar até o outro lado da rua e, correndo, ou tentando correr, cheguei a uma esquina. Dobrei essa esquina e continuei avançando, agora mais depressa, até pegar um táxi. Não sabia mais que fim a mulher tinha levado. Calculei que tivesse ido para o hotel. Mandei o táxi tocar para lá. Já não estava mais interessado no uísque do ministro. Queria era encontrá-la.

Foi no hotel que tudo aconteceu. Subi por uma escada rolante e desci por outra. Estava tão atarantado que não vi o final da escada, não vi nada. Escorreguei e caí.

Versão de Pedrinho para o tio, a tia, a prima e a mulher do Júnior:

Eu e ele vínhamos andando pela rua. Íamos pegar os carros, para voltar para casa. Ele não viu (nem eu) o buraco aberto no meio da rua. Tropeçou e caiu.

Outra versão do mesmo Pedrinho, desta vez para o Estrangeiro:

Que farra. Que loucura.

Versão das duas mulheres, que comiam no restaurante do hotel. Pedrinho pagou-lhes a conta, pedindo desculpas por não poder acompanhá-las. Tinha que ir à fazenda. Tinha que dizer ao tio que sabia onde Júnior se encontrava.

— Como eles estavam bêbados! — disse uma.

— São uns malucos — disse a outra.

É uma longa estrada sinuosa, pensava Júnior, lembrando-se de uma música. Embora estivesse com a cara e a cabeça retalhadas (levara muitos pontos), e preso incomodamente em ataduras, podia ainda confiar na memória. Um homem pode mudar de atitude quando avista a morte. Pode inclusive morrer e renascer muitas vezes, mas nunca poderá se livrar do mal que já nasceu com ele e que o acompanhará até a cova. E mesmo quando o corpo desse homem não for mais do que um pequeno e insignificante montinho de pó, o mal ainda estará nele, vicejando e se ramificando, como a erva daninha, porque o filho desse homem e o filho do seu filho se encarregarão de passar esse veneno universal de corpo em corpo, de alma em alma. Júnior meditava nestes termos e podia até ser que tivesse lido isso em algum livro. Passara por uma universidade, com algum brilho e o maior tédio. Ganhara uma biblioteca imensa e lia muito. Os clássicos, quase sempre. Agora fitava o teto, como se não estivesse vendo a mulher sentada na cadeira ao seu lado, no quarto do hospital. A mulher gorda e resignada que era mãe de seu filho.

— Ainda está delirando — informou o médico.

— Fraturou o crânio?

— Tivemos que operá-lo. Foi tudo bem, graças a Deus. O perigo já passou.

— Quando ele pode voltar para casa?

— Só mais tarde é que eu posso saber. Tudo depende de como ele reagir nas próximas horas.

— Doutor... doutor... há perigo de ele... de ele ficar meio tantã?

— Creio que não. Nada indica isso.

— Fale a verdade, doutor. Pelo amor de Deus. As coisas que ele disse... estou morrendo de medo.

— Não se preocupe. Ainda está sob o efeito da anestesia. É por isso.

— Oh, Deus. — Ela começou a chorar.

— É melhor a senhora voltar para casa. Qualquer coisa, eu lhe telefono.

— Mas lá não tem telefone, doutor. Estamos na fazenda.

— Então eu vou lá avisar. Me deixe um mapa. Como se chega a essa fazenda? É longe?

— Uns vinte quilômetros.

— Eu vou lá, vou lá.

— Oh, não. Prefiro ficar aqui na cidade. Vou ficar no hotel.

— Como queira. Estou aqui às suas ordens, para qualquer informação.

— Oh, doutor. Estou tão nervosa.

O que é que você quer? Quem lhe deu permissão para entrar neste quarto? Vá embora. Ah, é o médico. Desculpe. Pensei que fosse o ministro. Foi só uma visão, como quem vê alma do outro mundo. Corte esses tubos. Por favor. Deixe-me ir. Não adianta mais nada. Tire essas ataduras. Nada de soros nem remédios, por favor...

Lá vem o ministro de novo. Estende o braço, me oferecendo o copo de uísque. "Ao Japão", diz ele. "Ao diabo", respondo. Ainda é o médico? É o médico que está comigo? Confundi tudo, doutor. Tonteira.

Espero que não se aborreça. Preciso falar sobre o ministro, aliás, sobre uma história que saiu no *Times*, de Londres. Papai estava envolvido nisso, junto com eles. Não deixaram o jornal inglês entrar no país, ainda assim eu vi as fotos e li o texto. Estava na gaveta do velho, no banco. Naquela noite, papai ia se reunir com os outros, para abafar o escândalo. Era um negócio muito engraçado. Mocinhas em flor, nuas e de olhos vendados, largadas num bosque. Os velhotes chegavam logo depois, e cada um escolhia a sua. A coisa era muito bem organizada. Eles faziam essas reuniões uma vez por semana e exigiam plantel novo, sempre. Podiam exigir isso. Pagavam bem. (Júnior se queixa: "Ai, se eu pudesse dar agora uma boa gargalhada.") Conte isso para todo mundo, conte. É ou não é uma história interessante?

— Tenha calma. Não se excite. Tente dormir e descansar — diz o médico.

— Pra quê, porra? Deixa de besteira. Me deixa ir.

— Não posso. Não tenho esse direito.

Júnior não disse, mas pensou: Eu tenho, porra. Eu tenho o direito de escolher.

11

— E o velho, hein?

— Sumiu. Parece que foi a uma fazenda, que fica a uns duzentos quilômetros daqui. Saiu dizendo que ia comprar um cavalo novo.

— Ele está muito chateado?

— Uma pilha.

Manuela também já não era a mesma. Ninguém era mais o mesmo. Estamos todos tensos e sem saber o que dizer uns para os outros. Dona Isadora nos evita. O banqueiro nos evita. Perto do curral, os empregados fazem suposições, enquanto derrubam um litro de cachaça. Abaixam a vista e se calam à nossa passagem. Madruguei dois dias seguidos, inutilmente — e de teleobjetiva em punho. Queria documentar o grande momento, mas já não era merecedor de uma reprise, porque ele não voltaria lá durante o resto dessa semana santa. Fiquei à espreita, como o garoto que vê a irmã tomando banho pelo buraco da fechadura. Tempo perdido. Nunca mais eu veria o Dr. Fernandes pôr os pés na bosta quente da vaca. "Ele está inconsciente. Meu Deus, o Júnior vai morrer." (Chora, menina, chora. Lava a alma. Não tenho uma única palavra de consolo para te dizer.)

Havíamos combinado uma festa para o sábado de aleluia. Ia ser na casa deles, na capital. Uma ideia do próprio Júnior, que passara toda uma tarde se ocupando dos pormenores. Citou os nomes dos amigos e amigas da irmã que gostaria de rever — e lembrou todas as coisas que era preciso comprar. Devíamos voltar bem cedo, para termos tudo preparado, sem correria. Eu estava muito surpreso, não pelo seu interesse nessa festa, mas por outra razão. Pouco antes ele havia empurrado a porta do meu quarto (Manuela se esquecera de trancá-la por dentro) no exato momento em que a irmã começava a tirar a roupa. Eu ficara um gelo. Compreendia que certas coisas não podiam ser tão às claras neste nosso velho mundo tão cheio de subterfúgios e princípios. Uma irmã é uma irmã — e ninguém gosta de encontrar a sua irmã na cama com um homem, sem papel passado em cartório, era o que eu pensava, até descobrir que os tempos haviam mudado. Quando nos reencontramos, nessa tarde, Júnior se adiantou, apresentando o seu plano.

— Você tem uns discos novos? Leva os melhores que tiver. Vai ser a festa do vale-tudo. — Falava como se não tivesse visto nada.

— Não se assuste. Ele é um cara imprevisível. Sempre foi assim.

Manuela agora recua um pouco mais no passado. Está se lembrando do dia em que em que o irmão se formou em Economia. Seus pais deram um jantar para os parentes mais chegados. Por essa época, havia um clima de orgulho e expectativa em torno do filho. Mas foi a partir desse dia que ela passou a compreendê-lo melhor, ou pelo menos ficou sabendo algo mais a respeito do seu irmão.

— Não quero ser que nem eles, entende? Eu não mereço nada disso. Eles têm o que têm porque lutaram. Queriam ser ricos e conseguiram, entende? Tudo o que fizeram é produto de um esforço pessoal, trabalhado até o ponto da obsessão. Eu queria seguir outro rumo, por meus próprios meios.

— Bonito discurso — dissera-lhe a irmã, embora achando que estava cometendo uma maldade. Era a primeira vez na vida que Júnior conversava com ela seriamente. — Papai chegou — disse Manuela, de repente e cortando o assunto. — Vamos lá?

Eu sabia que ela queria distrair o velho, queria mostrar que era uma boa menina e não a porra-louca que todo mundo julgava. Enquanto andávamos, fui arrumando as ideias na cabeça. Começaria perguntando se ele havia comprado ou não o cavalo novo, falaria do cavalo em que eu andara pela manhã e do bezerro recém-nascido, que ainda não se aguentava em pé. Temas leves. Nada de perguntar pelo filho.

O banqueiro conversava com a mulher. Ouvi apenas um final de frase e por isso não sabia o que ele tinha dito antes. Podia ser até que estivesse pedindo socorro.

— Não é, querida? — Ouvi isso ainda do lado de fora da casa e também ouvi a resposta de Dona Isadora, e foi o que ela disse que me fez dar meia-volta e deixar que Manuela entrasse sozinha.

— Eu não sou querida de ninguém, não. Eu não sou sua querida — berrou a mulher do Dr. Fernandes. — Você tem uma secretária que o trata muito bem. Chame ela de querida. A mim, não. — Sinceramente, eu não esperava por aquilo e tratei de sumir sem que pessoa alguma me visse, pensando no quanto o acidente do Júnior havia sobrecarregado o ambiente. "O ar está carregado", disse a mim mesmo, ganhei o caminho do curral. Ia procurar os trabalhadores e tomar cachaça com eles.

Então era a secretária? Sei de quem se trata. É uma que vive me dizendo: "Deixa eu ver se ele pode lhe atender."

Todos os dias, às cinco da tarde, é impossível falar com o patrão. Ele não está nem para El-Rey. Simplesmente liga a luz vermelha da porta da sua sala, o que quer dizer que é proibido entrar. Também é inútil procurar pela sua secretária. Ela desaparece, sem deixar recado. Um dia, porém, ela adoeceu e não foi trabalhar. Telefonou de casa para o departamento de pessoal, que se encarregou de contratar uma substituta de emergência, recorrendo aos serviços da Manpower. Quem veio foi uma velhinha que não sabia de nada; o banqueiro, por sua vez, também não estava sabendo de nada. Às cinco horas da tarde, conforme o costume, apertou o botão, dando o sinal característico e infalível. A velhinha empurrou a porta e entrou, e quando olhou para a mesa do banqueiro, lá estava ele, de pé e inteiramente nu — conforme o costume. A velhinha desmaiou. Teve que ser levada às pressas para um pronto-socorro.

Essa história correu durante muito tempo pelos corredores do banco. Agora, só me pergunto como é que Dona Isadora acabou sabendo de tudo. Não se pode mais confiar em ninguém. Só pode ser isso.

— Vocês deixam eu beber com vocês? — fui chegando e perguntando aos homens do curral.

— Esse coisa-ruim aqui deixou o outro litro cair no chão e quebrar — disse um sujeito magro e desdentado. Era um homem tão feio quanto os outros, mas parecia mais embriagado que os demais. — Só tem esse resto. Pode beber. — Tomei um gole e me sentei no chão, junto com eles. Alguém bateu em meu ombro.

— Passa o litro pra cá, ô egoísta. — Era Manuela. Os homens estavam muito admirados com essa patroazinha que enfiava na boca o mesmo gargalo que já tinha passado pela boca de cada um deles. — Uuuu. Que bebida desgraçada de quente. — Manuela cuspiu no chão. — Ai, como é que vocês aguentam engolir isso? O sujeito desdentado mostrou as gengivas:

— Essa é danada de boa.

Pressenti que Manuela estava querendo falar comigo alguma coisa particular, quando disse, discretamente:

— Vamos dar uma andada?

— Obrigado, pessoal — disse eu, tomando mais um gole e me levantando.

— Disponha sempre.

— Temos que comprar umas garrafas pra eles. — Já estávamos um pouco distantes do grupo e eu agora falava só para Manuela.

— Acho que temos é que ir embora. Já não há mais fazenda. Não há mais nada. Só confusão e nervosismo.

— E o Júnior?

— Não sei... e ninguém sabe.

— Vamos ao hospital hoje à noite?

— Boa ideia. Mas será que podemos visitar ele?

— A gente tenta, não é?

— De qualquer forma, eu volto amanhã. Papai já falou com um motorista para me levar. Se você quiser vir com a gente... pra mim, a coisa aqui perdeu a graça. Acho que já deu para você sentir o clima.

— Fico chateado é pelo Júnior.

— Bem, acho que não podemos fazer nada. Só nos resta esperar.

12

Café fumegando em cima da mesa. Pão, manteiga e queijo. Uma mão balança o sininho e chama a empregada. "Traz mais leite", diz a patroa, sem alterar a voz. O café da manhã é desigual, cada um toma o seu conforme a hora em que acorda. Entre as coisas acontecidas e a lembrança dessas coisas acontecidas, há muito tempo decorrido. O romancista, diante do papel e com muito espaço ainda por preencher, tenta recompor um banqueiro sentado à mesa de sua fazenda, para a primeira refeição do dia. Ele estava calado? Pensativo? Nervoso? Arrume a sua trouxa: enganos, desenganos, sonhos, frustrações. Ponha no papel o melhor e o pior de tudo isso, depois carregue o peso da sua própria trouxa. O que é que vai acontecer com o filho do homem? Morrerá? Não morrerá? Se lembra do final de *They Shoot Horses, Don't They*? E da piedade do diretor que liquidou Jane Fonda com um tiro na cabeça. Mato ou não mato esse Júnior? Pobre rapaz. Vê se me ajuda, ô cara. Vê se morre logo, de uma vez para sempre.

O romancista busca um fio tênue e invisível e trágico, e a tragédia está no jornal desta manhã. Ele lê uma nota a respeito de torturas científicas — mais comumente chamadas de experiências —, sentindo-se um sádico, um malfeitor. Qualquer dia, a gente chega na banca da esquina e lá estarão elas, embaladinhas, pela Abril ou pela Bloch, do Brasil. Conclui: dependendo da imaginação de cada um, há muito o que se fazer numa fazenda. Aqui estão alguns conselhos úteis, extraídos da revista italiana *Epoca*, segundo o jornal desta sexta-feira. Bons passatempos, sem dúvida, porém pouco recomendáveis para uma semana santa, por motivos religiosos:

1. Lançar à água cães de cérebro perfurado, para verificar sua capacidade natatória.

2. Cozinhar animais em fogo lento, a fim de verificar suas reações.

3. Esquartejar cadelas vivas já quase em trabalho de parto, com a extração dos filhotes. Finalidade: testar o instinto materno durante a agonia.

4. Experiência de Brachet: bater num cão até torná-lo furioso; tirar-lhe depois os olhos, ensurdecê-lo com goma-laca derretida. No final, acariciá-lo, para demonstrar que, apesar de maltratado, amava ainda o dono.

5. Experiência de ortopedista em aula: dobrar, em ângulo reto, e depois em ângulo agudo, até quebrá-la, a coluna vertebral de um cão (a experiência pode ser repetida dezenove vezes), para demonstrar "que a coluna vertebral tem um limite de resistência".

Ação é personagem: Pedrinho entra em cena. Pedrinho, filho de Zé, sobrinho de Dona Isadora, sobrinho do banqueiro Fernandes, primo do Júnior. Primo da Manuela. Zé suspira: Bem que podia ficar tudo em família. Ele é um bom rapaz, e ela é uma moça muito bonita. Puxou à mãe.

Os quatro estão no carro. Estão subindo uma ladeira: Zé, Pedrinho, Manuela e o Estrangeiro, um passageiro incômodo, para os sonhos de Zé. Pai e filho não se entendem. Estão discutindo. Pedrinho arreganha os dentes, como um cão furioso, a ponto de morder o seu dono.

Late, cão, pensa o Estrangeiro. Tenta ao menos uma mordida. Uma única que seja. Uma.

13

Pare aí.

Outra vez?

Outra vez.

Não é possível...

É só um instante.

Não pode ser, pai. Há duas horas...

Vou pegar umas espigas de milho. Esse milho está muito bonito, não está?

Estamos tentando ir embora, mas o senhor...

Pare aí, rapaz. Pensa que eu vou voltar sem umas espigas desse milho?

Meu Deus, diz Pedrinho, parando o carro. Zé deixou a porta aberta, subiu o barranco e passou entre o arame farpado cuidadosamente, para não se arranhar. Pedrinho liga o rádio do carro. O limite de uma espinha dorsal pode ser o espaço que vai do encosto do banco ao volante, segundo a mais nova concepção de vida do Estrangeiro, ao observar as mãos inquietas do rapaz à sua frente. Estava arrependido por ter aceitado a carona que o levaria da casa lá de baixo à casa principal. Uma voz de homem conta a história das letras de câmbio. Foram inventadas no século XVII, por uns judeus que tinham medo de perder o seu dinheiro. A segurança das letras de câmbio vinha de longe, diz o locutor. Pedrinho tenta uma nova estação e dá de cara com um comercial do banco Fernandes. Desliga.

Você está um bocado nervoso, hein?, perguntou Manuela, e Pedrinho, sem ter à mão um manual de respostas rápidas para perguntas cretinas, ficou calado. Havia marcado um encontro na capital para este sábado de aleluia. Ia a uma festa com a sua garota. Por isso, acordara cedo e avisara ao pai que deviam sair bem cedo. Era o que estava tentando fazer desde as seis da manhã, e agora o sol já começava a esquentar, já eram oito horas, daqui a pouco oito e meia, depois nove, depois dez, e o pai sobe e desce, manda seguir, manda parar, se esqueceu de um saco de feijão, se esqueceu das garrafas de vinho, volta aí pra gente apanhar as garrafas de vinho. O burro sou eu, que... na hora em que ele foi me chamar, dizendo que eu tinha que vir pra dirigir o carro, por que eu disse que vinha? Podia ter inventado uma desculpa. Podia ter dito simplesmente "não, não posso ir". Ele ia me xingar, ia dar um vexame, ia ter que pagar um motorista para trazê-lo. Problema dele. Agora...

Vamos! Chega!, gritou para o pai.

Zé não respondeu. Continuou quebrando as espigas de milho, que ia jogando no chão, num pequeno monte. Pedrinho buzinou.

Para com isso, neurótico!, berrou Zé, de dentro do milharal. São dez horas de estrada, a cem por hora. Vou chegar cansado e tenso e com muitas horas de atraso. Já não aguento mais isto aqui, tenho um encontro com a minha garota, tenho um encontro com minha garota, tenho...

Que pressa é essa? Apressadinho come cru. Zé voltou abraçado às espigas de milho. Jogou todas elas na mala do carro.

Pelo amor de Deus, pai, vamos embora. Eu já lhe expliquei que...

Manobra aí. Me esqueci do doce de leite que a Santa fez.

Ah, não. Não volto, não.

Não? Muito engraçado.

Chega, pai.

É só mais um instantinho.

Eu vou é embora.

Então vá. Vá.

Olha que eu largo o senhor aqui.

É só o que eu quero ver.

Chega de demora, pai. Pelo amor de Deus.

Toca para a casa da Santa.

Pedrinho engatou a primeira e seguiu. Pela primeira vez na vida estava sendo desobediente.

Eu disse pra você voltar. Que brincadeira é essa?

Ele avançou uns poucos metros e fez a manobra, aos solavancos.

Mais dez minutos aqui, mais dez minutos ali, vai ser muita sorte se eu conseguir dar o fora antes do meio-dia.

Na porta da casa de Dona Santa, Pedrinho vira-se para trás e comenta:

Incrível. Realmente incrível.

Manuela apoia o primo:

Não sei como você aguenta. Eu já tinha largado ele aí.

Eu também, diz o Estrangeiro.

Pedrinho fala:

Avisei pra ele que eu vinha, mas que hoje precisava voltar cedo. Tenho meus compromissos. Pensa que ele dá importância aos meus compromissos?

Zé apontou na porta com o caldeirão do doce que ia levar, e eles se calaram.

Agora, estrada. Pé na estrada, não é, Pedrinho?, disse Manuela. Você deixa a gente lá em cima, na curva. O resto do caminho, a gente faz a pé.

Nós levamos vocês em casa, disse Zé.

Não, não é preciso. Pedrinho está com pressa.

Mas eu ainda não me despedi do pessoal. Não me despedi da tua mãe.

Eu falo pra ela que vocês deixaram muitos abraços.

De qualquer jeito, tenho que voltar lá. Ainda não tomei café.

Só agora o senhor se lembra disso?, a voz de Pedrinho parecia excessivamente controlada. Devia estar querendo evitar uma explosão.

Ah, de barriga vazia eu não viajo.

Pedrinho não quis discutir mais. Entrou na curva para a casa principal a noventa. O carro derrapou, subiu o valado e ganhou o pasto. Zé gritou: você está maluco? Os outros riam, embora sem saber de quê. Talvez pelo susto. Pedrinho jogou o volante para a direita. Mas como não havia diminuído a marcha, não conseguiu pegar a estrada ainda desta vez. Era como se ele estivesse brincando de cobrinha, ziguezagueando sobre a grama. Pare com isso, ordenou-lhe o pai. De repente, sem que ninguém esperasse, o carro voltava à estrada. Pedrinho parou. Olhou para os outros, riu, um tanto escabreado, depois seguiu pelo caminho certo, devagarinho.

Alguma contrariedade?, perguntou Manuela. Zé, assim que desceu do carro, foi logo examinar os pneus, o paralama e os feixes de molas.

Não, nenhuma, respondeu ele.

Mais tarde ela ficou olhando os dois desaparecerem na poeira. Pedrinho tinha o braço esquerdo do lado de fora e gesticulava muito. Está reclamando, deve ter criado coragem para dizer umas verdades ao pai, pensava Manuela. O resto, ninguém viu, nem soube.

Não me chame mais para vir trazê-lo aqui.

O quê?

Isso mesmo. Não sou seu motorista. Não sou seu empregado.

Vem cá: o que foi que te deu? Acho que você está ficando é louco.

Louco ou não, é isso mesmo. Não me chame mais, tá? Nunca mais.

Essa é boa.

Não. Pra mim, essa é ótima.

Pedrinho queria dizer mais: e não conte pra todo mundo que você me deu um apartamento e um carro. Estou trabalhando que nem um desgraçado pra pagar o apartamento e o carro. Tudo o que você fez foi avalizar umas letras pra mim. Também não conte pra todo mundo que eu estou ganhando uma fortuna. O dia em que o negócio das ações for por água abaixo, eu...

Já estavam na estrada asfaltada. Você está correndo muito, disse Zé. Calma, rapaz.

Estou só a cento e trinta. Nada a temer.

Viu o caminhão que surgiu na frente, no meio da ladeira. Será que dá? Ou vai ou racha. Meteu o carro na contramão. Curva fechada, advertiu Zé. Pedrinho não ligou para o que o pai disse. Será que dá? Vamos ver.

Vuuuuuuuuuu.

Mesmo que eu escape desta, não escapo do coração, disse Zé a si mesmo, apertando o peito.

14

Todas as cidades, em todo o país, haviam amanhecido com seus muros repletos de cartazes, imensos outdoors de trinta e dois e sessenta e quatro folhas negras, e que não diziam absolutamente nada. Ninguém estava entendendo o que significavam esses cartazes, a não ser, naturalmente, o homem que havia pago milhões por eles, assim como havia pago outros milhões pelos filmes que estavam aparecendo na televisão — e que mostravam um homem diante das câmeras pedindo um minuto de silêncio. Páginas inteiras nos jornais e nas revistas, folhetos e malas diretas, anúncios do mesmo teor no rádio só serviam para aumentar ainda mais a confusão e o mistério.

Ele está descarregando seu complexo de culpa em tudo isso, disse Júnior, a meio da noite e a meio de sua longa viagem no escuro.

Quando bati com o carro e fui levado para a polícia, um investigador pegou o telefone e ligou pra ele. O investigador é um sujeito conhecido e me deixou tomar um banho e trocar de roupa na delegacia. Mais tarde, quando ele chegou, eu já estava arrumado e pronto para sair. Antes de me perguntar por qualquer coisa, antes que eu ou os policiais lhe disséssemos o que quer que fosse, ele foi tirando o cinturão e foi me batendo, na vista de todo mundo. Envergonhado, perante o mundo e perante mim mesmo, não me restava outra saída. Eu tinha mesmo que me matar.

Júnior está contando de novo que viu toda a campanha de propaganda anunciando a sua própria morte. A família faz um esforço imenso para tirar-lhe essa ideia da cabeça, mas inútil. Ele descreve as peças, uma a uma.

Aquele sujeito que posou para o filme nunca me viu na vida. Não entendo a razão da sua cara contristada quando disse: "Senhoras e senhores, um minuto de silêncio."

Manuela havia tocado com a mão na mão dele. Júnior parece que a reconheceu. Tanto que apertou a mão da irmã carinhosamente. Depois — e durante um longo tempo — acariciou-lhe os dedos, dando a entender que já estava começando a ficar consciente. Já podia identificar pessoas, mesmo que fosse apenas pelo tato.

Volta, Júnior. Volta para nós. Acorda. Eu estou te pedindo isso. É a tua irmã quem te pede isso. Volta.

As lágrimas desciam pelo rosto bonito de Manuela, lágrimas sujas de tinta. A tinta da sua maquiagem.

Júnior conta uma nova história.

Eu estava no banheiro, fazendo a barba. A porta estava trancada por dentro. Inesperadamente me deu uma espécie de estalo e eu caí. Dizem que eu dei um grito tão alto, que todo mundo ficou alvoroçado. Vieram e arrombaram a porta. Então me apanharam, desacordado, e me levaram para um hospital. Tive que esperar muito por um neurologista. Quando ele chegou, foi me espetando todo de agulhas. Fiquei com o corpo todo agulhado. O médico me operou, mas aí descobriu que eu tinha ficado tuberculoso. Novo sofrimento: eu tinha que ser espetado novamente para não morrer de tuberculose enquanto reagia à operação.

— Você está me vendo, Júnior? Está me ouvindo? Quem sou eu?

Um médico me disse: quem não se expressa se envenena. Fale. Dance. Veja o futebol. Vá a um psicanalista, ou a um terreiro de macumba, ou a uma sessão espírita, ou a um confessionário. Eu nunca imaginei que uma simples queda no banheiro pudesse...

Eles interromperam um congresso de neurologia por minha causa. Não foi só um médico que veio me operar, foi um time inteiro.

Como eu gostaria de escrever um poema. Um verso apenas. Bastava um.

— Faça.

— Diga em voz alta.

— Estamos prestando muita atenção.

— Vai ser um verso lindo, não tenho dúvidas. — A certeza era do banqueiro Fernandes, que aguardava a palavra do filho, ansiosamente.

— Oh, Júnior, estamos todos aqui, para te ouvir.

— Você está nos vendo? Consegue nos identificar? Reconhece as nossas vozes? E as nossas caras?

— Shhh. Deixa ele dizer o seu poema. Não forcem o seu espírito com muitas perguntas — cortou o pai.

Vamos, Júnior. Como é a primeira palavra do poema?

— Eu tive uma longa conversa com Jesus Cristo, e ele me disse: Júnior, não dê pérolas aos porcos. Porque eles vão pisar nelas e depois vão jogá-las contra você mesmo. Respondi: Gozado, Cristo velho, sabe que eu já havia pensado a respeito disso? Você parece que é um cara legal. Vamos tomar uma cachacinha ali na esquina? Só nós dois? Jesus Cristo mudou muito de uns tempos para cá. Ficou abstêmio e perdeu a graça. Não pode ser, Júnior. Deixe a cachaça para depois. Você agora está muito doente e precisa se recuperar.

— Júnior...

(Ele ergueu o dedo médio para cima, enquanto, com o polegar, segurava os outros dedos.)

— Oh... — Talvez todas as mulheres soubessem o que esse gesto queria dizer. Mas só uma teve coragem de manifestar o seu espanto.

Eis o meu verso, disse Júnior, com o dedo erguido. O mais lindo verso que alguém jamais fez.

Sentada num banquinho, no quarto do hospital, sua mulher chorava e se maldizia:

— Minhas suspeitas. Minhas suspeitas.

Ainda as mesmas que ela havia revelado para o médico, e agora já não tinha mais dúvidas. Qualquer que fosse o resultado dessa enfermidade, uma coisa era certa: perdera o marido para sempre. Pelo menos, na sua maneira de ver.

A palavra mais linda: merda.

(Júnior desfez o gesto, desceu o braço e o largou molemente sobre a cama.)

— Meu filho...

O velho Cristo não quis ir beber comigo. Por essa eu não esperava. Nem sequer mandou um anjo da guarda. Pensando bem, foi melhor assim. Muito melhor.

Manuela voltou a pegar na mão dele. Agora era ela quem o acariciava. (As pernas da minha irmã são muito melhores do que as da minha mãe. Os peitos também. E... Certamente.) Era possível ver em seus lábios algo parecido com um sorriso.

Oi, disse ele.

A família se entreolha, irradiante.

15

Tirando a coceira no corpo provocada pelas picadas dos mosquitos e o ruído noturno dos pernilongos, quase nada mais me incomodava nesses dias. Isso, a princípio. Mas, desde que se esteja sob os domínios de um homem como o banqueiro Fernandes, acaba-se acreditando que existe solução para tudo neste mundo velho. Era só bombear o inseticida no quarto, durante o dia, e fechar as portas. À noite os insetos estariam mortos.

E já que o problema dos mosquitos acabaria por não ser um problema, eu estava gostando de tudo. Pisando na relva, contemplando o espaço verde e ensolarado ou as estrelas, de noite — só pedia a Deus que esses dias se demorassem muito, pedia uma mudança no compasso do seu relógio, devagar, mais devagar, antes que chegue a segunda-feira e volte tudo a ser o que era.

— Você está triste?

— Por quê?

— Essa sua cara. Você anda tão diferente... está com um jeito tão chato...

— Estou pensando. Então me agrada.

— Então me agrada.

— Hummmm.

— Então me beija.

— Hummmm.

— Então me namora.

— Hummmm.

— Assim, sim. Não gosto de você com essa cara de chato.

Manuela:

Não estou pensando em nada, apenas estou olhando além desses espaços, desses pastos. Aqui, caminho olhando onde piso. Conheço o meu lugar. Aqui, ouço e me calo. Pode confiar em mim. Sou um túmulo.

Não há muito mais o que lembrar dessa semana santa, a não ser que me sinto um pouco mudado. Continuo trabalhando para o banqueiro, e ele continua a ser um banqueiro. Aproveitando o intervalo para o almoço, fui buscar as fotos que havia mandado ampliar. Muito bucolismo, muito mato.

Nada de especial. Pedrinho abraçado ao pai, em frente do carro, chapéu de palha na cabeça e quase cobrindo os olhos. Pedrinho abraçado ao pai, em frente da casa. Manuela com o sobrinho escanchado no pescoço. O banqueiro oferecendo um espetinho com churrasco para o neto. Dona Isadora, muito séria, jogando baralho. O homem que tinha cara de disco voador sentado num banco, muito desconsolado, com um prato na mão. Dona Santa carregando uma panela. Seu Floro com a mão na cintura e o corpo recostado a uma parede, preguiçosamente. Júnior, bom, quanto ao Júnior, é um caso em que pensar. Nem me lembrava de ter feito esta foto. Ele está dentro da plantação, só com a cabeça de fora, como alguém que está dentro de um tanque, com a água pelo pescoço. Alguma reflexão a respeito disso? Talvez sim, talvez não. As entrelinhas só servem para bosta de mosca, me disseram um dia.

Qualquer hora procuro o Júnior para lhe entregar a foto, ou quem sabe isso não seja mais possível, nem necessário? Outro dia vi Pedrinho na rua.

— Tudo bem?

— Ah, você?

— Pois é.

— Quando você volta lá?

— Nem sei.

— Eu também não.

— Pois é.

— Pois é.

Bem, sou apenas um Estrangeiro.

Hoje, liguei umas três vezes para Manuela. Ela não estava. As pessoas andam muito ocupadas, suponho. Deve ser isso. As pessoas andam muito ocupadas.

Mas...

Se eu morrer muito novo, oiçam isto:

Nunca fui senão uma criança que brincava.

Juro que era este o poema que o Júnior estava tentando lembrar.

Pelo menos, penso que era este.

LIVRO III

Eu venho há muito tempo
E trago de mim cansaço.
Nei Leandro de Castro

Ida sem volta à agonia

A nave dos loucos:

Outra vez. Oh, não. Não... assim é demais.

Os sons crescem dentro da nave. São vozes de outro mundo, a todo volume. Vozes incompreensíveis — talvez uma briga entre árabes e judeus, gravada ao vivo, para animar uma viagem pelo espaço sideral.

— Chega! Parem com isso, pelo amor de Deus — grita Lena, inutilmente. Ela esmurra a parede e geme. Não faz a menor ideia do lugar onde se encontra. Nave espacial? Porão de um navio? Cabana de ferro — a última palavra em abrigo para camping, com proteção total contra a chuva e as intempéries de variada procedência? Ou uma simples e comum fortaleza antiatômica? Lena só sabe que está sozinha e que as paredes são de ferro. Sua voz já está rouca e fraca. Seus punhos estão feridos e doem muito. Ainda assim ela continua batendo, ora com as palmas das mãos, ora com os punhos fechados. Quanto mais ela grita e bate, mais as vozes aumentam de volume. Através de um pequeno buraco, um olho a espreita, um olho que Lena não vê.

— Está quase no ponto.

— Deixa eu olhar. Agora é a minha vez.

— Pera aí.

— Também quero ver, caralho.

— Shhh... daqui a pouco ela sossega.

— Assim não tem graça. Quero ver é agora.

— Shhh — (O tripulante da nave leva o dedo à boca, pedindo silêncio ao outro, sem tirar o olho do buraco.) — Vai se entregar, já, já.

— Assim não é possível, porra. Deixa eu ver — insiste o tripulante nº 2.

— Pronto, pode olhar.

— Já sossegou. Perdi o melhor. Culpa sua.

— Ah! Vai te foder.

O teste da cigarra: dia sim, dia não. Gritar até estourar. No dia não, o teste é outro. Tanto fizeram que acabaram descobrindo que ela tinha medo de baratas. Então passaram a encher a nave de baratas. Dia sim, dia não.

— Te vira, dona. Sai dessa. Agora você vai perder mais uma mania.

E assim Lena vai levando a vida, entre quatro paredes e um facho de luz. Aqui, ela não tem pai, nem mãe, nem marido, amigos, parentes, nada. Conta apenas com alguns contatos, raros e perturbadores, dos tripulantes, que, acredita, devem pertencer a outro planeta, embora sejam de carne e osso e se exprimam no mesmo idioma que ela fala desde pequenininha. Sua solidão é tão grande que ela só espera a hora de pegar a sua nuvem e ir pilotando pela via de acesso ao reino de Deus. Chegará leve e purgada à porta de São Pedro. Lena ensaia o diálogo apropriado para quando esse dia chegar (não se trata de uma ex-atriz?).

— Quero falar com São Miguel.

— Aqui estou eu, minha filha. Pode falar.

— Trago na minha bagagem um pecado imenso, meu Santo. Eu traí o meu marido. O senhor deve saber até mais do que eu quanto pesa este pecado. Por acaso ele é maior do que minhas virtudes?

São Miguel aperta um botão e pede, pelo interfone, a sua balança:

— Veremos, minha filha. Veremos.

Quando o anjo chega, cheio de plumas, Lena tem vontade de dizer: "Meu Deus. Aqui também tem hippie!", mas se domina, porque não quer aumentar os seus pecados. Diz apenas:

— Como ele é bonito.

— Seu marido se chamava Adelino Alves, não é, minha filha? Você o traiu várias vezes, com muitos homens. Mas olhe, minha filha, a justiça divina é mesmo justa — (São Miguel sorri, como se quisesse demonstrar-lhe que acabava de cometer um pecado gramatical.) — Você pesa tanto quanto um anjo.

Mentira. Lena não espera coisa alguma. Não espera nada além de mercurocromo e ataduras para as suas mãos feridas — e um prato de comida. Há quantos dias que não come?

Mas ninguém sabia o que estava se passando com ela, e quando não se sabe, não se sofre. Ninguém, é uma maneira de dizer. É certo que havia desconfianças, suspeitas, palpites. O assunto, porém, era evitado — como se merecesse um arquivo morto, algo a ser enterrado no buraco mais fundo da consciência, porque a vida, dizem, precisa continuar, e não há nada melhor do que um dia depois do outro, depois do outro, depois do outro.

A paisagem fora da nave:

Lena — de luto, mas só por dentro. Lena — e das noites maldormidas e de estranhos pesadelos. Lena — um apelido de menina que pegou para sempre na mulher Maria Helena.

— Tente se distrair um pouco. Procure fazer alguma coisa. Você se aflige tanto porque passa o dia inteiro pensando nisso — disse-lhe o homem a seu lado, ainda nu sob o lençol,

— Você diz isso porque não foi você quem esteve lá. Não foi você quem viu uma pessoa que você amou, uma pessoa com quem você viveu praticamente uma vida inteira, metida numa camisa de força e jogada no meio de um monte de loucos varridos. Experimenta visitar o Alves uma hora dessas, experimenta? Está irreconhecível. E passa o tempo todo falando das vozes e das baratas, como se tivesse uma fita gravada no cérebro. Você diz isso... — (Lena parou de falar, porque começou a fazer careta. Parecia que queria chorar, mas não conseguia.)

O homem que tentava confortá-la decidiu ir embora. Tinha muitas coisas para fazer, e seu dia se iniciava da maneira mais desagradável possível. Por que fora se meter com essa mulher tão encrencada? Na noite passada ela lhe contara sobre a visita que fizera ao marido, no hospício, e da dor que estava sentindo por não poder fazer nada por ele. Ambos beberam muito, e quando foram para a cama, pareciam esquecidos dos tormentos do mundo. Pela manhã, ele acordara com os berros de Lena, que esperneava e dava murros na cabeceira da cama. Agora, tudo o que desejava era sair e mudar de ambiente, se envolver com seus próprios problemas, mas era justo? Tinha o direito de deixar essa criatura entregue a seu próprio horror?

— Vamos dar umas voltas de carro? Depois a gente passa no comércio e faz umas compras.

— O que é que nós vamos comprar?

— Sei lá. Qualquer coisa.

Deixe de se afligir tanto, a voz noturna e alcoolizada de pai e pregador ainda zune nos ouvidos de Lena. Você está se matando por causa disso. Evite ir lá, já que você sofre demais por ele. Não tem mais remédio, Lena. Infelizmente, essa é a verdade.

O homem dirige nervosamente, embora fingindo calma.

— O mar está sereno, não está? Sábado a gente podia pegar uma praia.

Ela não responde.

— Não fique assim, meu amor. Isso não adianta nada.

— Estou me sentindo uma puta — diz Lena. Eis o que eu sou: uma puta.

Vai começar tudo de novo, ele pensa.

— As coisas não podem ser vistas desse jeito. O próprio Alves aprovaria tudo o que você fez e está fazendo.

Enquanto falava, se esqueceu de que tinha um carro nas mãos. Por isso não viu direito o que aconteceu. Lena também não sabe como tudo aconteceu.

A nave dos loucos:

Eles estão me levando. Para onde eles estão me levando?

Somos seis. Eu e mais dois terráqueos e mais três outros homens, não terráqueos. Meus dois companheiros são estudantes.

Um deles perguntou o meu nome. "Sra. Alves. Infelizmente, não posso dizer que estou às suas ordens", foi o que respondi. "Logo a senhora? Mas o que foi que a senhora fez? E o seu marido, em que departamento ele foi jogado?" Eu ia dizer que era exatamente isto o que eu própria gostaria de saber, mas não deu. Uma voz decidida ecoou dentro da nave: Quietos. Todos. E cabeça baixa.

Estamos abaixados no fundo da nave, para não sermos notados. Só me pergunto que diferença faz sermos ou não sermos notados. A mesma voz que pediu para a gente ficar calado agora nos manda descer. "Rápido, rápido", diz o não terráqueo, apontando a sua arma. Sou a última a pular e a última a levar um empurrão. O que me desnorteia nesse pessoal é a capacidade de improviso e surpresa. A cada dia, um novo truque, uma variação. Nas mãos deles, a gente pode experimentar as mais incríveis emoções. Nesse instante mesmo acabamos de pular de um estado de espírito para outro, bem mais alucinante. Já estamos pendurados numa árvore, de cabeça para baixo. O rapaz ao meu lado pragueja e xinga muito. O outro resmunga apenas. E eu estou quietinha, que não sou mais boba, vendo a hora do coração sair pela boca afora. Os outros homens, os não terráqueos, estão morrendo de rir. Temo pelo que possa acontecer ao rapaz ao meu lado, o que está xingando. Penso até em dizer isso a ele, mas não posso. Não falei? Agora estão atirando no estudante. As balas passam rentes a mim. Uma loucura. Mas estão atirando só de brincadeira. Bom. Pararam de atirar. Um homem está chegando perto do estudante: "Repete o que você falou. Xinga a minha mãe de novo, xinga." "Veado", diz o rapaz, ao levar um tapa na cara. Dois tiros arrebentaram a corda que prendia os pés dele na árvore, e o estudante bateu com o peito no chão. "Que pontaria filha da puta que você tem, cara." O homem virou-se para o colega que acabava de fazer o elogio e disse: "Por hoje, chega. Vamos voltar."

Lena — rosto retalhado, mas já sem sangue e com os cabelos lavados. O sangue lhe dera uma sensação horrorosa, um medo melado. — Eu vou morrer. Me levem para o hospício. Quero morrer ao lado do meu marido. Preciso contar tudo a ele — mas o médico lhe disse fique calma, não é nada grave, foi só um arranhão. Lena não acreditava nisso, não acreditava em ninguém, e agora, mais sossegada, perguntava:

— Falei demais?

— Falou um bocado. Natural. Você estava apavorada.

— Oh, um espelho. Quero ver meu rosto.

— Isso tudo vai cicatrizar. Vai ficar como antes. Foi uma coisinha à toa — garantiu o médico.

— Que cara horrível. Meu Deus.

— Fique tranquila. Felizmente...

— O que foi que eu falei, doutor?

— Não ouvi nada. Pode confiar em mim.

Tomara, pensa Lena, porque eu tive uma vontade doida de contar tudo. Eu não queria morrer sem contar tudo. Eu traí o Alves. Não podia deixar de confessar isso, mesmo que fosse a um estranho.

A paisagem fora da nave:

— Você me ama? Você me ama? Você me ama?

Cartazes nas paredes, quadros, livros em várias estantes, garrafas, copos, pratos de várias cores, pilhas de discos, o telefone não para de tocar, hoje é uma festa, amanhã um simples jantar, que filme bom que está passando? — a vida é risonha e franca para o casal, que, depois de um ano espremido e em comum, agora respira e relaxa o corpo na poltrona macia: minhas janelas dão para o mar.

Os jornais contam coisas dolorosas, mas que importa? A vida sempre foi assim — e ainda temos muita energia, muito feijão na panela, põe um pouco mais de água, que dá para todos.

Eles fizeram planos — muitos — e sonharam com as coisas, todas as coisas, ao alcance das mãos.

Este ano a gente tira férias.

Só quero é ver.

Não estou brincando. Este ano a gente tira férias.

Ele acordou mal-humorado (misturara muita bebida e fumara demais) e começou o seu dia pedindo aumento de salário. Teve aumento de salário. Era um homem competente.

Ela foi à rua e comprou mais coisas, lindos enfeites, livros, discos.

À noite se amaram muito.

Ambos concordavam que a vida era algo que valia a pena.

Ele comprou um carro novo e inventaram muitos passeios.

À noite se amaram muito.

Ele disse que ia economizar dinheiro e, daqui a pouco, num tempo possível, nem longe, nem perto, ia parar de trabalhar para os outros, porque ia voltar a escrever.

(Seu sonho de novo, principalmente quando acordado.)

À noite se amaram muito.

Os meninos cresceram e então estourou a guerra.

Os meninos foram para a guerra.

Então ele ficou um pouco murcho, já não era o de antes — ela lhe dizia.

Mas ainda assim a vida era algo que valia a pena.

Ainda se amavam muito.

Lena releu um bilhete antigo, encontrado entre vários papéis, os que sobraram da Inquisição:

"Ia te acordar, mas fiquei com pena. Você dorme tão bonita."

À noite se amaram muito.

O amor dá certo quando a vida não está certa?

Não pergunte isso para Lena. Ela agora tem muito mais com que se preocupar.

A nave dos loucos:

Quando Lena foi abrir a porta, estava se sentindo mais segura, porque havia alguém em sua casa para defendê-la — e esse alguém era um homem. Foi sem medo, foi num impulso irrefletido, embora sabendo que o seu anjo da guarda estava no banheiro. Lena nem sequer olhou pelo olho mágico para ver quem era. Simplesmente abriu a porta. Mas devia ser engano. A pessoa que estava de pé, à espera, com as mãos nos bolsos, não era ninguém de quem ela pudesse se lembrar.

— Que deseja, senhor?

(Sempre a mesma pergunta, pensa o recém-chegado, sem tirar as mãos dos bolsos. Não diz nada. Fica por um momento contemplando o rosto de Lena, como se estivesse querendo estudar todos os seus traços. Percebe, porém, que essa análise fria e dura do rosto à sua frente está deixando a mulher em pânico. Antes que ela grite, ou bata com a porta em sua cara, resolve abrir a boca e dizer o que quer.)

— Preciso falar com a senhora um instante. Posso entrar?

— O que é que o senhor precisa falar comigo?

— É o seguinte: eu conheci o seu marido. Sei que ele é um homem importante, sei...

— Mas o que o senhor quer, realmente?

— Vim aqui para confortá-la em sua dor.

— Que conforto? Que dor? — (Lena desviou o rosto, como se estivesse querendo chamar alguém. "Sai logo do banheiro, sai. Estou em apuros.") — E foi nesse momento que o homem do lado de fora da porta encostou o bico da tesoura em sua garganta. Julgava não haver mais ninguém no apartamento; e estava com essa ideia por causa do silêncio. — Se gritar, morre. Só quero o seu dinheiro. Fica quietinha e passa a grana. Lena, porém, não pôde reprimir o grito, assim como não pôde evitar o desmaio. O invasor chegou a pensar em tirar partido da situação e ir direto às gavetas da mulher, mas nem sequer teve tempo de saltar sobre o corpo caído logo ali na entrada, porque ouviu os passos de alguém que corria lá de dentro, gritando pelo nome de Lena.

A paisagem dentro da nave:

— Meu dedo está coçando. Eta coceirinha danada.

O advogado desviou os olhos do homem que estava andando de um lado para o outro, um homem truculento e descontrolado, que rondava a mesa apertando uma mão na outra, com impaciência.

— Já posso ver o meu cliente? — perguntou o advogado ao chefe da repartição.

— A pessoa que você procura não está aqui.

— Se não está aqui, onde é que está?

— Não sei.

— Eu sei que ele está aqui.

— Pode ver a relação. Ele está nela?

— Não.

— Então, como é que você diz que ele está aqui?

— Porque esta é a única repartição onde ele devia estar, me disseram. Já o procurei em todas as outras.

— Se ele não está aqui e não está em lugar nenhum, não adianta você procurá-lo mais, não acha?

— Meu dedo está coçando. Qual é a ordem, chefe? O senhor sabe que eu não brinco em serviço. Atiro mesmo. Pra matar — disse o homem que rondava a mesa.

— Obrigado, chefe — disse o advogado, retirando-se.

A aranha vive do que tece: mesmo que procurasse, durante a noite, a cura para essa estranha coceira, no dia seguinte ele haveria de senti-la novamente, como se o diabo tivesse mordido os seus dedos. Tudo o que sabia fazer na vida era matar. Mais tarde, quando deixasse o serviço, iria procurar uma esquina deserta, onde ficaria sentado até esvaziar completamente uma garrafa de cachaça. Depois colocaria uma vela acesa na boca da garrafa, diria uma oração em silêncio e, também em silêncio, diria que viera ao mundo para cumprir uma sina. Era um condenado.

E porque não sabia como se livrar dessa condição, todas as noites dava uma surra na mulher.

— E aquele velho, chefe? Dou um jeito nele?

(Reconheço que eles são violentos e ignorantes, e que, por vezes, vão muito além da própria lei. Reconheço que muitos exageram no cumprimento do dever, mas na hora que é preciso pegar um touro à unha, ou mesmo um leão feroz e perigoso, quem é que vai lá, arriscando a própria pele? Eu? Você? — O chefe da repartição, numa entrevista que pediu para não ser publicada.)

A nave dos loucos:

"Oh, diz suavemente a mocinha, com voz infantil e ofegante, você é realmente bom, há muita bondade em você, mas está enganado, compreende, porque a verdadeira compaixão é funesta; quando eu estava no hospital, apaixonei-me alguns instantes pelo médico e depois não me incomodei mais com ele, e quando fiz o tratamento de choque, continuei pensando que o contato é funesto e que só a liberdade vale a pena, por isso é que você não me quer, porque você é livre e bom."

Lena dobra a página e fecha o livro, e passa a pensar numa pessoa que fazia muito tempo havia desaparecido de sua vista; apesar de ter jurado para si mesma que nunca mais queria vê-la, agora sentia uma vontade louca de procurá-la, de senti-la de perto, de ouvir a sua voz. Muita coisa se foi com o passar do tempo, mas muita coisa também ficou. "Você é tão bom." Fora uma ligação maluca e angustiada, noites de medo e desespero, remorsos e contradições, e, no entanto, algo havia ficado nela para sempre, algo além da embriaguez constante e comum — "será que esse cara deixou um pedaço de seu corpo enterrado dentro do meu?"

— Alô? — Ela ficou esperando a telefonista completar a ligação. Enquanto ensaiava por onde ia começar, seus pensamentos se cruzavam e se desencontravam (tossiu várias vezes, para limpar a voz), que demora, não é possível que ele não esteja. — Alô, alô, alô. — Acendeu um cigarro, deu uma tragada, apagou o cigarro, acendeu outro. — Alô?

— Sim? Um momento. — Esse fundo azul está bom. Toca assim mesmo. Não complica, rapaz. Toca pra frente. — Alô? Oi, é você? Há quanto tempo! — Não, não sei onde diabo está esse memorando. Procura aí, nessa pilha. — O que é que você me conta? — Já marcou a fotografia? Ótimo. O cartaz é pra amanhã? Também, vocês pedem tudo em cima da hora. Mas dá, dá. Pode contar. — Tudo legal contigo? — Falo com você depois. Que horas é a reunião? Já vou indo. — Não brinca. O quê? — (A voz aumenta de volume e há muito espanto no rosto do homem que atende o telefone.) — Como? É verdade isso? O quê? Como é que pode! Vou aí te ver, depois das seis. Você não quer que eu te veja? Por quê, hein? Você está se achando muito feia? Deixa de bobagem. Eu vou aí assim mesmo. De jeito nenhum? — Já estou indo, espera um instante só. Podem ir começando. — Tá. Quando você quiser que eu te visite, ligue pra mim, tá?

A paisagem dentro da nave:

— O corredor polonês.
— Essa é velha.
— Encher a piscina de sapos.
— Razoável.
— Outra.

— Pendurar ele de cabeça para baixo, durante um dia.

— Esse está por fora. Isso tudo já é manjado.

— Qual é mesmo o prêmio?

— É segredo. Mas é um prêmio e tanto.

— Meu dedo está coçando. Meu dedo está coçando. Comigo é ao pé da letra. Nada de rodeios.

— É um grosso. Deixa pra lá.

— Achei. Essa é genial: água no nariz.

— Humm. Tem barbas. Velha demais.

— Que diabo. Vocês capam tudo.

— Acho melhor a gente deixar pra amanhã. O pessoal tá caindo de sono.

— É, hoje não sai nada. Deu um branco em todo mundo.

— Pensem em casa e tragam as suas ideias.

— Combinado.

A nave dos loucos:

Ainda o problema da esponja de aço com sabão e seu lançamento nos supermercados tantas vezes adiado por falta de campanha publicitária que traduza fielmente o que o banqueiro pensa a respeito de donas de casa e empregadas domésticas. Ele agora não participa mais das reuniões. Espera o trabalho pronto no final do dia para, então, dar o seu veredicto.

— O que é que vocês acham dessa ideia aqui? — perguntou o Estrangeiro, passando o papel no qual estava datilografado um diálogo entre duas mulheres da classe média.

— Você pôs cinco vezes a palavra *puxa*. Não é muita repetição?

— Não acho. Quando a gente fala, a gente repete sempre as mesmas palavras.

— Creio que é melhor você cortar a metade desses *puxa*.

— Puxa, cortar a metade não dá. Você diz que são cinco.

— Então corta três.

— Podemos muito bem trocar um *puxa* desses por um *oba!* e outro *puxa* por um *viva!* e outro...

— Dá pra encaixar a palavra *sensacional*?

— É mesmo. Tá faltando a palavra *sensacional*.

Foi bom ela ter me ligado, eu jamais teria coragem de voltar a vê-la sem que ela me procurasse primeiro.

Ele estava roendo uma estranha mágoa íntima, uma espécie de ódio contra si próprio — uma dúvida contra o seu caráter que já chegava às portas da insanidade.

— Acho que vocês têm razão. Mas deixa ver se eu bolo outra ideia, diferente desta — disse para os homens à sua volta e à sua frente, na mesa comprida da sala de reuniões.

Nem sei se ela fez o aborto, não me disse nada sobre isso, nem lhe perguntei, vai ver perdeu a criança no desastre, por causa do susto (isso pode acontecer, não pode?), vou lá esta noite, de qualquer jeito, ou talvez não. Não. Ir lá é começar tudo de novo, as discussões de sempre, Lena vai fazer tudo para me passar o resto de suas sutis complicações, para me jogar para baixo, mais ainda para baixo.

— Vejam esta ideia — disse ele, passando um novo papel datilografado. — O que é que você acha?

— Sei lá — respondeu o homem que leu e releu o roteiro.

— Meu Deus, como vocês estão inseguros. Temos que resolver esse troço hoje, de qualquer maneira. O homem está nos apertando.

— Não se trata de resolver, pura e simplesmente — atalhou o gerente de marketing. — Temos que encontrar a melhor solução.

— Não diga!

— Sabe o que eu penso? — falou novamente o gerente de marketing. — Vocês não estão levando em conta os dados da pesquisa.

— Suas pesquisas só têm números. E eu só sei ler palavras.

— É o seu erro.

Eu estou muito feia, as palavras de Lena ao telefone. Deve estar com o rosto costurado. Deve ter levado muitos pontos. Será que foi no rosto todo ou foi só numa parte?

— Essas pesquisas falam sempre das mesmas coisas. Num engradado de luxo, põem a classe A. Num engradado de acrílico, põem a classe B. E num engradado bem fodido, põem a classe C.

— Existem as diferentes classes sociais — disse o gerente de marketing. — Isso não é invenção das pesquisas.

— Mas vem cá: que adianta nos orientarmos pelo que quer que seja se o Dr. Fernandes é quem vai dar a última palavra?

— O que é que você quer dizer com isso?

— Que nós estamos trabalhando num negócio que depende da aprovação dele. É só o que eu quero dizer.

— Puxa, cara, você está com um humor desgraçado.

— Estou mesmo é de saco cheio dessa história. Quantas reuniões nós já fizemos para decidir essa porcaria? E o que foi que conseguimos decidir?

— Ora, nós ainda não conseguimos acertar na mosca — disse o gerente de marketing.

Então ficaram todos em silêncio na sala enfumaçada. Como se estivessem espremendo seus caros cérebros em busca de uma mágica. Uma ideia para um comercial de trinta segundos que fosse capaz de tirar a esponja de aço com sabão do Dr. Fernandes dos estoques.

"Traz um copo d'água misturada", pediu ela, uma vez que estava com gripe. Ele fez a mistura. Metade de água gelada com outra metade de água quente. "Obrigada", disse ela. "Você é um amor."

E se Lena morre durante esse parto forçado? É possível que isso aconteça, não é?

O Estrangeiro vivia sozinho agora, e desde que Maria Manuela voltara à universidade. Cansou de escrever para ela. Cansou de telefonar. Não adiantou nada. Manuela devia andar muito ocupada, nos braços de um colega de turma.

Numa enfileirada só, ele passou cinco sugestões de mão em mão.

— Pra mim, chega. Esgotei o meu repertório. O banqueiro precisa só de dois comerciais, não é? Juntem esses àqueles outros que eu já fiz e juntem também as sugestões de vocês. Assunto resolvido. Ponham essa droga no ar, que está tudo certo. Qualquer um desses filmes vai vender esponja como o diabo.

— Temos que fazer um pré-teste antes — comentou o homem do departamento de planejamento. — Não podemos arriscar dinheiro numa ideia que ninguém sabe se vai funcionar ou não.

— Pra mim, vai — disse o Estrangeiro, com segurança.

— Sua convicção não basta. Concorda?

— Não. Não concordo.

— Acho que você está nos provocando gratuitamente.

— Chega de papo — disse o Estrangeiro. — Minha contribuição está aí. Divirtam-se. Tenho outro serviço à minha espera.

— Não quer vir discutir o assunto com o banqueiro?

— Isso é tarefa para vocês. Boa sorte.

Entrou no elevador tentando pôr na ponta da língua tudo o que ia dizer para Lena assim que ela viesse abrir-lhe a porta. Por onde devia começar?

Seguiu pensando nisso, no banco traseiro de um táxi.

A paisagem fora da nave:

O galo vai batendo com o bico, acertando aqui e ali no pescoço do outro galo. Ele bate e apanha. Se o parceiro é mais forte, acaba por cansá-lo, e, de tão cansado, ele chega a nem ter pernas para correr, cantando de galinha. Então abaixa o pescoço e a crista, como se dissesse: "Pode continuar brigando, meu velho, se isso lhe agrada. Eu me rendo."

Sentado na arquibancada da rinha, o dono do galo perdedor (com total aprovação dos que apostaram nele) avança, furioso, e torce o pescoço daquele para quem reservara suas melhores esperanças: lugar de galo fraco é na panela.

Deixemos os galos em paz.

Lena não é propriamente uma galinha.

Deixemos as galinhas em paz.

O Estrangeiro não é propriamente um galo.

Engarrafamentos de trânsito, sinais (às vezes fechados, às vezes abertos), buzinas, pedestres, lojas, edifícios de várias cores e diferentes estilos, uma arvorezinha — sim, uma arvorezinha —, muros altos e tudo. Tudo o que poderia desviar ou despertar a atenção de um homem. Menos quando ele tem uma ideia fixa. O Estrangeiro tinha uma ideia fixa. Queria chegar à casa de Lena, tomar um banho, ficar bem cheiroso, depois ir para a cama — com ela. Queria passar o resto desse dia bebendo vinho, fumando e ouvindo música barroca. "Já que não posso fazer nada por nada, quero uma cama e uma bela mulher, mesmo que ela esteja com parte do seu rosto deformado. Nada de muitas perguntas, tá, Lena?", é nisso que ele vai pensando, no banco traseiro de um táxi, cujo rádio, muito alto, conta histórias de crimes e criminosos.

— Podia abaixar o seu rádio um pouquinho?

Sente-se confuso e ansioso, mas alegre consigo mesmo por ter, civilizadamente, abandonado a reunião. Já não aguentava mais ouvir falar em esponja de aço. E tinha um desprezo todo especial pelos homens de marketing e os homens de pesquisa e os homens de planejamento — toda uma raça que ele julgava ter nascido para enfiar peido em cordão. O pior é que parecia condenado a passar o resto da vida no meio deles, engolindo esse desprezo — e talvez fosse por isso que precisasse tanto viver correndo para o banheiro. Para se aliviar daqueles gases envenenados que lhe inchavam a barriga.

— É sempre assim — disse o motorista do táxi. — Antes de você, peguei um passageiro que queria brigar porque eu não tinha troco. Agora vem você e pede para desligar o rádio.

— Eu só pedi para o senhor abaixar um pouquinho.

Ai, que dor de barriga. Assim que chegar à casa de Lena, tenho de correr direto para o banheiro.

Ele também vivia enfiando peido em cordão.

Sabia disso? Não sabia?

Sabia e não sabia.

A paisagem dentro da nave:

1.

Viu a sombra do olho de Lena que espreitava pelo olho mágico.

Esperou que ela abrisse a porta.

Lena não abriu a porta.

Ele tornou a apertar a campainha.

"Depressa, pelo amor de Deus. Abra."

Lena não abriu a porta e também não se moveu.

Ela sabia que, se se movesse, ele veria uma sombra se movendo.

— Deixa de onda. Abre — disse ele.

Nada.

— Estou aflito. Deixa ao menos eu ir ao teu banheiro.

Lena não abriu a porta.

A escada ao lado dava para a casa do zelador.

Ele foi pedir socorro na casa do zelador.

2.

— É só para saber como você vai — disse a voz de mulher no telefone. — Ainda está vivo?

— Pelo menos, é o que parece.

— O que é que você me conta?

— Nada de novo. A não ser que estive aí em tua casa, toquei o tempo todo e você não abriu a porta.

— É verdade? Quando foi isso?

— Ainda há pouco.

— Eu estava dormindo. Agora já sei por que eu tive um sonho tão estranho. Alguém tocava na porta, eu ia atender, mas a porta caía em cima de mim. E a pessoa que estava do lado de fora não fazia nada para me ajudar.

— Esse você já me contou. Faz muito tempo isso, não?

— Pois é. Voltei a ter o mesmo sonho.

— Ainda está se achando muito feia? — O Estrangeiro estava se lembrando do que ela lhe dissera, também ao telefone, na parte da manhã.

— Por que eu devo me achar muito feia?

— Sei lá. Foi você mesma quem me disse que estava se achando muito feia.

— Quando eu lhe disse isso?

— Hoje.

— Mas eu não falei contigo hoje.

— Poxa, Lena. O que está se passando? Hoje de manhã você me ligou para me falar de um acidente.

— Acidente?

— Sim. Você me disse que estava com o rosto todo remendado.

— Oh, não. Isso também foi outro sonho que eu tive.

— Não estou entendendo nada, juro. Quer dizer que você me ligou para falar do sonho como se a coisa tivesse sido de verdade?

— Não. Eu não liguei para você para falar disso nem de coisa alguma. Ontem fui dormir tarde, tomei uns comprimidos e só estou acordando agora.

— Incrível — disse o Estrangeiro.

— É incrível mesmo. Pode ter sido outra pessoa, e você pensou que fosse eu.

— Não, senhora. Tenho certeza que foi você. Bom, mas foi melhor assim. Quer dizer que você não sofreu acidente nenhum?

— Nenhum. Apenas tive um pesadelo horrível. Aliás, muitos. Uns dentro dos outros, sabe como é?

— Acho que sei.

— Olha, você não gostaria de ver o Alves?

— O Alves? Ele voltou?

— Está numa casa de saúde. Casa de saúde é maneira de dizer.

— Compreendo.

— Quer ir lá comigo no final da tarde?

— Quero sim. Como é que ele está, hein?

— Muito mal.

— Isso é terrível. Mas você sabe o endereço?

— Sei. Você me pega aqui?

— Tá. — Ele disse isso e desligou, sem entender mais nada.

A nave dos loucos:

Eles estão me levando — eles estão me levando — eles estão me levando.

Os internos abrem a passagem.

Pi, pi, pi, pi. Vru, vru vruuuuu.

Alves passa entre eles, como se estivesse com um volante nas mãos.

Passa correndo e fazendo curvas. Vez por outra anda de ré. Igual aos meninos da sua terra, logo depois que surgira o primeiro caminhão.

No tempo em que ele era menino.

Elcs estão me levando — eles estão me levando — eles estão me levando. Pi, pi. Vru, vruuuu.

Entrei no corredor.

Quem vem lá?

Este ser barroco e extravagante: eu, o Estrangeiro.

Talvez tudo tenha sido apenas um sonho, ou não. Também pode ser que tudo tenha acontecido. Agora, depois de uma noite menos agitada e mais bem dormida (uma noite de amor?), sóbrio e paciente, até pareço um homem em paz consigo próprio. Até quando essa sensação vai perdurar, até quando? Eis uma coisa de que não faço a menor ideia. O porteiro do hotel me devolve a carteira de identidade e confiro o meu nome. Ainda me chamo Manuel Soares de Jesus. Isso me alegra, de certa maneira. O mínimo que posso exigir é o direito de carregar o meu próprio nome comigo pelo resto da vida afora — já que nasci com ele, sem ter pedido isso a ninguém. Quanto a esse apelido — o Estrangeiro —, acho que é porque eu ando sempre com um passaporte no bolso. Uma espécie de amuleto, algo assim para dar sorte. Também sou o cabo Emílio e provavelmente já estive numa ilhota bem no calcanhar de Mao Tsé-Tung e namorei uma chinesa linda e sensual e fui preso por causa dela. Dei um murro num tenente que queria roubá-la de mim. Um homem tem muitos sonhos e usa muitas máscaras para se socorrer no seu dia a dia incongruente e psicodélico. Digo isso pensando em Adelino Alves, e me ocorre esclarecer que eu sou ele e agora mesmo me encontro num manicômio, correndo entre os loucos, como se tivesse um volante na mão e dirigisse um automóvel. Eta mundo. Eta vida. Sim, senhores: foi uma noite de amor. Fiz uma mulher gemer e estou crente de que mereci as dádivas da grande cortesã. Digamos que ela se chama Maria Helena. Acho, sinceramente, que prestei um favor à sociedade local ao levar essa senhora para a cama. Fiz um favor a Maria Helena e um bem muito grande a mim mesmo. Não sei se ela concorda comigo. Prefiro que concorde. Um dia ainda, Maria Helena compreenderá que foi um bom momento em nossas vidas. Sou um homem sem instrução, um bruto. Mas aprendi uma porção de coisas úteis e inúteis para o meu uso pessoal, conforme o momento e a situação. Por isso, procuro sempre me lembrar de que uma primeira vez é uma primeira vez. Depois a gente se acostuma e não há mais mistério algum. Já não posso me considerar um fracasso total. Apesar dos cuidados e da minha natural inibição e do meu medo evidente do fracasso, me saí bem na primeira vez e brindei Maria Helena com uma segunda vez mais alentada — e se isso terá alguma influência sobre o nosso destino, só o futuro dirá. Persegui Maria Helena uma vida inteira. Minha situação particular não me encorajava muito: sou amigado, tenho uma porção de filhos e desperdicei muito tempo com coisas que me aporrinhavam o juízo e me desviavam do assunto. Mas no dia em que vi El-Rey na televisão, entre o Papa e o

Cardeal, e me lembrei do Bispo que conheci e me pus a caminho da casa dele, uma coisa muito séria se mexeu dentro de mim. É. O Bispo me deu uma sorte incrível, e fico muito solene quando penso nele. Fui até transferido daquele casarão abandonado. (Os ratos diurnos e os fantasmas noturnos ainda contam com a minha companhia, mas só na minha imaginação. Troquei-os por homens de paletó e gravata, gente fina.) Não me considero, porém, perfeitamente integrado no meu novo ambiente. Na sede da firma Fernandes & Fernandes, Negócios Bancários, há gente de todo tipo, há mais conforto e horários mais rígidos e homens que falam o tempo todo uma língua incompreensível — pelo menos para mim. Cumpro a minha função, como desenhista do departamento de varejo. Chego às nove, trabalho até o meio-dia, volto às duas e vou embora às seis da tarde. Mas só apareço em casa muito mais tarde. Continuo com a mesma falta de vontade de voltar para casa.

— Senhor juiz, senhor promotor, doutores do júri: eu fiz um bem a Maria Helena. Deixo que o tempo se encarregue de vos provar que estou com a razão.

É duro.

Eu os vejo em toda parte, dia e noite.

O juiz, o promotor e a testemunha de acusação.

Quanto à defesa...

Bem, tenho que continuar me defendendo no braço, enquanto eles não quebram a minha munheca.

Por falar nisso, numa tarde dessas pude assistir a um espetáculo inacreditável.

Eu estava na porta de um bar, sem saber que destino tomar. Fiquei observando as pessoas que passavam diante de mim, e, de repente, uma coisa horrível aconteceu. Um homem puxou a mão do bolso (devia estar cansado de ficar com a mão no bolso do casaco), e quando o observei mais atentamente, vi que ele não tinha munheca. No lugar dela, haviam colocado uma espécie de ponte de plástico, ligando a mão ao braço. Me inquietei com aquilo e me aproximei do homem sem a munheca — para tentar saber o que lhe tinha acontecido. Perguntei:

— Você podia me explicar a razão disso? — Ele ficou me olhando, ali parado, sem me dizer nada. Fiquei mais inquieto ainda, porque aqueles seus olhos estavam me queimando as tripas. — Por favor. Não é apenas uma questão de curiosidade. Eu, sinceramente, preciso saber o que foi isso. Estou em pânico. — Já não estava suportando o olhar dele dentro do meu e insisti: — Pode me dizer?

— Não — disse ele, finalmente. — Já me dói muito andar com esta mão assim. — E foi seguindo.

E eu continuei no mesmo lugar, atento ao movimento da rua e às pessoas que iam e vinham naquela esquina da minha velha e querida Ibéria. E então descubro que são muitos os homens que andam com uma mão no bolso, e alguns até com as duas. Andam empenados, tortos para um lado — ou curvos, como se tivessem também um defeito na espinha —, e concluo que o pedaço de carne que lhes falta na munheca é a causa desse desequilíbrio. Aos poucos vou descobrindo mais coisas. Entre os homens que andavam com a mão no bolso, muitos não tinham orelha. Meu assombro é tão grande que levo imediatamente a mão aos ouvidos, para ver se as orelhas estão no lugar. E quando tiro a mão do bolso para levar à orelha, minha inquietação cresce ainda mais. Eu também estava andando com uma mão no bolso. Olho para a minha munheca. Está em ordem. Uma pergunta me ocorre e me sacode, com a força de um soco: até quando? Torno a observar os homens que passam pela calçada e eis o que passa diante de mim: parte deles tem os olhos vendados. Brincando de cabra-cega, no meio da rua — e numa hora de grande agitação? Uns usam uma bengala, com que tateiam o caminho. Outros, não. Suponho que os que não estão de bengala já conhecem perfeitamente todos os buracos da calçada e seguem por ela normalmente. Estou excitado, nervoso e morrendo de medo. Entro no bar e peço um bagaço. Preciso me acalmar.

— Senhor juiz, senhor promotor, doutores do júri: eu pedi mais uma aguardente, enquanto escutava uma conversa na mesa ao lado. Um homem estava dizendo: a gente ainda faz o amor porque o amor não se pode comprar feito. Não é uma coisa em que pensar? O amor não se compra feito.

Maria Helena:

Sim, foi um lindo romance, um lindo romance de amor.

Não o acuso de nada. Não foi ele quem inventou a vida, não foi ele quem inventou o mundo.

Também não o acuso de ter agido apenas para satisfação própria, por motivos de vaidade pessoal.

Essas coisas não se fazem sem um motivo justo.

Também não sou uma mulher de programas, como muitos homens pensam. Aceitei ir com este senhor porque ele me pareceu disposto a tudo.

Podem acusá-lo de brutalidade. É certo. A brutalidade está nele, como está em mim — e nos senhores, doutores.

Vivemos num tempo sem dó.

A esta citação de Brecht, a acusação se inquieta:

Silêncio! Maria Helena, silêncio!

O acusado tem algo a declarar?

O acusado:

Eu te amo, Maria Helena, flor e lodo da minha Ibéria. Me dá uma terceira oportunidade. Vai ser ainda melhor.

Vozes na plateia:

— Estão dizendo que ele é um agente. Um inimigo da nação.

— É da CIA?

— Não sei, mas parece.

— Também dizem que ele se dedica ao contrabando.

— É possível.

— É. Não está dando mais para se confiar em ninguém.

Não matei o Alves.

Pensando melhor, não havia por que matar Adelino Alves. Assim como não fiz nem vou fazer aquilo.

Foi o seguinte: uma noite, sentado na privada, pensei em pegar a tesoura e me sentar em cima dela. Cheguei até a ensaiar como deveria fazer a coisa, com as calças numa das mãos e a tesoura na outra. Pensei também em outra maneira. Tirar as calças, pendurá-las na porta e ficar inteiramente nu para poder me matar com as duas mãos. Seria um final de história perturbador. Rodei por aí durante uma larga temporada pensando nisso e no fato de que, se se tem que morrer um dia, que se morra de uma forma brutal. Mas aí El-Rey apareceu na televisão, só da cintura para cima, e caí noutro caminho, com as bênçãos do Papa, do Cardeal e do Sr. Bispo — um amigo de infância. Nesse dia — o dia em que fui para a cama com Maria Helena pela primeira vez —, joguei a tesoura fora, embora tenha voltado a sonhar com ela. E quando Maria Helena me acenou para um segundo encontro (o Alves ainda a preocupava), senti que não precisava mais de uma tesoura, daí por diante.

Depoimento do banqueiro Fernandes:

Ele é um ressentido. Veio de baixo.

Falta-lhe a sofisticação necessária para nos compreender, a nós, os ricos.

É um engano pensar que lhe dei cobertura. O que me interessa nele é apenas a sua capacidade de trabalho.

Mas admito que ele corrompeu os meus filhos com suas ideias malsãs.

Abusou da amizade que meus filhos lhe dedicaram. Acho até que não seria ingenuidade da minha parte acreditar que foi ele quem levou o Júnior ao suicídio. Quem com porcos se mistura farelos come…

Isso, porém, não afetou em nada as minhas ações na Bolsa, nem abalou o prestígio da companhia.

Pensando bem, ele não é tão importante como se acha. É apenas mais um na minha folha de pagamentos.

Posso perfeitamente substituí-lo por outro, à hora que bem entender.

Um processo dentro de outro processo. Um por dentro, outro por fora.

Eu ia de casa para o trabalho e já estava no ponto do ônibus. Vi um sujeito atrás de mim, mas pensei tratar-se de um passageiro qualquer, também à espera do mesmo ônibus. Assim que o ônibus chegou e eu pus o pé na porta, senti uma mão me agarrando. Tentei me livrar da mão que me puxava, sem êxito. Acabei caindo, o ônibus arrancou, e o curioso disso tudo é que não vi quem foi que me puxou. Todos os dias, a todo instante, me acontece uma coisa ou outra mais ou menos parecida e que me deixa intranquilo e pouco seguro nas pernas. Como a história daquele sapo. Meu sapo noturno e particular, que me aparece sempre entre três e quatro da manhã e vai subindo para a minha cama, por baixo dos lençóis.

Depoimento de Emílio. O cabo Emílio:

> Quando vi ele sendo convidado para comer e beber nos banquetes, eu disse comigo mesmo: "Vai, Estrangeiro. Come por nós, que estamos de barriga vazia. Mas eu sabia que isso não ia durar muito. Eu sabia. Não sei por quê, mas sabia."

"Tire esse sapo daí", gritei, no meio da noite, e minha mulher, pesada e gorda, me deu uma cotovelada, se mexendo por cima de mim. O sapo já tinha tirado o gravador do bolso e se preparava para me mostrar a fita na qual havia registrado todas as minhas palavras pronunciadas durante o dia. Desta vez fui mais longe, meu velho. Registrei também os seus pensamentos. Quanto aos seus gestos e movimentos, estão muito bem guardados, numa outra fita. "Tire esse sapo daí", gritei de novo, e minha mulher, finalmente, rolou para o outro lado da cama, me deixando dormir mais um pouco, sem aquele peso todo sobre o meu corpo.

A velha Ibéria depõe:

É verdade. Viveu aqui um certo estrangeiro. Não sei precisar o tempo. Parece que lhe dei uma bolsa de estudo, se não estou enganada. Parece que ele queria estudar a nossa História.

Demos-lhe trabalho, dinheiro, conforto, tudo e mais alguma coisa — mulheres, muitas mulheres, fofíssimas vulvas, apetitosas conas, xoxotas maravilhosas.

Era um sujeito esquisito, muito estranho. Vivia o tempo todo fazendo perguntas. E entrevistando pessoas recém-chegadas da guerra. Queria porque queria uma permissão minha para visitar nossas prisões.

Achei uma maneira muito fácil de resolver isso.

Coloquei-o numa prisão.

Este livro foi composto na tipografia Bembo,
em corpo 12/15,5, e impresso em papel off-white
no Sistema Digital Instant Duplex da
Divisão Gráfica da Distribuidora Record.